교도소 괴담

교도소 괴담

초판 **1**쇄 발행 | 2022년 9월 5일
초판 **3**쇄 발행 | 2024년 4월 17일

지은이 | 박해로
펴낸이 | 박영욱
펴낸곳 | 북오션

주 소 | 서울시 마포구 월드컵로 14길 62 북오션빌딩
이메일 | bookocean@naver.com
네이버포스트 | post.naver.com/bookocean
페이스북 | facebook.com/bookocean.book
인스타그램 | instagram.com/bookocean777
전 화 | 편집문의: 02-325-9172   영업문의: 02-322-6709
팩 스 | 02-3143-3964

출판신고번호 | 제 2007-000197호

ISBN 978-89-6799-669-7 (03810)

비밀스러운 교도소의 미스터리 괴담

교도소 괴담

박
해
로
지음

PRISON

Bookocean

차 례

섭주 교도소 2동 하층의 1실 감방은 늘 비어 있다. 늘어나는 범죄에 항상 감방이 모자라도 2하 1실만큼은 예외 없이 비워둔다. 그럴만한 이유가 있다. 나이든 사람들은 이유를 알면서도 쓴웃음으로 넘기고, 젊은 사람들은 이유를 묻지만 답을 들을 수 없다.

그 이유란 요상한 가위눌림이다.

2하 1실에서 잠을 자는 사람은 누구라도 가위에 눌렸는데, 그 가위는 통상적인 가위눌림과 조금 달랐다. 어쩌면 많이. 이것 하나만 알아두자. 몸을 움직이지 못하는 가위눌림은 궁극적으로 죽음과 연관이 있다는 것을 말이다.

원래 섭주 교도소의 한 사동은 12개의 수용 거실, 즉 복도식의 12개 감방이 가로 일렬로 늘어선 구조로 되어 있었다. 1980

년대 후반 '범죄와의 전쟁'으로 수용할 죄수들이 크게 늘자 감방이 모자랐다. 한 명이 들어가야 할 독방에 두세 명이 들어앉게 되었다. 좁은 공간에 사람들이 북적대니 마찰이 생길 수밖에 없었다. 싸움질에 도박, 성적인 음란행위에 폭동 모의까지 마찰은 가지각색이었다.

1990년대 초반, 섭주 교도소장은 지방청의 허가를 얻어 확장공사에 들어갔다. 각 사동의 1실 앞에 있는 콘크리트 벽을 부수고 8개의 감방을 추가로 지은 것이다. 그날 이후 한 사동은 12개 감방이 아니라 20개 감방으로 늘어났는데, 원래의 1실은 9실이 되고 새로운 1실이 사동 입구에 생겨났다.

확장공사가 무사히 이뤄지자 기공식이 벌어졌다. 그날은 부처님 오신 날이었다. 흰 장갑 낀 손으로 테이프를 끊은 사람 중에는 교화 법회로 교도소를 찾은 어떤 승려도 있었다. 그는 세속적인 자기 자랑식 설법보다 범죄한 자에게 대자대비의 가르침을 주는 쪽으로 비범했던 존경받는 승려였다. 그가 막 새로 지은 2동을 지날 때였다. 새로 지은 1실이 있는 쪽으로 손가락을 겨눈 그는 말했다.

"저 아래 물이 흐르는데 그 위에 사람이 기거할 곳을 지었으니 매우 좋지 않다."

법회가 끝나자마자 승려는 교도소를 나섰다. 그가 남긴 말에 귀 기울이는 이는 아무도 없었다.

기공식 테이프를 끊은 지 이틀 후, 2하 1실 감방은 첫 손님을 받게 되었다. 1211번 강도철은 종로 쪽의 대중교통 업계에선 알아주는 소매치기였다. '보이지 않는 손'이란 별명을 가진 그의 손은 양복 속주머니에 든 가죽지갑부터 핸드백에 든 어린아이 분유까지 훔치지 못하는 물건이 없었다. 강도철은 1실에 들어온 첫날 취침 시간에 어디선가 물이 흐르는 소리를 들었다. 그러나 다른 방에서는 그런 소리를 들은 사람이 없어 담당 교도관은 강도철의 하소연을 무시했다.

　밤 10시쯤 되었을 때 강도철은 렘 수면 상태에 빠졌다. 몸을 눕힌 자리 아래에서 땅이 진동했다. 꿈인지 현실인지 분간할 수 없는 진동이었다. 가위에 눌리면서 그의 몸은 '떡!' 하고 굳어버렸다. 무엇이든 자기 것으로 만드는 스피디한 손은 이제 손가락 하나 까딱할 수 없는 신세가 되었다. 그가 유일하게 의식하는 건 자신이 새로 준공한 2하 1실에 누워 있다는 사실이었다.

　그때 2하 1실에 불청객이 나타났다. 꿈과 현실의 모호함 사이로, 노인 하나가 벽을 통과해 걸어 들어왔다. 그는 재소자의 수의를 입지 않았고, 교도관의 제복을 입지도 않았다. 삿갓을 쓴 노인은 하얀 옷을 걸쳤고 땅까지 닿는 수염에 지팡이를 짚고 있었다. 강도철은 본능적으로 〈김삿갓 방랑기〉를 떠올렸다. 노인 주위에서 안개인지 모기향인지 모를 이상한 연기가 피어올랐나. 상노철은 당신 누구냐고 소리치고 싶었지만 입이 움직이지 않았고, 방어태세를 취하고 싶었지만 몸은 쥐덫 안의 쥐처럼 마비되었다. 강도철은 생각으로만 말할 뿐이었다.

'누구야, 영감? 마장동 메뚜기가 보냈나? 인사동 닭발이 보냈나? 아니면 영등포 복길이 아빠가 보냈나?'

노인이 강도철을 내려다보았다. 부엉이처럼 둥그런 눈이 섬뜩했다. 노인이 눈에 힘을 주니 이불이 저절로 걷혔다. 강도철은 큰대자로 누운 채 노인을 무력하게 올려다보았다. 노인이 지팡이를 천천히 쳐들었다. 지팡이 끝은 어느새 회칼, 속칭 사시미 칼로 바뀌어 있었다. 노인의 삿갓이 초밥집 사장의 하얀 모자로 탈바꿈했다.

'아얏! 사장님! 그러지 마요!'

강도철이 마음속으로 소리쳤다. 칼이 강도철의 손목을 내리찍었다. 내뿜지 못하는 비명이 가위 상태에서 입 안을 맴돌았다. 비명을 못 지르니 고통은 배가 되었다. 노인은 손이 잘릴 때까지 연거푸 칼을 내리쳤다. 피가 분수처럼 솟았다. 결국 잘린 두 개의 손은 공중을 날아가 쇠창살을 탁 붙잡았다. 창살을 열어달라는 듯 잡아당기는 손은 붉은 피를 수도꼭지처럼 쏟아냈다. 피가 빠질수록 강도철의 얼굴은 허예졌다. 손이 다섯 손가락을 세우더니 옆으로 틀어 창살 사이를 빠져나갔다.

'안 돼! 가지 마!'

강도철이 애원했다. 그의 얼굴은 흡혈귀처럼 허예졌다. 빠져나간 그의 손은 다른 방으로 들어가 자고 있는 동료 죄수들의 물건들을 훔쳤다. 바둑판, 영양제, 신문, 치약, 샴푸, 콜라병, 누드 잡지, 시계……. 강도철은 가지 말라고 소리쳤고, 손목에서 뿜어져 나오는 피로 온 방 안은 빨갛게 채색되었다. 붉은 조명 아래의 노인이 '으하하하' 웃었다. 웃음소리를 듣자마자 강도철은 손이 잘린 고통을 '실제로' 느꼈다. 극심한 공포가 그의 마비를 풀었다. 그는 비명을 지르며 자리에서 벌떡 일어났다. 담당 교도관이 깜짝 놀라 달려왔다.

"왜 그래? 무슨 일이야?"

강도철은 정상적으로 붙어있는 자신의 손을 내려다보며 소리쳤다.

"교도관님! 제가 예전에 일했던 횟집 사장이 칼을 들고 날 죽이려 해요! 제가 그 집 돈을 훔쳤거든요! 아니, 어떤 노인이 사장 흉내를 내요! 꿈인데 꿈이 아닌 거 같아요!"

교도관은 횡설수설하는 강도철이 악몽을 꾸다 깨어났음을 알고 빈정거렸다.

"태몽이다."

"태몽은 무슨 태몽이에요. 귀신이라니까요!"

"내가 귀신으로 보여?"

교도관이 고개를 들었다. 강도철이 또다시 비명을 질렀다. 교도관 모자 아래 드러난 얼굴은 또 그 노인이었기 때문이다. 노인이 '으하하하' 웃자 강도철은 잠에서 깨어났다. 2중의 악몽이었다. 달려온 교도관이 땀으로 목욕을 한 강도철을 의아하게 바라보았고 공포에 질린 강도철은 가위눌림이 풀린 것도 깨닫지 못했다.

밤마다 가위눌림이 반복되었다. 매일 밤 그의 손은 잘렸다가 다시 붙었다. 강도철은 잠을 이루지 못했고 몸이 수척해졌다. 노인은 인정사정없이 손을 잘랐다. 강도철은 담당 교도관에게 무서워 죽겠다고 말했다. 교도관은 그의 꿈을 비웃었고 감방을 바꿔달라는 애원도 받아들이지 않았다. 결국 강도철은 극단의 조치를 취할 수밖에 없었다. 다른 방으로 옮길 수 있는 극단의 조치. 그는 모두가 들을 만한 고성방가로 소란을 피웠다.

"김일성 만세! 김정일 만세!"

때는 1980년대 후반, 남과 북의 관계가 살얼음 같았던 시기였다. 꽁꽁 묶인 그는 즉시 징벌 사동인 5동으로 옮겨져 거취 문제를 해결할 수 있었다. 빨갱이로 몰리긴 했어도 노인은 5동 1실까지 따라오지 않았다. 징벌실은 몹시 추웠지만 강도철은 '노인을 위한 나라는 없는' 공간에서 그간 못 취했던 숙면을 나름대로 취할 수 있었다.

"그 노인, 대체 누굴까?"

그는 멍이 든 손을 내려다보다가 그보다 더 궁금한 질문을 스스로에게 던졌다.

"2하 1실 타석에 들어설 다음 타자는 누구일까?"

그는 키득거렸다.

며칠 후 2하 1실에 수용된 이는 강간범인 1139번 함주오였다. 함주오는 싸가지가 없기로 유명한 꼴통이었다. 자신의 죄를 뉘우치지 않고, 지나가다 마주치는 여성 재소자, 심지어 여성 교도관에게까지 혀를 내밀며 희롱을 했다. 2동 담당 교도관은 강도철에게 들었던 삿갓 쓴 노인이 함주오한테도 찾아갔으면

좋겠다고 생각했다.

"좆같은 교도소 음식! 돈 주고 산 게 왜 이 모양이야?"

함주오는 자비(自費) 부담 구매 음식인 소시지를 와작와작 씹어 먹다가 누워버렸다. 담당 교도관이 지적했다.

"누가 9시도 안 됐는데 누우래?"

그때 벽시계가 땡 소리를 내며 9시를 알렸다. 함주오가 이죽거렸다.

"그놈의 손목시계는 정년퇴직인가?"

교도관은 비아냥거림을 참았다. 괜히 건드렸다간 시끄러워지는 '문제수'가 함주오였고, 손목시계의 고장도 사실이었으니까. 체면을 구긴 그는 돌아섰다. 함주오는 별것도 아닌 게 까부느냐는 기백으로 낄낄거리며 돌아누웠다. 여자들이 그리웠고, 여자들이 있는 바깥세상이 그리웠다. 그러나 출소 날짜는 아직도 멀었다. 어디선가 물이 흐르는 소리가 들려왔다. 그는 다른 감방에서 누군가 오줌을 눈다고 생각하다가 까무룩 잠이 들었다.

그의 눈은 감방 안에 있는 화장실을 보고 있었다. 분명 눈으로는 볼 수 있는데 몸을 움직일 수가 없었다.

'내가 가위가 눌린 거로구나!'

화장실 문이 슬며시 열렸다. 여자가 등장할 것 같은 예감이었다. 그는 미모의 여인이 이 꿈속에 등장하라고 열렬히 애원했다. 그러나 그의 앞에 나타난 자는 조선시대에서 타임머신을 타고 나타난 것 같은 삿갓 쓴 흰색 도포 노인이었다.

'뭐야 영감? 당신 여기 어떻게 들어왔어?'

머릿속 생각과 달리 입이 마비되어 한 마디도 할 수 없었다.

노인이 지팡이로 함주오가 덮은 이불을 치웠다. 힘을 주지 않은 동작인데도 이불이 날아갔다. 이불 안쪽에 접착제가 붙었는지 옷도 같이 찢어져 날아갔다. 어느새 함주오는 알몸이 되어버렸다. 노인은 타오르는 눈으로 그의 문신을 관찰했다. 함주오는 노인의 시선에 기겁해 물건이 쪼그라들었다.

'꿈이야! 이건 분명 꿈이야! 그러니 겁먹지 마! 근데…… 너무 현실 같잖아.'

함주오도 강도철처럼 大자로 양팔, 양다리를 펼친 채로 굳어버렸다. 순간 함주오는 지금 상황이 가해의 입장에서 피해의 입장으로 바뀌었음을 알게 되었다. 노인이 大자의 아랫부분인 人자 사이에 섰다. 찢어진 채 이글거리는 눈이 함주오의 물건을 내려다보았다. 함주오의 등줄기로 식은땀이 흘러내렸다.

'영감! 당신 뭐야! 여기 있지 말고 탑골공원에나 가!'

노인이 삿갓을 슬며시 쳐들었다. 함주오는 일어나려 했지만 이미 몸은 자기 몸이 아니었다. 노인이 몸을 굽히더니 손을 뻗쳤다. 고통을 최대한으로 늘이려는 듯 천천히 뻗는 손이었다. 함주오는 노인의 의도를 알았기에 차오르는 공포를 최대한으로 느낄 수밖에 없었다. 노인의 손이 함주오의 쌍방울을 움켜쥐었다. 그리고 호두를 으깨는 힘으로 손아귀를 죄기 시작했다.

"으! 으으…… 아악! 으이요……! 아으으…… 욱이으윽……"

요들송을 부르는 것 같은 처참한 비명이 울려 퍼졌다. 맥주잔 표면에 생긴 물방울처럼 함주오의 얼굴이 순식간에 땀방울로 가득 찼다.

"더, 더, 더, 더, 더, 더, 더, 더, 더!"

음주운전 단속현장의 용어가 어디선가 들려왔다. 노인의 손아귀는 그것을 터뜨리기 일보 직전이었다. 함주오의 여죄(餘罪) 중에는 음주운전 사고도 있었다.

'사람 살려!'

노인의 손이 대자에서 소자 사이즈로 바뀌듯 압력은 무시무시했다. 함주오의 눈에서 눈물이 흘러내렸다.

번쩍! 하고 번갯불이 지나갔다.

모든 환영이 사라졌다. 꿈이었을 뿐이다. 그는 이불을 덮고 있었다. 들춰보니 옷도 입고 있었는데 아랫도리가 흥건히 젖었다. 겁을 먹어 오줌을 싼 게 아니었다. 그건 빨래를 짜면 물이 흘러나오는 이치와 같았다. 어쨌거나 그는 꿈이란 사실에 안심하며 숨을 돌릴 수 있었다. 그러나 강도철은 알아도 함주오는 모르는 사실이 있었으니, 그건 1회에 그치는 행사가 아니란 것이었다.

다음 날도 또 그 다음 날도 노인은 찾아왔다.

올 때마다 노인은 함주오를 항거불능의 신세로 만들고 쌍방울을 고문하는 벌을 가했다. 함주오는 이 같은 압박이 미칠 것 같았다. 신체적 압박과 정신적 압박이 동시에 가해졌다. 성기능장애가 올 것 같았다. 심장이 압박당해 터질 것 같았다. 그는 말그대로 '성폭력 영감'이 찾아온다며 담당 교도관에게 방을 옮겨달라고 사정했지만 받아들여지지 않았다. 꿈은 살아있는 증거가 될 수 없었으니까. 담당 교도관은 함주오가 갑자기 고분고분해지고 예절 바르게 변하자 의아해하는 눈치였다.

함주오는 스트레스에 시달릴 대로 시달리다가 운동 시간에 우연히 강도철을 만날 수 있었다. 2하 1실의 선배 강도철은 함주오의 고민을 심리치료사처럼 이해하고 있었다. 그는 노인과 면식이 있었고 당한 것도 자기보다 먼저였다. 그가 2하 1실을 벗어날 수 있는 방법을 넌지시 알려주었다. 함주오는 그 방법을 쓰기로 했지만 빨갱이로 내몰리고 싶지는 않았기에 강도철과는 다르게 소란을 피웠다.

"교도소장 아버지는 백정이다! 교도소장 할아버지는 남의 집 머슴이다! 교도소장 증조 할아버지는 개도둑, 소도둑이다! 교도소장 고조 할아버지는 남의 집 땅문서, 집문서를 들고 튄 도둑 중의 상도둑이다!"

다음 날 그는 분노한 소장의 배려로 강도철이 있는 징벌사동으로 옮겨졌다. 먼 곳에 있는 존재를 욕하지 않고 가까운 곳에 있는 존재를 욕한 죄에 괘씸죄가 추가되어 그는 혹독한 대가를 치렀다. 5동에서 가장 무서운 방인 20실에 들어가게 된 것이다. 20실은 창틀만 있고 창문은 없는 독방이어서 겨울에는 시베리아만큼 춥고, 여름에는 청바지도 뚫는 침으로 무장한 산모기가 들끓는 불모지였다. 함주오는 모기들에게 무수한 헌혈을 하면서도 노인의 아랫도리 폭력에서 해방된 사실 하나에 만족했다. 그는 출소하면 다시는 성범죄를 저지르지 않겠노라 _스스로_에게 다짐했다.

"그나저나 2하 1실 타석의 3번 타자는 누구일까?"

3번 타자는 경제사범 겸 정치사범이었다. 정치 비자금에 관한 불법적인 사건으로 들어온 789번 나대담은 교도소에서도 함부로 건드리지 못하는 거물이었다. TV에 자주 등장한 큰손인 그를 취재하기 위해 수많은 기자, 변호사가 찾아왔다. 그를 아는 많은 정치인들, 유명인사들이 찾아왔다. 그가 입을 한번 열 때마다 교도소 측은 이것저것 '진실을 알려 달라'거나 '의혹을 해소해 달라'는 기자와 변호사들에게 애를 먹었다. 파장을 일으킨 그의 발언들은 사실 여부를 떠나 사회적 이슈를 몰고 왔고 이슈는 담당 공무원들에게 애를 먹였다. 모든 재소자에게 가야 할 처우가 공평히 분배되지 않고 나대담 하나에게 집중되었다. 그래서 나대담은 다른 재소자들과 달리 편하게 수용생활을 했다. 겉으로는 공손했지만, 그는 교도관들의 머리 위에 군림했고 조직폭력계의 거물들조차 수하 부리듯 했다.

원래 그는 평수가 넓은 8동의 혼거(混居) 감방을 홀로 쓰고 있었는데 이 소식이 어떤 양심적 기자에 의해 외부에 새 나가게 되었다. 다음 날 조간신문을 통해 나대담은 국민의 비난을 사게 되었고, 나대담과 관련 있는 큰 인물들은 '우리가 이번 선거에 이기기 위해서라도' 튀는 행동을 자제하라고 귀띔을 주었다.

여론을 의식한 나대담은 교도소장을 만나, 나 역시 법의 준엄한 심판을 받는 한 사람으로서 다른 재소자들처럼 좁은 방으로 가겠디고 했다.

"잘 결정하셨습니다. 모두가 칭송할 행동입니다." 소장이 웃었다.

"가긴 가는데 헌 감방이 아닌 새 감방을 주시오." 나대담의 답에 소장의 웃음이 사라졌다.

소장은 과장들을 불러 나대담이 들어갈 만한 헌 감방 아닌 새 감방이 있냐고 물었고, 누군가 2하 1실이 비어있다고 대답했다. 아래에서 굳게 입을 봉한 바람에 간부들은 2하 1실의 비밀에 대해 모르고 있는 상태였다. 그리하여 간부들 전원 만장일치로 나대담은 2하 1실로 가게 되었다.

'아랫것들을 상대하지 않는' 나대담 역시 2하 1실의 소문에 관해 모르고 있는 상태였다. 그가 어려운 사람들의 의견에 귀를 기울이고 같이 아파하는 사람이었다면 지옥의 봉변을 피할 수 있었을 텐데. 악몽이 닥쳐올 줄도 모르는 그는 말 한마디면 척척 해결되는 스스로의 존재감에 흡족해 했을 뿐이었다. 그러나 2하 1실에서 물 흐르는 소리를 들으며 잠자리에 든 첫날, 삿갓 쓴 노인은 예외 없이 그를 면회 왔다. 2하 1실의 진정한 주인은 노인이요, 거기 들어오는 이 누구나 임차인일 뿐이었다. 노인은 '개털'이든 '범털'이든 차별 없이 동등한 처우를 했다.

'당신 뭐야? 사극 찍다가 왔나?'

가위가 눌린 상태에서 나대담은 소리쳤다. 입이 굳어 머릿속으로만.

'어이! 가까이 오지 마! 내가 누군지 알아?'

걸어오던 노인이 멈춰 섰다. 권력에 굴복하는 모습에 나대담은 힘을 얻어 더 크게 소리쳤다. 머릿속으로만.

'나, 나대담이야! 나대담! 지금 세상에서 날 건드릴 수 있는 놈은 아무도 없어! 알아?'

지금 세상…… 지금 세상…… 지금 세상……

똑같은 말이 메아리를 쳤다.

나대담의 눈앞이 캄캄해졌다. 전원을 꺼버린 듯 빛이 사라졌다. 한 치 앞도 분간할 수 없을 어둠이 닥쳤다. 강물에 빠진 차로 들어오는 물에 잠기는 기분이었다. 나대담은 차오르는 공포를 느꼈다.

'어이! 왜 불을 꺼! 당장 못 켜? 이 쭈그렁탱이야! 내가 누군지 모르지? 당신 죽을 줄 알아!'

나대담의 호령은 즉각 효과를 발휘했다. 그의 명령 한 마디에 불이 켜진 것이다.

전등이 아닌 횃불이.

나대담은 놀란 눈을 동그랗게 떴다.

그곳은 지금 세상이 아니었다!
옛날 세상이었다!

마룻바닥이 있는 감방이 짚단 깔린 형옥으로 바뀌어 있었다. 굵은 나무 틀이 직은 쇠창살을 대신했다. 썩는 냄새가 진동을 했고 비명이 여기저기서 속출했다.

20

살려주옵소서.

죄가 없사옵니다.

자비를 베푸소서.

차라리 죽여주소서.

하나같이 '지금 세상'에서 쓰는 말이 아니었다. 거울도 사라져, 나대담은 손으로 몸을 만진 후에야 자신의 꾸밈새가 바뀌었음을 알 수 있었다. 머리에는 상투를 틀고 있었는데 군데군데 헤지고 찢어져 록 가수처럼 긴 머리카락이 치렁거렸다. 옷은 푸른 색 죄수복이 아니라 흰색 무명옷이었다. 피가 묻어 있었고 악취가 났다. 턱에는 굵은 수염이 자랐는데 안경은 사라지고 없었다. 바깥에는 모자와 제복 차림의 교도관이 아닌, 고깔모자에 검은 조끼를 두른 옥졸이 서 있었는데, 그가 손에 든 것은 무전기나 가스총이 아닌 무시무시한 삼지창이었다. 전등이 아닌 횃불이 조명을 대신했다. 삿갓 노인이 사극에서 튀어나온 게 아니었다. 나대담이 사극 안으로 들어간 것이었다.

'뭐야? 내가 꿈을 꾸는 건가?'

꿈치고는 너무나도 생생했다. 뺨을 꼬집어보니 아팠다. 바야흐로 벌어질 일을 그가 알고 있었다면 통각을 느끼지 못하는 편이 차라리 더 나았으리라.

출입문 앞에 서 있던 옥졸 하나가 고함을 질렀다.

"옥사장 나리 납시오!"

나대담의 시선이 그리로 갔다. 거대한 나무 문이 열리며 마치 사또처럼 생긴 남자가 장칼을 차고 나타났다. 공작새 깃털이 꽂힌 의관 아래로 염주알 같은 밀화패영이 위엄 있게 흔들거렸다. 얼굴을 본 순간 나대담은 그가 누군지 알았다. 삿갓 쓴 노인이었다.

'아하, 이놈들이 날 재밌게 해주려고 이벤트를 열고 있구나!'

교도소 생활이 지루할까 봐 그들이 사극 흉내로 사기를 치고 있었던 것이다. 장난인 걸 알았으니 이젠 안심이다. 누구 아이디어지? 김 의원? 이 의원? 안 회장? 흐흐흐, 이거 재밌는 경험인데…… 그렇다면 나도 명연기를 보여주지!

나대담이 '네 이놈! 너 감히 내가 누군 줄 아느냐'라는 갑질성 발언을 던지려는 순간 옥사장이 먼저 고함을 질렀다.

"죄인을 끌어내라!"

거대한 쇠 자물쇠가 열리고 나대담의 목에 가(枷)가 걸렸다. 속칭 '칼'이라고 부르는 이 도구는 가로로 붙이는 직사각형 나무틀 위로 얼굴만 튀어나오게 해 신체를 구속하는 장비이다. 검찰청 출정 때 수갑과 포승을 차본 나대담은 처음 차본 가라는 물건이 주는 고통에 깜짝 놀랐다. 조금도 몸을 움직일 수 없었고 어깨가 빠개지는 것 같았다.

"철삭(鐵索)도 채워라!"

쇠사슬이 양 발목을 묶었다. 뒤꿈치에 천근만근의 쇳덩이가 붙은 느낌이었다. 이로써 그는 걸음마저도 불편해졌다. 그는 공포로 튀어나온 눈을 두리번거리며 소리쳤다.

"이게 뭐 하는 짓이야! 장난 그만해, 나 화나면 무서워! 이것 당장 떼지 못해!"

"네 이놈! 어디서 더러운 주둥아리를 놀리느냐!"

"아파, 아프다고! 이 새끼들아! 변호사 불러와!"

악을 쓰는 가운데 나대담은 질질 끌려가 계단을 올랐다. 그가 갇혀있던 곳은 지하뇌옥이었다. 물 흐르는 소리가 점차 사라졌다. 서서히 드러나는 지상을 본 나대담은 반쯤 튀어나온 눈알이 완전히 빠지는 줄 알았다. 문화재 같은 동헌 건물이 등장했는데 기와 팻말에 의금부(義禁府)라고 씌어 있었기 때문이다. 의금부라면 중죄인을 심문하는 조선시대 사법기관이 아닌가! 넓은 심문장에 횃불이 활활 타올랐고 삼지창과 육모방망이를 든 사람들이 무수했다. 곤장을 치는 형틀도 보였고 주리를 트는 의자도 있었다. 나대담은 다리에 힘이 풀려 주저앉았다. 그러자 옆의 옥졸이 가와 철삭을 풀어주었다. 아주 잠시 동안 몸이 자유로웠다. 하지만 그것도 잠시, 다섯 명의 옥졸이 그를 번쩍 들어 T자형 형틀에 강제로 엎드리게 했다. 바지가 벗겨지고 그는 만인 앞에 엉덩이를 까보이게 되었다.

"네 죄를 네가 알렷다!"

꿈속의 노인, 의금부 옥사장이 소리쳤다.

"뭔 죄? 내가 너한테 뭘 어쨌길래?"

나대담은 엎드린 채로 입을 놀렸다.

"그놈의 주둥아리부터 나스려야겠구나! 여봐라! 저놈 입에서 잘못했단 말이 나올 때까지 매우 쳐라!"

"예이!"

집장사령이 곤장을 들고 나섰다. 그것은 그냥 몽둥이가 아니라 배를 젓는 거대한 노처럼 보였다. 위로 쳐들리는 곤장의 그림자가 튀어나온 나대담의 눈을 한순간 가렸다. 그는 몸을 떨며

악을 썼다.

"당장 풀어. 이 새끼들아! 누가 이따위 짓을 시켰어!"

"하나요!"

곤장이 내리쳐졌다. 살아생전 처음 당해보는 엄청난 통증이었다. 야구배트로 오십 대 맞는 통증이 단 한 대의 곤장이 주는 통증과 맞먹었다. 철썩, 하는 소리와 함께 피가 솟고 나대담의 살점이 날아갔다.

"아욱! 잘못했습니다! 잘못했어요!"

"둘이요!"

철썩!

"잘못했다니까요! 으악! 다시는 반말 안 할게요! 제발!"

"흥, 겨우 두 대 맞고 꺾일 놈이 무슨 허세더냐?"

"제발 때리지 마세요……"

옥사장이 손을 들자, 집장사령이 매를 거두었다. 옥졸들이 나대담을 일으켜 세워 의자에 앉혔다. 다리 사이로 두 개의 막대기가 들어갔다. 나대담은 그들이 뭘 하려는 것인지 알고 눈을 동그랗게 떴다. 옥사장이 물었다.

"백성들에게서 거두어간 재물을 어디에 숨겼느냐?"

"백성? 아, 국민요? 그런 거 절대로 없습니다."

"주리를 틀어라!"

옥사장의 명과 함께 쇳덩이 같은 기운이 나리로 몰려왔다. 피가 배인 나무토막이 그의 다리를 인정사정없이 꺾었다. 뼈가 우드드득 부러지는 소리가 나고 다리가 뒤틀리는 광경이 눈에 고스란히 들어왔다.

"사람 살려요! 아이고오……! 나 죽네! 다 불겠습니다!"

"어디에 숨겼느냐?"

"차명계좌! 스위스 은행! 건물 증여! 아이고…… 잘못했습니다!"

"네 이놈! 백성들에게서 뺏은 고혈을 어디에 숨겼느냐!"

"집사람이 관리하고 친척들이 관리합니다. 나는 몰라요. 아무것도 몰라요. 어흐흐흑……"

옥사장이 뒷짐을 진 채 계단을 내려왔다. 나대담은 그야말로 사극의 한 장면처럼 죽기 직전의 충신처럼 나라를 향한 신음을 쏟아냈다. 여긴 내가 사는 나라가 아닌데……

옥사장이 물었다.

"돌려주겠느냐?"

"누구한테요?"

"백성들한테."

"국민들한테요?"

나대담은 비몽사몽간이었다. 옥사장의 눈이 번쩍번쩍거렸다.

"백성들한테."

"글쎄요. 일단 변호사하고 상의를 좀 해보고……"

옥사장이 일어섰다. 나대담은 이글이글 불타는 노인의 얼굴을 보고 공포에 질렸다.

"잠깐만요! 잠깐만요!"

"할 말이 더 있더냐?"

"난 산소호흡기 꽂고 있었어요! 조사를 감당할 수 없는 몸이란 말이에요! 일단 치료부터 해줘요! 그럼 조사에 성실히 임하겠습니다. 이런 강압적인 수사는……"

그는 말을 끝맺지 못하고 머리를 축 늘어뜨렸다. 산소호흡기에 휠체어 타고 사법기관에 등장한 사람처럼.

"그놈이 실신을 했느냐?"

"그러하옵니다."

"그렇다면 놈을 비공입회수(鼻孔入灰水) 형에 처하라!"

옥사장이 옥졸들에게 차갑게 명했다. 나대담이 번쩍 눈을 떴다.

"그건 또 뭔데요!"

"거꾸로 매달아 코에 잿물을 들이붓는 형벌이지!"

"뭐라고요? 다 돌려줄게요! 다 돌려주겠습니다!"

늦었다. 이미 옥졸들은 그를 주리압슬 형틀에서 들어 올려 밧줄에 거꾸로 매달고 있었다. 옥졸 하나가 주전자와 비슷한 물통을 가져왔다. 연기가 솟구쳤고 재 냄새가 진동을 했다. 나대담의 꿈틀거리는 몸을 옥졸들이 붙잡았다.

"제발! 제발! 시키는 대로 다 할게요!"

옥사장 노인이 직접 나대담의 코에 물을 부었다. 골수가 찢어지고 빠개지는 고통이 몰려왔다. 거꾸로 매달린 나대담이 소금 맞은 지렁이처럼 이리저리 몸을 틀었다.

"인두도 가져와라!"

"잠깐만요! 말로 하자고요!"

옥졸 하나가 인두를 기져왔다. 인두 끝에 노눅 盜자가 새겨져 있었다.

"지져라!"

"예이!"

"안 돼요!"

뜨거운 고통과 함께 살이 타는 냄새가 진동을 했다. 나대담은 비명을 지르다 잠에서 깼다. 그곳은 2하 1실이었다. 가슴팍에 문신은 남지 않았다. 모든 건 꿈이었다. 한 편의 공포 사극이 가까스로 사라졌고, 남은 것은 그가 누릴 수 있는 현실뿐이었다. 그러나 눈앞에서 실제 일어난 것 같은 악몽은 오랜 시간 동안 그를 놔주지 않았다. 날이 밝고 '지금 세상'의 문이 열리자 그는 점차 현실감각을 찾았다. 갖고 있던 권력을 맘껏 누리면서 안도의 한숨을 내쉬었다.

"이 나대담을 건드릴 수 있는 놈은 아무도 없어!"

그러나 그는 날이 어두워지고 잠자리에 누울 상황은 계산에 넣지 않은 모양이었다. 사극은 한편으로 끝난 것이 아니었다. 연속극이었다. 다음 날, 그 다음 날에도 밤만 되면 사극은 시리즈로 방영되었다. 그는 노인이 감독 겸 주연을 하는 사극의 영원한 악역으로 잠들 때마다 고통 받았다. 공포영화 〈쏘우〉 시리즈가 회를 거듭할수록 훨씬 강도 높은 폭력을 선보이듯 나대담이 당하는 고통도 날마다 업그레이드되었다. 세상천지 무서울 것 없던 그는 이제 잠을 무서워하게 되어 커피를 하루에 20잔 씩 마셨다. 그래도 잠이 쏟아지고 고문의 사극을 찍게 되자 결국 특단의 방법을 썼다. 강도철이나 함주오처럼 괴성의 소란을 피우지 않은 채, '빽'을 이용하여 6동에 있는 곰팡이 가득한 독방으로 '긴급피난'을 하는 데 성공한 것이다. 멀리 자리를 옮기니 안테나에 전파가 잡히지 않는 것처럼 공포의 사극도 더 이상은 재생되지 않았다. 노인은 영영 그를 떠났다.

2하 1실에서의 귀중한 경험은 그를 변화시켰다. 출소와 동시에 그는 모든 재산을 찾아 사회에 환원했다. 부인이 그를 떠나고 막내를 제외한 모든 자식이 그를 떠났다. 그는 귀농인이 되었고 두 번 다시 정계, 경제계에 발을 들이지 않았다. 은둔하는 기부인, 행동하는 양심인으로 거듭 태어난 그는 특히 독거노인을 향한 봉사활동을 평생토록 잊지 않았다. 이야말로 진정한 교정교화요, 교도소 갱생이었다. 사람이 바뀐 그는 인생의 스승인 그 노인을 다시 한번 만나길 간절히 원했지만 2하 1실에 드러눕지 않는 이상 이뤄질 소원이 아니었다. 노인은 방문객을 맞이하는 주인일 뿐, 직접 방문하는 손님은 아니었던 것이다.

2하 1실의 소문이 교도소장의 귀에까지 들어갔다. 소장은 1실을 비운 후, 죄수들이 거짓말을 하는지 아닌지 알아보려고 일일 체험 신청자를 받았다. 대상은 재소자가 아닌 교도관이었다. 아무도 거기 들어가지 않으려고 했다. 그러자 일일체험에 자원하면 특별 수당을 붙여 준다는 공지가 추가되었다.

김 교도관이 들어갔다. 그는 부인 몰래 노름을 해서 빚이 꽤 있는 상태였다. 1실에 들어간 날 밤, 가위에 눌린 김 교도관은 화장실 문을 열고 등장한 노인을 만났다. 노인은 내기 장기를 두자고 했고 김 교도관은 좋다고 했다. 다음 날 아침, 1실을 나온

28

김 교도관은 두 번 다시 거기 들어가지 않겠다고 했다. 무슨 일이 있었냐는 질문에 그는 오랜 시간이 지난 후에야 입을 열었다.

그가 꿈속에서 장기를 둔 장소는 사형장이었다. 노인의 뒤로 허공에 뜬 발들이 보였다. 목에 건 밧줄로 둥실 떠다니는 발이었다. 노인이 장군을 부를 때마다 그 발이 움직였다. '어서 져라, 어서 져라, 어서 지면 너도 우리처럼 매달린다'는 음성이 허공에서 김 교도관의 귀로 날아들어왔다. 노름판에서 들었던 온갖 협박의 말들이 둥실둥실 떠다녀 그를 미치게 했다. 간신히 장기에 이기긴 했지만 화가 난 노인은 장기판을 엎었다. 김 교도관이 도망가자 노인이 지팡이를 휘두르며 따라왔다. 지팡이 끝에는 화투장이 도끼날처럼 붙어 있었다. 김 교도관은 둥실 떠다니는 발들을 이리저리 밀어 노인의 추격을 교란시킨 후 꿈에서 깨어나 간신히 탈출에 성공했다. 그날 이후 김 교도관은 노름을 끊었다.

이 교도관도 자원해 들어갔다. 그는 살고 있는 아파트의 층간 소음에 애를 먹는 중이었는데 교도소에서 잠을 때워 하룻밤이라도 소음에서 해방될 심산이었다. 그는 9시 10분에 가위가 눌려 노인을 만났다. 노인은 시선을 그의 얼굴에 둔 채 벽과 천장을 기어 다녔다. 시선을 이 교도관의 얼굴에 두었기 때문에 움직임에 따라 노인의 목은 비정상적으로 돌았다. 노인이 손으로, 발로 짚는 탁! 탁! 소리가 그의 신경을 자극했다. 가위눌린 이 교도관이 시선을 천장에 두었을 때 이제 그곳까지 막 기어 도착한 노인이 보였다. 노인의 목은 360도로 돌아가 있었다. 눈과 눈이 마주쳤다. 노인은 부엉이 눈을 깜빡이지도 않고 이 교도관만

처다보았다. 꽉 죄었던 돌림이 풀리고 원래의 위치를 찾고자 노인의 목이 몇 바퀴나 돌았다. 겁에 질린 이 교도관은 울음을 터뜨렸다. 눈물 흐르는 소리가 물 흐르는 소리로 바뀌었다.

결국 2하 1실은 폐쇄되었다. 그곳에만 들어가면 가위에 눌리고 이상한 노인을 만난다는, 너무나도 많은 사람들의 증언이 있었기 때문이다. 그 후 2하 1실은 7, 8년 동안이나 '손님을 받지 않는' 빈 방으로 남았다. 빠르게 돌아가는 세상 속에서 사람들은 전설을 잊었고, 귀신의 존재를 잊었다.

그러나 운명의 장난은 그 방의 무숙박을 방치하지 않았다. IMF 구제금융사태 직후인 1999년, 사람들은 가난에 처했고 실직난에 처했고 돈 문제에 처했다. 생계형 범죄가 크게 늘어 교도소로 들어온 사람이 급증했다. 각 교도소마다 감방이 모자랄 지경이었다. 섭주 교도소도 마찬가지였다. 세 명이 정원인 방에 일곱 명이 들어갔고 독방에도 두 명씩 들어갈 수밖에 없는 수용과밀 문제가 골치를 썩였다. 마침내 쓰지 않던 2하 1실도 임시로 문을 열게 됐다. 그것도 한 명이 아닌 두 명을 수용하는 조건으로.

59세 폭력전과 4범 청출봉과 27세 사기전과 2범 민태섭이 2하 1실에 수용되었다. 둘은 만난 순간부터 사자와 물소처럼 서로를 싫어했다. 2동 담당 근무자가 속속 들어오는 신입 재소자들로 문을 따라 짐 검사하랴 바쁠 때 1방에서 싸우는 소리와 욕설이 들렸다. 황출봉과 민태섭이 주먹질을 했다. 발견 당시 둘은 피를 흘리고 있었다. 두 명은 기동순찰 교도관들에게 연행되어 조사실로 가 조사를 받게 되었다. 황출봉과 민태섭은 서로가 피해자라고 주장했다. 시비를 먼저 건 것은 상대방이며 먼저 맞은 것은 자기라고. 목격자가 없어서 누가 참말을 하고 누가 거짓말을 하는지 몰랐다. 조사실에서는 그들을 따로 떨어뜨려 놓은 후 각자의 진술서를 쓰게 했다. 그러나 진술서로도 누가 먼저 시비를 걸었는가를 판가름하지 못했다.

황출봉의 진술서

저는 2하 1실에 수용된 556번 황출봉입니다. 취사장에서 온 점심 식사를 끝냈을 즈음에 210 민태섭과 말다툼을 벌인 사실이 있습니다. 민태섭이 먼저 저를 보고 "야! 이 씨팔, 늙으면 뭐될 것이지, 이 영감탱이야! 설거지하고 있잖아! 드러눕지 말고 좀 일어나 앉아봐!"하고 시비를 걸었습니다.

제가 "여보게 젊은이. 자네도 부모가 있을 텐데 그러면 안 되네. 설거지는 내가 하겠네" 하고 격려하듯 어깨를 툭툭 쳤습니다. 이에 민태섭이 흥분하여 저의 손가락을 꺾고 얼굴을 주먹으로 쳤습니다. 제가 먼저 맞은 후 방어 차원에서 그를 약간 밀었습니다. 이에 거짓 없이 진술합니다.

민태섭의 진술서

저는 2동하층 1실에 수용된 210번 민태섭입니다. 같은 방의 556 황출봉과 다툰 사실이 있습니다. 식사를 끝내고 낮 12시 쯤 설거지를 할 때 556 황출봉은 누워있었습니다. 제가 황출봉에게 "어르신. 제가 설거지를 하고 있잖습니까? 불편하시겠지만 좀 일어나 앉으시면 안 되겠습니까?" 하고 말씀 드렸는데 한출봉이 "야이, 대가리 피도 안 마른 새끼야! 니 부모는 어떤 놈년들이냐? 설거지 내가 하께. 백대만 처 맞아라!" 하고 다가와 어깨를 잡아 밀치고 얼굴을 때렸습니다. 제가 먼저 맞은 후 정당방위 차원에서 저도 몸을 보호했습니다. 이에 거짓 없이 진술합니다.

조사실은 난감했다. 젊은 놈, 나이든 놈 둘 다 책임이 있을 테지만, 정확한 원인을 밝혀 뒷탈없이 일처리를 해야 했다. 황출봉과 민태섭은 조사실에서도 "담에 만나면 갈아 마셔 버린다!" "가만 둘 줄 아느냐"라며 옥신각신 싸웠다. 조사실 계장은 먼저 찰과상을 치료하게 한 후, 두 사람을 함께 불러 화해하면 없던 일로 할 수도 있다고 말했다. 그러자 민태섭과 황출봉의 얼굴에 계산적인 빛이 흘렀다. 징벌처분을 받으면 불이익을 받아 출소일이 그만큼 늦어진다. 두 사람은 갑자기 서로를 끌어안고 말했다.

"내가 용서하겠네! 젊은이!"

"아닙니다. 젊은 제가 용서해드리겠습니다, 어르신!"

내가 참아준다는 뉘앙스에 두 사람 사이엔 또다시 전운이 감돌았다. 계장이 서둘러 끼어들었다.

"또 한 번 싸우면 둘 다 징벌 받는다!"

"내가 미안하네. 젊은이."

"제가 잘못했습니다. 어르신."

아슬아슬한 평화협정을 맺고 두 사람은 2하 1실로 돌아갔다.

"저러다 또 싸우면 어쩌죠?"

조사실 직원이 계장한테 물었다. 계장은 빙그레 웃었다.

"그 노인이 아직도 거기 살고 있다면 사태를 해결해주겠지."

"그게 뭔 소립니까?"

입사한 지 얼마 안된 조사실 직원이 물었지만 계장은 미소만 지을 뿐 답하지 않았다.

━━━━━━

그날 밤 두 사람은 9시에 이부자리를 깔았다.

"운 좋은 줄 알아. 이 새끼야!" 황출봉이 목소리를 죽여 말했다.

"당신이나 운 좋은 줄 알아." 민태섭도 조용히 말했다.

"어쭈, 이게? 그래, 또 한 번 붙어볼까?"

"징벌실 가서 나잇값 못했다고 쪽팔려 볼래?"

분노를 참는 황출봉의 얼굴이 연탄구이 집의 불붙은 연탄처럼 달아올랐다. 민태섭은 펠리컨처럼 아래턱을 크게 내리고 웃었다. 그러다가 그는 웃음을 멈추었다.

"이봐요, 할배. 물 흐르는 소리 안 들려요?"

"뭐?"

"물 흐르는 소리 안 들리냐고요."

"새끼, 말 돌리고 있어. 너 죽을 줄 알아. 근데 소리가 들리긴 들리는 거 같은데."

"이 방에서 나고 있어요."

"난 안 가. 니가 화장실 가서 잠그고 와."

"거기서 나는 소리가 아니에요."

"그럼?"

"마룻바닥에서 나는 거 같아요."

그가 돌아볼 땐 늦었다. 황출봉이 이미 코를 골고 있었기 때문이다. 어떻게 이렇게 빨리 잠이 들 수 있는 거지? 민태섭은 일어나 물 흐르는 소리에 귀를 기울였다.

황출봉이 잠꼬대를 했다.

"나는 몰라…… 나는 몰라. 10년이고 100년이고 내가 어떻게 알아…… 난 처음 보는데…… 그러지 마. 제발 그러지 마. 난 몸을 못 움직여…… 그러지 마."

"이봐요, 할배. 왜 그래요?"

민태섭이 황출봉을 흔들었다. 그러나 황출봉은 눈을 뜨지 않으면서 잠꼬대처럼 말을 이어갔다.

"저기…… 누가 있어."

"어디? 어디요?"

"네 뒤에."

"내 뒤에?"

민태섭은 왼쪽으로 돌아보았다. 아무것도 없었다. 이번에는 오른쪽으로 돌아보았다. 아무 것도 없었다. 그는 무심코 거울을 보았다. 자신의 등에 그림자처럼 달라붙어 판토마임 쇼를 벌이는 노인이 거울 속에 있었다. 삿갓을 쓴, 해골처럼 생긴 노인이었다. 그는 왼편으로 움직이면 똑같이 왼편으로 움직이고 오른편으로 움직이면 똑같이 오른편으로 움직여 들통나지 않았다. 거울 속의 노인과 민태섭의 눈이 마주쳤다. 민태섭은 비명을 지르다가 눈을 떴다. 그는 잠이 들었고, 가위에 눌렸다.

노인은 보이지 않았다.

그러나 황출봉이 보였다. 그는 공중부양 상태로, 천장에 책상다리를 한 채 앉아 있었다. 그의 집채만 한 엉덩이는 정확히 민태섭의 머리 위에 떠 있었다. 민태섭은 피하려 했지만 몸을 움직일 수 없었다. 황출봉은 무슨 일이 일어나는지 모른 채 책상다리 그대로 보이지도 않는 텔레비전을 보고 있었다. 천장에서 지지지직 하고 얼음 갈라지는 소리가 났다. 마하의 속도로 추락하는 황출봉의 엉덩이가 지구만큼이나 커졌다. 비명을 지르기도 전에 황출봉의 엉덩이가 민태섭의 머리를 박살냈다. 민태섭이 가위에 눌린 악몽임을 안 순간, 또다시 천장에 황출봉의 엉덩이가 나타났다. 팽팽해진 바지 사이로 방귀도 나왔다. 또다시 지지지직 얼음 갈라지는 소리가 났다. 민태섭은 피하려 했지만 조금도 움직일 수 없었다. 진정 '머리에 피도 안 말랐는지' 확인이나 하려는 것처럼 황출봉의 엉덩이가 추락하며 그의 머리를 터뜨려 부수었다. 되풀이될 때마다 엄청난 충격과 고통이 따랐다. 잠이 깰 때까지 민태섭은 머리가 터지는 경험을 무한정 되풀이해야만 했다.

역시 가위가 눌린 황출봉은 에밀레종 안에 갇힌 악몽을 꾸고 있었다. 종 바깥에서 민태섭이 거대한 쇠몽둥이를 들고 종을 마구 치고 있었다. 온 사방에서 쾅! 쾅! 거리는 악몽이 끝도 없이 계속되었다. 귀청이 찢어지는 고통에 온몸이 진동했지만 황출봉은 손가락 하나 까딱할 수 없었다. 귀를 막을 수도 없었다. 그의 앞에 있는 노인은 사지를 고문하는 종소리에 끄떡도 하지 않은 채 부엉이 눈으로 황출봉을 빤히 노려보았다. 황출봉이 울먹였다.

"몰라…… 10년이고 100년이고 내가 어떻게 알아. 난 처음 보는데…… 난 가방 끈이 짧아. 내게 퀴즈를 내지 마…… 날 놔줘."

아침 6시. 황출봉과 민태섭이 동시에 잠에서 깼다. 머리털은 곤두섰고 눈은 움푹 파였다. 같은 써클의 가입으로 둘은 전시상태를 해제하고 동질감을 느꼈다. 다크써클.

둘은 서로를 끌어안고 이산가족처럼 눈물을 흘렸다. 그리고 살아있음을 경축했다.

그들 두 사람이 알린 '노인에 관한 하소연'이 교도소장의 귀에도 들어갔다. 옛날의 기괴한 사건을 기억하던 소장은 1방을 깨부수어 대체 그 아래에 수맥(水脈)이 흐르는지 알아보라고 명했다. 그래서 그 수맥이 살아있는 사람의 꿈을 어지럽히고 원인 모를 병에 시달리게 하는지 알아보라고 했다. 소장의 복잡한 지시에 골머리를 앓던 담당자는 2하 1실을 처음 지을 때 이상한 예언을 남겼던 스님을 모셔왔다. 인부들노 불려왔다.

2동의 모든 재소자들이 운동장으로 나왔을 때 1실을 깨부수는 작업이 이뤄졌다. 마룻바닥 아래 콘크리트 더미가 나오고 그 아래 습기로 가득한 흙이 나왔다. 흙은 점점 축축해졌고 더 파 내려가자 완전한 진흙으로 변했다. 인부들은 흙을 퍼낼 때 번져오는 차갑고 사악한 기운을 느꼈다. 중년에서 노년이 된 승려가 경을 외우고 목탁을 두드렸다. 음습한 기운이 서서히 사그라들었다.

승려가 경문 읽기를 멈추었을 때 인부들도 일손을 멈추었다. 오래된 것으로 보이는 백골이 발굴되었다. 백골은 다 헤진 군복 사이로 팔과 다리뼈를 온전히 갖추고 있었다. 국군복인지 북한 군복인지 알아보기 어려운 상의 주머니에 사진이 있었다. 머리를 포마드 기름으로 넘긴 준수한 청년이 부인으로 보이는 우아한 여성과 찍은 흑백사진이었다. 2하 1실에서 가위눌렸던 사람들이 젊은 모습임에도 그 노인이 틀림없다고 앞다투어 증언했다. 기자들이 몰려왔고, 섭주 교도소의 유골 발굴은 뉴스에 널리 공개되었다. 이제는 할머니가 되었을 사진 속 여성을 찾는다는 공지도 있었지만, 아무리 시간이 흘러도 여성은 나타나지 않았다. 따라서 노인의 정체도, 땅 아래 갇히게 된 이유도, 그가 품은 한도, 그의 좌절된 꿈도 끝내 밝혀지지 않았다.

승려는 유골을 거두어 양지바른 곳에 묻어준 뒤 향을 피우고 극락왕생의 제를 올려주었다.

섭주 교도소 2하 1실은 새롭게 리모델링되었고 그곳에 수용되는 사람은 더 이상 악몽을 꾸지 않게 되었다.

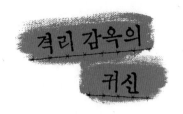

격리 감옥의 귀신

섭주 교도소에는 1동부터 12동까지 열두 사동(舍棟)이 있다. 한 사동 안에 스무 개의 감방이 가로로 놓여 있는데 하층 중층 상층 구조로 되어 있으니 한 사동 당 60개의 감방이 있다. 그렇다면 열두 사동 안에 도합 720개의 감방이 있는 셈인데, 건물이 말을 할 수 있다면 720개의 입이 있을 것이고 건물이 볼 수 있다면 1,440개의 눈이 있다는 얘기가 된다.

720개의 감방은 범죄자들을 숙박비 없이 체류시키면서 그들의 어둡고 그늘진 사정에 귀를 기울였다. 그들이 내뿜는 에너지를 말없이 받아들이는 가운데 벽은 균열이 나지 않았고 오히려 더 단단해졌다. 도주를 막아야 할 특유의 내구력에 어두운 힘이 응축된 결과다.

지은 지 40년이 넘은 섭주 교도소는 부분적인 리모델링을 그때그때 거쳤을 뿐 달라진 게 없다. 음습하고 불쾌한 공기가 건물 안을 떠다녔다. 어떤 감방에서는 사람이 죽어 나갔고, 어떤 감방에서는 사람이 미쳐 나갔다. 어둠의 시대에는 비밀에 부쳐진 이야기가 숱했지만 대국민 공개의 오늘날에도 풀리지 않는 이야기들은 살아남았다.

720개의 방은 섭주 교도소의 모든 비밀을 알고 있었지만 안타깝게도 방은 말을 할 수 없었다. 그러나 전과가 많은 재소자나 경력이 오래된 교도관들은 감방이 그들을 쳐다보고 그들을 느낀다는 사실을 알고 있었다. 재소자가 감방 안에서 잠들 때, 혹은 교도관이 숙직실에서 잠들 때 그들은 바깥세상에선 상상도 할 수 없는 악몽을 꾸었고, 진정 '신체의 자유를 구속'하는 가위에 눌렸다. 어쩌면 그런 기현상들은 잠든 사람의 귀에 대고 비밀을 가르쳐주겠다고 하는 교도소의 속삭임인지도 모른다.

섭주 교도소 9동은 병동(病棟)으로, 몸이 아픈 재소자들이 치료의 목적으로 기거하는 사동이다. 이곳 역시 하층, 중층, 상층으로 건물이 나뉘어 있었지만 다른 사동과 달리 재소자는 하층의 감방에만 수용되었다. 중층과 상층은 텅 비어 있다. 9동 담당인 젊은 교도관 김재혁은 그 이유가 궁금했다. 그는 직원들이 근무를 잘하고 있는지 순시를 나온 고참 박철민 교위를 붙잡았다.

"박 주임님, 왜 병동 중층과 상층에는 빈방만 있지요?"

"환자들이 없으니까."

"에이. 그건 아닌 거 같은데요?"

"내가 거짓말 한다는 거냐?"

"의료과에서 그러던데 아직도 병동에 들어올 환자가 네 명이나 대기 중이라던데요?"

"중증 환자가 아니겠지."

"아닙니다. 전부 유행성 독감이래요. 빨리 격리하라는 요구가 빗발치는데 병동 하층에 빈방이 생겨야만 들어갈 수 있대요."

"뭐가 궁금한 거야?"

"말했잖습니까? 환자가 넷이나 대기하는데도 왜 중층, 상층을 오픈 안 하냐고요?"

"그럴만한 사정이 있지."

"뭔가 알고 계시는 것 같은 눈친데……"

"너 중층, 상층에 직접 올라가보긴 했냐?"

박철민의 손가락이 하층에서 중층으로 오르는 계단을 가리켰다. LED 등이 밝은 하층 계단과 달리 중층 계단부터는 한 조각의 빛도 없는 어둠뿐이었다. 하층의 불빛이 영향력을 끼치지 못하는 그 어둠은 말 그대로 칠흑이었다. 김재혁은 거기서 뭔가 튀어나올 것 같아 겁이 났다.

"올라가봤죠."

"어땠어?"

"완전 귀신 나올 분위기던데요? 텅 빈 감방들…… 날아 들어온 낙엽 무더기에, 방치된 옛날 물건에, 고양이 사체까지 있었어요. 감방을 지나칠 때는 누가 그 안에 있는 것 같았어요. 돌아보면 없었지만요."

"왜 그렇게 방치해뒀겠나?"

"글쎄요."

"네가 올라갔을 땐 낮이었지?"

"낮에 올라갔죠."

"지금 같은 밤에 거길 가려면 손전등을 갖고 가야해. 전기도 안 들어오거든."

"그렇겠죠."

박철민이 히죽 웃었다. 김재혁은 그 웃음이 달갑지 않았다. 담력 테스트 한답시고 갔다 오라 말하기라도 하면 곤란하다.

"들어가지도 못할 거면서 뭘 그리 큰 소리 쳐?"

"누가 못 들어간다고 그랬습니까?"

"흥, 병동 중층의 비밀을 알면 들어갈 마음이 싹 사라질 걸?"

"어떤 비밀이요?"

김재혁이 물었다. 박철민은 컴컴한 가운데 미동도 없는 중층 출입문의 쇠창살을 쳐다보았다. 추억에 잠긴 눈, 혹은 혐오가 담긴 눈이다.

"20년 전에 여기 중층은 치료 사동이 아니었어."

"그럼 뭔데요?"

"격리 사동이었지."

"격리요? 아…… 전염병에 대비한 장소였군요. 제가 초등학교도 들어가기 전이네요."

박철민은 김재혁의 시시한 농담에 넘어가지 않았다.

"전염병이 맞지. 그때 환자들을 격리한 저곳에서 어떤 사고가 생겼어. 그 이후로 소장이 바뀌고 담당 교도관들도 문책을 당해 아예 폐쇄시켜버린 거야."

박철민은 다른 사동으로 순시를 가야할 일도 잊고, 오래된 이야기를 들려주었다.

　20년 전, 섭주 교도소의 외부 통근 작업 죄수들 사이에서 원인 모를 전염병이 나돌았다. 이들은 교도소에서 1킬로미터 떨어진 낙농장으로 '닭장버스'를 타고 젖소 치는 일을 나갔다가 오후가 되면 교도소로 돌아왔는데 그중 몇 명이 밤 8시 무렵부터 가려움증을 호소한 것이다. 그 가려움증은 두드러기와도 달랐고, 아토피와도 달랐고, 습진과도 달랐다. 손을 써보기도 전에 증상이 크게 발현되는 급성질환이었다. 병명도, 원인도, 치료법도 알 수 없었다. 이 가려움증의 특징은 일단 걸리기만 하면 피부가 자줏빛으로 변하고 극심한 간지러움을 호소한다는 것인데 긁지 않으면 문제가 없었으나 긁으면 몸이 급속도로 부풀어 올랐다. 부풀어 오른 사람들은 신체에 변형을 일으켜 원래의 모습을 알아볼 수 없을 정도였다. 가장 먼저 가려움증을 호소했던 258번 이경섭이 교도소 의료과를 찾았을 때 그의 몸은 이미 거대한 고구마처럼 변한 뒤였다. 피부 색깔 역시 고구마 껍질 같은 자주색이었다. 그 모습을 본 교도관들은 대경실색해 가까이 다가가기를 꺼렸다.

　섭주 교도소 의료 과장은 즉시 이경섭을 9동 중층 1실에 격리 수용시켰다.

　10분 후 똑같은 증상을 보이는 환자 하나가 또 실려 왔다. 그는 258번 옆에 있던 435번 조효성이었다. 긁다가 실려온 조효성의 몸도 이경섭처럼 커다란 고구마로 변해 있었다. 의료 과장은 조효성에게 강제로 목장갑을 끼워 몸을 긁지 못하게 했지만 소용없었다. 그들 두 사람 말고도 외역 작업에 나갔던 재소자들이 속속들이 형체가 변형되어 의료과로 몰려왔기 때문이다. 모두 19명이었다.

그들 모두가 격리의 진단을 받았고, 순식간에 20개 감방에 19명이 들어찼다. 교도관들은 부풀어 오른 이마와 볼 때문에 눈과 입이 쪼그라든 그들이 누가 누군지 알 수 없었다. 일단 부풀어 오르면 똑같이 변해, 오로지 번호표로 식별할 수 있을 뿐이었다. 방독면을 쓴 9동 중층 담당 교도관은 순찰을 돌면서 쇠창살을 붙잡은 거대한 고구마 인간을 1방부터 19방까지 봐야만 했는데 가히 악몽에 시달릴 그로테스크한 광경이었다.

의료 과장이 직접 9동 중층을 찾아 한 사람 한 사람 면담에 나섰다. 만류하는 직원들을 뿌리친 그는 전염병의 확산을 막으려는 의료인의 본분을 잊지 않았다. 불굴의 면담으로 과장은 이 19명이 오전의 외역 작업 중에 버섯을 나눠먹었음을 알아냈다. 그 버섯은 점심 식사 도중 낙농장 인근의 고목 아래에서 딴 것이라고 했다.

외역 작업자는 모두 30명이었는데 11명은 9동 상층에 격리 중이었다. 그들은 증상이 없었고 가려움증을 동반한 신체의 변형을 겪지 않은 사람들이었다. 전염의 원인이 버섯으로 밝혀지자, 공기로 전파되는 병이 아니란 확신을 얻은 의료 과장은 교도소장을 찾아갔다. 몸이 부풀어 오른 19명만 외부 병원으로 이송하고 신속히 보건 당국에 역학조사를 의뢰해야 한다고 말했다.

그러나 교도소장은 조사를 허락하지 않았다. 일주일 후 대통령이 여야당 대표들과 함께 순시를 온다는 게 이유였다. 소장은 그분들께 '나사가 풀린' 모습을 보일 수 없다고 했다. 전염병 막는 일이 무슨 나사 풀리는 일이냐고 의료 과장은 반발했고, 소장은 낙농장에서 일 안 하고 몰래 버섯이나 채취한 놈들이 나사 풀린 놈이 아니고 뭐냐며 눈에 힘을 주었다.

"9동은 폐쇄다. 높은 분들 순시가 끝날 때까지."

소장이 명했다.

명령을 따라야 하는 의료 과장은 아무런 말도 하지 못한 채 물러났다.

20개 감방에 수용된 19명의 재소자는 철저한 비밀과 세심한 감시 속에 격리되었다.

버섯의 독은 그들의 피부를 부풀어 오르게 한 것도 모자라 내부까지 변화시켰다. 발성기관과 호흡기관에 염증을 일으켜 그들은 제대로 의사를 전달할 수 없었다. 그들이 말을 할 때면 기관차의 질주 같은 숨소리가 났는데 9동 중층에 올라오는 교도관은 19명이 일제히 내는 쉭쉭, 소리에 극심한 공포를 느꼈다. 누군가 칭한대로 '악마의 코골이'라는 별칭이 어울리는 기괴한 유향이었다. 어떤 직원이든 9동 근무에 투입되기를 꺼려했다. 업무상 19개의 방을 시찰해야만 했는데, 눈코입이 안 보일 정도

44

로 부풀어 오른 몸을 창살에 기댄 채 가쁜 숨소리를 내는 감염자들은 우리에 갇힌 야생 짐승처럼 보였다.

교도소장은 격리 수용된 사람들에게 개인용 물건을 아무 것도 넣어주지 말라고 했다. 감염 방지를 위한 이 조치에 그들에게 들어갈 수 있는 건 일회용 식기를 제외하고는 아무것도 없었다.

하루가 지나고 이틀이 지났다. 감염자들의 몸은 정상으로 안 돌아왔지만 다행히 이 병은 전염병이 아니었다. 의료 과장은 버섯을 먹은 자들만 같은 증상을 겪는다는 사실을 깨닫고 그나마 안도의 한숨을 내쉬었다. 그러나 19명의 병은 심화되고 있었다. 육체의 심화에 이은 정신의 심화였다. 버섯의 독이 그들의 정신을 서서히 망가뜨렸다. 독방에 격리된 그들에게 악한 마음이 그들이 먹은 독버섯처럼 자라나기 시작했다. 의심하는 마음, 미워하는 마음, 피해를 당하고 있다는 마음, 망상 따위가 자줏빛으로 부풀어 올랐다.

19실 감방의 마약사범 주태균은 어떤 사람 하나를 극렬하게 미워하고 있었다.

'딱 한 놈만 죽이면 돼.'

자줏빛으로 퉁퉁 부은 그는 혼자 갇혀 있는 게 억울했다. 그는 누굴 표적으로 삼을지 이미 알고 있었다.

교도소에 최덕팔이라는 사람이 있었다. IQ가 50을 약간 넘는 이 사람은 섭주 교도소의 명물이었다. 모두가 그를 알았고 '바보 덕팔이'라고 악의 없는 농담을 던졌다. 그는 교도소에 들어왔지만 교도소가 어떤 곳인지를 잘 알지 못했고, 사회에서처럼 자기를 향한 놀림이 관심받는 일로 생각해 늘 히죽거리고 다녔다. 그를 알지 못하는 사람은 선천적인 자줏빛 피부와 눈코입이 파묻힌 기형적인 얼굴을 무서워했지만, 그가 순한 사람임을 알고 난 후에는 바보 덕팔이로 놀리기 일쑤였다.

덕팔은 범죄가 뭔지도 모른 채 한동네 친구의 '오십 원 줄 테니 이 양파망을 〈보람 기사식당〉에 갖다주고 다른 양파망을 받아오라'는 말을 순순히 따랐다. 그 친구는 어릴 적부터 덕팔을 수시로 놀리고 때리고 괴롭혀 거절하기가 두려웠다. 그는 일을 시키면서 '절대로 내가 시켰단 말을 하지 말라'고 강조했다. 덕팔은 알겠다고 답하고 〈보람 기사식당〉에 갔지만 잠복해 있던 형사들에게 영문도 모르고 잡히고 말았다. 형사는 매질로 울리고 설렁탕으로 달래면서 누가 배달 일을 시켰는지 물었다. 겁이 난 덕팔은 동네 친구 태균이라고 이실직고했다. 양파 사이에 끼어 있던 가루 봉지는 마약이었다. 태균은 잡아뗐지만 결국 구속되어 교도소로 끌려갔다. 덕팔 역시 실적을 노린 형사들에 의해 교도소로 끌려갔다. 두 사람은 섭주 교도소에 같이 수용되었다.

격리 치료 2일 치, 19일의 죄태균은 죄덕팔도 버섯을 먹었다고 신고했다. 담당 교도관은 즉시 위에 이 사실을 보고했고 대여섯 명이 4동으로 몰려가 덕팔을 불러 버섯을 먹었냐고 물었다. 겁에 질린 덕팔은 말을 더듬으며 제대로 대답을 못했다. 직원들은 주태균과 최덕팔이 공범인 건 알았지만 태균이 덕팔을 철천지원수로 미워하는 줄은 몰랐다. 오히려 그들이 주목한 건 덕팔의 자줏빛 피부와 눈코입이 안 보이는 얼굴, 언어장애가 있는 발성이었다. 전염병 증세 같기도 하고 아닌 것 같기도 했다. 교도관들은 소장에게 '나사 풀린 모습'을 보일까 봐 전전긍긍했다.

"덕팔이는 착한 앤데……"

"착하고 안 착한 게 전염병과 무슨 상관이야?

"맞아. 그놈도 같은 외역 작업 출역수잖아."

"그놈은 버섯 안 먹었다던데?"

"안 먹었다고 말한 건 덕팔이 하나뿐이고 먹었다고 말한 건 19명이나 되는데?"

"그게 믿을 만하냐는 거지."

"어이, 뭘 그리 불확실한 것에 목숨 걸어? 그놈도 같은 외역장 출역수랬잖아? 9중 20방 비었어. 그리로 보내면 돼."

"그렇긴 하지만 만약 무고라면……"

"전염병이면 니가 책임질래?"

"내가?"

"그래. 무고라며? 네가."

"아니, 그게 뭐 그러니까…… 그럴 수도 있단 말이지…… 그나저나 19방 애가 공범이잖아. 떼어놔야 하는 거 아냐?"

"남는 방이 없는데 어떻게 떼어놔?"

"덕팔이를 1실로 옮기고 1실에 있던 애를 20실로 보내기라도 해야지."

"미쳤어? 원인도 모르는 전염병 환자를 누구 맘대로 옮겨? 그
러다 더 퍼지면 어떡할래? 니가 책임질래?"

"의료 과장은 전염병 아니라던데……"

"돌팔이 말을 누가 믿어?"

덕팔이를 두둔한 한 명만 반골로 몰렸다. 의견 일치를 모은
모두가 안전한 길로 가려고 했다.

"그럼 더 이상 입 떼지 마."

일은 신속히 이뤄졌다. 책임자의 한 마디에 덕팔은 9동 중층
20방으로 끌려오게 되었다. 덕팔은 격리 사동이 무슨 말인지도
몰랐고 아무 관심도 없었다. 오직 '축구공'을 뺏긴 사실에 슬퍼
울었을 뿐이다.

덕팔에겐 남다른 재주가 있었다. 축구공을 갖고 부리는 묘기
였다. 그는 양발로 축구공을 천 번 이상 '제기차기' 할 수 있
다. 한 번도 떨어트리지 않으면서 운동장을 몇 바퀴나 돌 수 있
었다. 섭주 교도소에서 그를 모르면 간첩이라는 말은 그가 어딘
가 모자란다는 사실보다 이 공차기 실력 때문에 나온 것이었다.
매년 '어버이 날' 교화행사에는 그가 축구공으로 묘기를 보여
어르신들의 박수갈채를 받았다.

그런 덕팔이 격리 사동으로 끌려오면서 축구공을 압수당했
다. 감염방지 대책으로 개인 물품을 회수해야 했기 때문이다. 덕
팔은 울면서 손을 비볐고 무릎도 꿇었지만 소용없었다. 공을 넣
어주는 순간 19명의 감염자는 '누구는 개인 물품 넣어주고 누구
는 안 넣어주냐'고 약점거리를 잡을 테니까. 덕팔은 어찌 할 방

법을 모르고 아이처럼 울기만 했다.

19실 주태균의 계략은 완벽히 성공했다. 그는 어릴 때부터 괴롭혀온 병신 최덕팔이 마약 운반을 병신같이 해 자기가 옥살이를 하고 있다고 생각해 왔는데 이제 속이 후련했다.

주태균은 벽을 통해 덕팔에게 쉬지 않고 속삭였다. 온갖 끔찍한 욕설과, 온갖 더러운 저주와, 온갖 사람 미치게 하는 협박이었다. 19실과 20실 사이의 부실한 콘크리트 벽은 언어의 전달을 수월하게 했다. 교도관은 먼 곳에 앉아 근무했기에 주태균은 안전했다. 교도관이 지나가면 그는 입을 다물었고, 덕팔은 교도관을 불렀지만 말이 제대로 나오지 않고 울기만 해 시원하게 도움을 청할 수 없었다. 그가 손짓발짓으로 건넨 의사전달은 축구공을 돌려달란 것이었다. 담당 교도관은 병이 옮을까봐 먼 거리에서 말했다. 여긴 격리 사동이어서 일회용 식기를 제외하곤 아무것도 넣어줄 수 없다고.

그가 돌아가면 주태균은 덕팔에게 괴롭힘을 이어갔다. 덕팔은 귀를 막아보기도 했지만 소용없었다.

전염병 2주일 차, 19명의 몸에서 독소가 빠지기 시작했다. 몸 색깔과 부피가 점점 정상으로 돌아왔으며 가려움증이 사라졌다. 교도소 측은 크게 기뻐했으나 아직 격리 조치를 해제하지는 않았다. 주태균은 원래의 감방으로 돌아가면 시간이 없다는 생각에 더욱 덕팔을 괴롭혔다. 병이 나아지는 19명과 달리 덕팔은 점점 병이 들어갔다.

전염병 19일 차, 19명의 육체는 원래대로 돌아왔다. 모든 활력징후가 정상이었고 의사소통도 자유로웠다.

"거봐, 의료 과장. 가만히 두면 괜찮아질 거랬지?"

소장이 이죽거렸다.

'니가 언제 그런 말을 했니?'

의료 과장은 잘되면 제 탓, 안되면 남 탓의 언사에 답하지 않고 이제 9중 20명의 격리를 해제하겠다고 했다. 소장은 어서 그 놈들을 원래 방으로 보내고 소독을 확실히 하라고 명했다.

마침내 20명 모두가 원래 있던 감방으로 돌아가도 좋다는 승낙을 받았다. 그들은 큰 징역 중의 작은 해방감을 만끽했다. 담당 교도관이 모든 문을 열고 바깥으로 나오라고 했다. 모두가 만세를 부르며 방을 나왔으나 20방에선 아무도 나오지 않았다. 주태균은 어젯밤부터 답이 없던 병신 덕팔이가 몹시 궁금했기에 스스로 20방으로 가보았다.

'새끼, 귀싸대기를 한 대 올려줘야지!'

그러나 그가 발견한 건 벽에 등을 댄 채 죽어 있는 덕팔이었다. 항상 히죽 웃고 다니던 덕팔의 얼굴은 굳어 있었다. 어떤 희망적인 암시도 얼굴에 씌어있지 않았다. 그의 신체는 9동에 들어올 때 그대로였다. 그제서야 교도관들은 덕팔이 애당초 전염병에 걸리지 않았다는 사실을 깨달았다. 하지만 너무나 늦은 깨달음이었다. 축구공만 넣어줬어도 그는 살 수 있었을지 몰랐다.

사람은 누구나 죽음을 겪지만 어떤 이는 오래 살고 어떤 이는 오래 못 산다. 모든 희망을 빼앗긴 사람에게 죽음은 거리를 바짝 좁혀 접근해온다. 9동에 갇혔을 때부터 덕팔에게 그 거리는 급속도로 짧아졌을 것이다. 이 또한 너무 늦은 깨달음이었다. 그를 무고한 19실 주태균은 씩 웃었다.

'에이, 병신 귀싸대기 한 대 올려치려 했는데 실패했잖아!'

그날 이후 9동 중층은 불이 꺼졌다. 소독은 깨끗이 시행되고 덕팔의 사망원인은 심장마비로 공개되어 유가족과의 마찰도 없이 잘 처리되었다. 대통령은 여야 대표를 거느리고 순시를 와 교도관들의 노고와 재소자들의 갱생의지를 치하했다.

한바탕 축제 분위기가 지나간 후, 교도소에 이상한 소문이 퍼지기 시작했다. 9하 20방 사람이 하소연하길, 아무도 없는 천장에서 쿵쿵거리는 소리가 들린다는 것이다. 여러 재소자들이 그 소릴 들었고 교도관도 들었다 한다. 그러나 확인하러 올라가보면 9동 중층에는 컴컴한 어둠밖에 없었고 소리 역시 사라지고 없다.

주태균은 원래 방인 5하 13실에 돌아간 날부터 악몽을 꾼다고 했다. 덕팔이가 축구 공격수가 되어 있고, 자신은 상대팀 골키퍼가 되어 있는 꿈이었다. 덕팔의 목적은 골대 안에 공을 집어넣는 게 아니었고, 주태균을 공으로 때리는 것이었다. 덕팔은 허연 얼굴로 나타나 다양한 킥을 구사했고 주태균은 강철덩어리 같은 공을 온몸에 얻어맞아야 했다. 깨어나면 통증이 실제처럼 느껴져 옴짝달싹할 수가 없었다.

9하 20방 사람은 밤과 새벽의 층간소음에 미쳐버리겠다고 했다. 교도소 측은 그 사람의 방을 다른 곳으로 옮겨주었다. 그러나 9중 20실에서 들려오는 쿵쿵 소리는 멈추지 않았다. 소식을 들은 주태균은 공포로 환장할 지경이었지만 죽은 덕팔에게 욕설을 퍼부었고 그에게 저지른 악행을 뉘우치지 않았다.

시간은 흘러 주태균이 만기 출소하는 날이 왔다. 그는 고통이 현실이 되는 악몽 때문에 살이 빠져 좀비처럼 변해버렸다. 사회에서도 개차반이었던 그의 출소에 데리러 오는 가족들은 없었다. 그는 버스를 타고 친구가 있는 부산으로 갔다. 버스 안에서 그는 환청인지 진짜인지 모를 소리를 들었다.

"19명까진 필요 없어. 난 딱 한 놈만 죽이면 돼!"

옆을 돌아봤지만 승객들은 자고 있었다. 그는 터미널에서 내려 친구의 집을 향해 걸었다. 눈에 익은 거리에도 그는 정감을 느끼지 못했다. 알 수 없는 전율이 등을 타고 흘러내렸다. 환청은 덕팔의 목소리를 연상시켰다.

"19명까진 필요 없어. 난 딱 한 놈만 죽이면 돼!"

그는 왼쪽을 돌아보았다. 마치 투명인간에게 머리를 얻어맞은 사람처럼. 문방구에서 아이들이 떡볶이와 어묵을 먹고 있었다. 그는 오른쪽을 돌아보았다. 초등학교 운동장이 보였다. 골대가 두 개 있었지만 축구를 하는 아이들은 보이지 않았다. 그는 온몸을 떨다가 손에 든 가방을 떨어트렸다.

하늘에서 축구공이 날아와 주태균의 머리를 정확하게 강타했다. 공이라기보다는 쇠뭉치가 날아왔다는 게 더 적절할지 모르겠다. 머리가 터진 그는 즉사했다. 주변에 사람이라고는 아무도 없었다.

주태균이 죽자 섭주 교도소 9동 중층에선 더 이상 쿵쿵 소리가 나지 않았고 사동은 영영 폐쇄됐다. 주태균과 9동 중층에 함께 있었던 18명, 덕팔이 격리되는데 발 벗고 나선 일부 교도관들은 삶의 과정에서 축구공과 연관된 신체적 사고를 한 번씩 겪었다. 마치 공이라는 무생물에 의지가 담긴 것처럼.

○━━●

"어때, 무섭지?"

박철민의 이야기가 끝났다. 김재혁은 피식 웃었다.

"삼류 공포영화 스토린데요?"

"삼류? 엄연한 실화야. 이 사람아."

"저는 못 믿겠습니다."

"덕팔이도 태균이도 나이든 직원들은 다 알아. 넌 모르겠지만."

"일단 거실(감방)에 축구공을 넣어줬다는 것부터 말이 안 되죠. 축구공은 허가 대상이 아니니까요."

"교화상 예외적으로 가능할 수도 있지."

"소장님이 특별 허가라도 해줬나요?"

"맞아. 덕팔이가 교화행사 때 소장 사모님을 웃게 만들었거든."

"그래도 못 믿겠습니다. 선배님 이야기엔 주태균이 죽임을 당했을 때의 감정이 그대로 들어 있거든요. 그가 본 초등학교나 문방구 같은 배경도 있고요. 선배님이 작가고 그 내용은 소설 같단 말입니다. 죽은 사람이 어떻게 말을 하겠어요?"

"그럼 내 얘기가……?"

"판타지 호러 소설이죠."

김재혁이 웃었다. 합리와 이성으로 뭉친 젊은이답게 그는 재기발랄했다. 박철민은 두건을 쓴 중세의 이단 심판 고문관처럼 굳은 표정으로 고개를 바짝 들이댔다.

"소설이라 이거지? 그럼 오늘 밤 자정에 거울을 보고 '덕팔아, 덕팔아, 헌 공 줄게 새 공 다오' 하고 세 번을 말해봐."

"그럼 덕팔이가 나타나요?"

"그건 모르지만 천장에서 소리는 들릴 걸?"

"왜 이러세요? 허허허."

"그럼 이만. 난 순시 가야해. 수고해."

박철민이 손을 흔들며 사라졌다.

박철민이 돌아가고 김재혁은 혼자 남았다. 오랜 시간 이야기 해서 그런지 소변이 마려웠다. 시간은 어느덧 11시 57분이었다.

'일부러 그런 말을 남기고 간 거로군.'

그는 씩 웃었다. 화장실에 들어간 그는 소변을 보았다. 변기 옆 벽면에 거울이 있었다. 기분이 묘했다. 하지 말라는 어른의 제지에 일부러 하려는 어린아이의 반발심처럼. 그는 고개를 설레설레 젓고 웃었다. 위를 올려다보았다. 9동 중층 천장에선 아무 소리도 들려오지 않았다. 그는 불을 끄고 화장실을 나왔다. 가다가 멈춰선 그는 시계를 보았다.

11시 59분.

'한번 불러봐? 에잇, 아니야. 미친 소리지.'

그는 내일 있을 여자 친구와의 데이트를 생각하며 담당실로 돌아가다가 침묵을 깨는 소리에 움찔했다.

'댕! 댕! 댕! 댕! 댕! 댕! 댕! 댕! 댕! 댕! 댕! 댕!'

그는 놀란 가슴을 진정시키느라 숨을 몰아쉬었다. 밤의 공간에 둘이 있는 것과 혼자 있는 것은 동전의 양면처럼 다르다. 무서워하지 말자. 그건 소설에 불과하니까! 하지만 조금만 더 있으면 12시 1분이 된다. 그러면 '소설'은 끝난다. 남자다움의 패배와 함께!

여자 친구의 웃음이 들리는 것 같았다. 모두가 잠든 심야의 사동은 무거운 침묵에 잠겼다. 그는 12시 1분이 되기 전 화장실로 달려 들어가 거울을 보고 말했다.

"덕팔아, 덕팔아, 헌 공 줄게 새 공 다오. 덕팔아, 덕팔아, 헌

공 줄게 새 공 다오. 덕팔아, 덕팔아, 헌 공 줄게 새 공 다오."

처음에는 아무런 반응도 없었다. 그러나 약 1분 후부터 볼륨을 높이듯 점점 커져가는 작은 소리가 있었다. 머리 위에서.

쾅! 쾅! 쾅! 쾅! 쾅! 쾅!

그건 중층의 20실부터 1실까지 누가 뛰어오는 소리였다!
김재혁의 왼편 가슴에서도 비슷한 소리가 들려오기 시작했다.
"말도 안 돼! 이건 환청이야! 내가 바보 같은 얘기에 너무 신경을 썼나 봐."

쾅! 쾅! 쾅! 쾅! 쾅! 쾅!

이번엔 소리가 멀어져갔다. 1실에서 20실로 다시 달려가는 소리였다. 누군가가 왕복 주행을 하는 것처럼 말이다. 환청이 아니었다. 김재혁은 가만히 선 채 귀를 기울였다. 그러자 일정한 간격 뒤에 똑같은 소리가 다시 들려왔다.

쾅! 쾅! 쾅! 쾅! 쾅! 쾅!

역시 20실에서 1실로 사동 복도를 달리는 소리였다.
김재혁은 중층으로 올라가지 않았다. 다급한 걸음으로 하층의 감방을 순시하다가 마침 7실에서 자지 않고 책을 읽는 사람

하나를 발견했다. 그는 절도죄로 들어온 머리가 새하얀 노인이었다.

"이봐요, 602번! 저 소리 들려요?"

"무슨 소리요?"

"천장에서 나는 소리!"

쾅! 쾅! 쾅! 쾅! 쾅! 쾅!

"아뇨."

"저 소리가 안 들린다고?"

"무슨 소리가 난다고 그럽니까?"

쾅! 쾅! 쾅! 쾅! 쾅! 쾅!

"내 귀에만 들린단 말인가?"

김재혁이 멍한 얼굴로 뒤돌아섰다. 602번은 천장을 바라보는 신참 교도관을 향해 기분 나쁜 웃음을 지어 보이다 김재혁이 등을 돌려 다시 눈을 마주치자 놀랄 만치 빠르게 웃음을 거두었다.

"아무 소리도 들리지 않습니다, 담당님."

쾅! 쾅! 쾅! 쾅! 쾅! 쾅!

1방에서 20방으로 소리가 멀어져갔다.

"직접 올라가 봐야겠어!"

김재혁은 담당실로 돌아와 손전등을 챙겼다. 다른 직원을 부르려고 했으나 겁쟁이라고 손가락질 받기 싫어 혼자 오르기로 했다. 만약 불렀다가 중층에 아무것도 없고 환청으로 밝혀지면 망신을 당할 것이었다. 김재혁이 중층으로 올라가자마자 하층의 재소자들이 하나둘 잠자리에서 일어났다.

"어떤 바보가 또 덕팔이를 깨웠구나."

"아무도 모르는 신참들이나 덕팔이를 깨우지."

"놔둬. 한 번씩 겪어야 할 일이야."

김재혁이 중층 앞에 도착했을 때도 소리는 계속 들려왔다. 1방에서 20방으로 멀어져가는 소리였다. 그는 사동 출입문을 열었지만 전기가 끊겨 칠흑 같은 어둠뿐 앞이 제대로 보이지 않았다. 어둠 속으로 손전등을 들이댔다. 멀어져가는 소리가 반대가 되어 점점 가까워졌다. 사동 끝으로 달려갔던 발걸음이 다시 이쪽으로 돌아오는 걸음이었다. 아직 손전등 빛이 닿을 거리는 아니었다. 김재혁은 조심스럽게 걸음을 내디며 그 옛날 격리 사동이었던 9동 중층 안으로 들어갔다. 아니 9동 중층의 입이 김재혁을 삼켰다고 봄이 무방하리라. 컴컴한 감방에 자줏빛 고구마처럼 부풀어 오른 전염병 환자들이 한 방에 한 명씩 들어앉아 창살을 잡은 채 이쪽을 마라보았다. 김재혁이 손전등을 비추면 텅 빈 감방 안에는 거미줄밖에 보이지 않았다.

쾅! 쾅! 쾅! 쾅! 쾅! 쾅!

소리가 커지면서 무언가가 이쪽으로 달려왔다. 김재혁은 어느새 9동 중층 안으로 너무 깊이 들어온 자신을 깨달았다. 옆을 보니 6실이었다. 도망치려 했지만 소리가 급하게 가까워졌다. 손전등을 앞으로 비추자 어둠 속을 달려오는 기형적인 형체가 눈에 들어왔다. 손전등에 드문드문 드러난 형체는 관급 러닝셔츠에 찢어진 사각팬티를 입은 남자였다. 양발로 공을 차면서 걸어왔기에 쾅쾅거리는 소리가 귀를 심하게 자극했다. 그의 얼굴은 자줏빛이었고 눈코입은 정상과 어긋난 기형이었다. 밤과 분위기가 주는 공포만 아니라면 그의 공차기는 대단한 묘기라고 말할 수도 있을 터였다.

"더, 더, 덕팔이!"

김재혁이 저도 모르게 말했다. 그러자 덕팔이 아닌, 덕팔의 발에 걸어차이는 공이 대답을 대신했다.

"제발 귀싸대기 질을 멈춰줘!"

손전등 빛에 드러난 공은 사람의 얼굴이었다. 축구공처럼 검은 마크가 찍힌 얼굴이 귀신의 발길질에 채이면서도 재혁을 바라보며 말을 했다.

"제발 니 머리로 나를 바꿔줘! 제발 나를 교대해줘!"

묻지 않아도 그가 그 옛날 19실의 주태균이라는 사실을 알 수 있었다. 양발로 머리를 차며 걸어오는 덕팔이가 가까워졌다. 재혁은 비명을 지르며 내달리다가 계단에서 굴러떨어졌다. 손전등이 박살 나 온 사위가 어둠에 잠겼다. 쾅쾅 소리가 복도를 진동했다. 덕팔이 코앞까지 다가왔다. 주태균의 머리가 소리쳤다.

"니 머리가 필요해! 제발 나를 교대해줘!"

쾅쾅 소리가 더 가까워졌다. 그의 발길질 한 번에 재혁의 머리는 수박처럼 터질 것이었다. 그러나 소리가 다시 멀어지면서 악몽은 풀렸다. 재혁은 어둠에 싸인 사동을 바라보았다. 9동 중층에 갇힌 귀신은 행동반경도 그 안이 전부인 모양이었다. 중층 출입문 바깥에 쓰러진 재혁은 가까워졌다가 멀어져가는 발소리, 너의 머리로 교대하자는 고통스런 신음을 반복해 듣다가 정신을 잃고 말았다.

눈을 떴을 땐 숙직실이었다. 귀신은 사라졌고 소리도 들리지 않았다. 직원들이 그를 둘러싸고 있었다. 고참들은 뭔가 아는 얼굴이었고 신참들은 걱정스런 얼굴이었다. 박철민이 머리의 상처가 뭐냐 물었고, 김재혁은 계단에서 발을 헛디뎌 굴렀다고 했다.

"근무 안하고 소설책 봤지? 발이나 헛디디고?"

"소설이 아니었습니다."

박철민은 꿰뚫을 것 같은 시선으로 다친 후배를 쳐다봤고 김재혁은 결코 그와 눈을 마주치지 못했다. 김재혁은 박철민과 똑같은 표정을 지은 선배들 모두가 신임 때 9동 근무를 한 번씩서 본 사람들이라는 걸 나중에야 알았다. 세월이 흘러 후배들이 섭주 교도소로 속속 발령받을 때 김재혁 역시 '노므는 신참'에서 '직접 겪은 선배' 중의 하나가 되었다.

51개의
마네킹 머리

섭주 교도소는 출소 후 재취업의 희망을 가진 재소자들에게 직업훈련을 가르쳤다. 자동차 정비, 제과제빵, 한식 조리, 바리스타 등 다양한 종류의 훈련이 있었는데 그중에는 '헤어디자인'도 있었다. 말 그대로 이발, 미용, 염색, 두피 관리 등 헤어 디자인에 관련된 기술을 가르치는 훈련과정이었다.

'헤어디자인' 훈련 인원은 50명인데, 훈련장에는 각자의 실습대가 놓여 있고, 사람과 똑같이 생긴 마네킹 머리가 하나씩 붙어 있다. 고정판에 굵은 나사로 붙은 이 머리는 방향을 이리저리 돌릴 수는 있지만 아무리 힘을 줘도 결코 떼어지진 않는다. 헤어디자인 훈련장의 출입문을 여는 사람이 가장 먼저 마주치는 건 '들어오는 사람을 바라보는' 이 50개의 인공 머리다. 가로 다섯 줄 세로 열 줄로 앞을 쳐다보는 똑같은 표정의 얼굴들.

머리들은 훈련생들의 실습에 맞추어 헤어스타일이 제각각이었지만 두피 아래의 눈코입은 전부 똑같았다. 그것은 〈깊은 밤

갑자기〉라는 옛 한국영화에 나왔던 목각인형처럼 좀 무섭게 생겼다.

50개 머리 앞에는 1개의 머리가 따로 놓여 있다. 훈련생을 가르치는 직업훈련 교사용 마네킹이다. 무리에서 떨어져 홀로 상석을 차지한 이 머리는 마치 조회 때 학생들을 진두지휘하는 학생회장 같은 느낌을 주었다. 마치 그의 한 마디에 모든 50개의 머리가 복종하는 듯한…….

헤어디자인 직업훈련생들은 아침 8시에 직업훈련장에 나가 기술을 연마한 뒤 저녁 5시에 일과를 마치고 사동의 거실(감방)로 돌아온다. 마지막까지 남아있던 담당 교도관이 전원 차단기를 내린 후 훈련장의 출입문을 잠근다. 그러면 다음 날 아침 8시가 될 때까지 훈련장은 어둠에 잠기고 낮의 실습 대상으로 고단했던 51개의 머리도 쉬는 것이다. 어찌 보면 사람들이 돌아간 후 한 치 앞도 볼 수 없는 밤이야말로 진정 그들만의 활동 시간인지도 모른다.

어느 비 오는 날이었다.
시각은 밤 9시.

낮 근무조 교도관들이 퇴근하고 밤 근무조 교도관들이 출근해 각 사동에 배치되었다. 당직 계장이 CCTV와 감시 카메라로 일과 후의 훈련장들을 점검했다.

"뭐야? 불 켜진 데가 있잖아?"

"헤어디자인 같은데요? 담당 근무자가 차단기를 안 내리고 퇴근한 모양입니다."

중앙통제실 직원이 답했다.

"헤어디자인 담당이 누구야?"

"교위 안일해입니다."

"에잇! 정신 나간 놈 같으니! 막내 보내서 당장 끄라고 해."

막내는 이제 섭주 교도소에 발령받은 지 갓 한 달이 지난 교도 고정훈이었다. 그는 외곽 순찰이 주 임무였는데 헤어디자인에 다녀오라는 당직 계장의 명령에 간이 철렁했다. 외곽은 큰 가로등이 있는 담벼락을 순찰하면 되지만, 섭주 교도소 구내 순찰은 분위기 자체가 달랐다. 갇혔다는 폐쇄감이 가득한 담벼락 안 순찰은 가로등이 신통치 않았다. 특히 직업훈련장 들어가는 곳은 아예 불빛이 없어 손전등에만 의지해야 했다. 모든 건물과 문은 지은 지 수십 년이 넘었다. 〈곤지암〉의 버려진 병원 같은 음침한 모습에, 녹슬고 아귀가 안 맞아 삐걱거리는 소리, 어떤 세정제로도 숨길 수 없는 이상한 냄새가 곳곳에 가득했다. 직업훈련장 건물 안으로 들어가면 〈여고괴담〉의 로케이션 장소라고 착각할 불 꺼진 복도가 등장한다. 최강희처럼 예쁜 여자 귀신은 존재하지 않고, 보이지 않는 뭔가가 등을 근질이는 느낌의 복도다. 대낮에도 어두운 복도는 야밤에는 한 치 앞을 분간할 수 없다. 창문은 80년대 초반 준공 당시 그대로의 것이었는데 바람을 전혀 막지 못했고 아무리 청소해도 거미줄이 하얀 커튼을 쳤다.

전체적으로 폐교의 느낌이 강한 인상이다.

고정훈은 헤어디자인 훈련장에 있는 51개의 마네킹 생각을 했다. 불 켜진 상태의 머리들은 그럭저럭 참겠지만 차단기를 내리면 어둠 속에서 자신을 노려볼 102개의 눈알을 감당할 수 있을까. 어둠을 이용해 그들이 표정을 바꾸거나 눈을 깜빡거리면 내 작은 심장이 그걸 견뎌낼 수 있을까, 담이 작아 공포영화조차 못 보는 정훈은 한숨을 쉬었다.

어떤 선배 하나가 그랬다. 비가 오는 날이면 마네킹 머리가 가끔 말을 건다고.

지금 밖에는 장맛비가 내리고 있었다.

당직 계장이 빨리 갔다 오라며 손전등을 툭 던졌다.

같이 가 줄 사람은 아무도 없었다.

정훈은 LED 등으로 환한 보안과 사무실을 내려와 불빛이 흐린 지하 복도를 걷다가 직업훈련장 가는 중앙 게이트를 열었다. 여기서부터는 사람이 없고 텅 빈 건물들만 나온다. 손전등에 의지해 가야만 하는 출발점이었다. 보안 인식 카드가 게이트를 열자마자 쏟아지는 폭우가 세상에 빗금을 드리웠다. 재소자를 사동으로 보낸 훈련장 건물은 휴식을 취하듯 어둠에 싸여 있었다. 텅 빈 창문마다 사람의 형상을 지녔지만 사람의 눈코입을 가지지 않은 존재들이 달라붙어 이쪽을 바라보는 것 같았다.

정훈은 직업훈련장 쪽으로 걸음을 옮겼다. 우산을 폭격하는 비의 소리가 거세졌다. 빗방울을 피하지도 못하는 화단의 이파리들이 미친 듯 춤을 추었다. 갑자기 옆에서 뭔가가 파파팍 튀어나왔다. 손전등을 비추니 고양이가 칼 같은 눈으로 정훈을 바라보았다. 물을 싫어하는 고양이가 흠뻑 젖은 채 쥐꼬리를 입 밖으로 낸 모습은 그대로 공포영화의 한 장면이었다. 이 밤의 분위기에 별로 좋지 않은 광경이었다. 정훈이 우산을 휘두르니 고양이가 도망쳤다. 정훈은 고양이를 손전등으로 따라갔다. 고양이가 장군의 다리 아래로 숨자 손전등은 더 이상 고양이를 비추지 못하고 위로 상승했다. 서서히 장군의 전신이 드러났다.

군데군데 칠이 벗겨진 이순신 장군 동상은 건축 공과 훈련에 종사한 재소자들이 만든 것으로 매우 조악했다. 눈이 짝짝이였고 콧수염은 굵은 반면 턱수염은 가늘었다. 투구의 뿔은 부러졌고 칼은 엿가락처럼 휘었다. 비정상적으로 큰 눈은 왜구로부터 바다를 지키려는 기상이 아니라, 사찰의 사천왕 같은 부라림이 강했다. 이 허접한 완성도가 의외로 밤에 보면 대단히 무서운 느낌을 주었다.

정훈의 손전등이 장군의 얼굴을 비추었다. 당장에라도 이순신 장군이 옆으로 눈을 돌릴 것 같았다. 정훈이 등을 돌리면 장군이 움직일지도 몰랐다. 장군은 내리는 비를 피하지도 않고 앞만 쳐다보고 있었다.

무전이 날아왔다.

"야, 고정훈이! 헤어디자인에 들어갔나?"

당직 계장이었다.

"예. 이제 들어갈려고요."

"문 잘 잠그고 나와라."

"알겠습니다."

정훈은 직업훈련장 건물의 문 앞으로 걸었다. 2미터 크기의 이순신 장군이 이제 정훈의 왼쪽에 서게 되었다. 우산을 어깨와 턱으로 비스듬히 고정한 채 정훈은 주머니에서 열쇠를 꺼냈다. 우산에 가려져 장군이 보이지 않았다. 그는 직업훈련장 대문에 붙은 자물쇠 구멍에 열쇠를 끼우려고 했다. 이 대문 안 2층에 '제과제빵' 훈련장, '용접' 훈련장, 그리고 '헤어디자인' 훈련장이 있다. 손전등까지 한꺼번에 쥐고 있어 열쇠가 잘 들어가지 않았다. 빗줄기 방향이 바뀌더니 바람이 불고 우산이 뒤집혀 날아갔다. 정훈은 누가 우산을 잡아당겼다는 느낌에 옆을 돌아보았다. 이순신 장군은 앞만 바라보고 있었다. 그 순간 정훈은 생각나지 않았던 과거의 어떤 기억을 생각해냈다. 그때 그 현장에도 이순신이 있었다.

찰칵.

열쇠가 자물쇠를 풀었다. '헤어디자인' 훈련장으로 올라가기 위한 육중한 문이 열렸다. 어둠에 싸인 계단과 계단 위의 복도가 눈에 들어왔다. 정훈은 비를 맞으며 다시 우산을 주워들고 문으로 들어갔다. 비를 맞지 않는 위치에서 이순신을 바라보았다. 등을 돌린 이순신은 미동도 없었다.

'그때도 이순신 장군이 목격자였지. 동상은 동상이지 사람 일에 관여하지 않았어.'

정훈은 계단을 오르기 시작했다. 넘어지지 않게 손전등을 비춰가며 올랐다. 계단을 다 오르니 〈여고괴담〉의 복도가 나타났다.

이 복도 끝에 헤어디자인 훈련장이 있다. 새어 나온 불빛으로 그 앞의 복도는 환했다.

낮 근무자가 차단기 내리는 걸 까먹었으니까.

그는 손전등을 흔들며 앞으로 걸었다. 쿵쿵거리는 소리가 발소리인지 심장소리인지, 그도 아니면 천장에서 들려오는 소리인지 알 수 없었다. 옥상 귀신의 걸음? 잊고 있던 과거의 음성이 부활했다.

네가 겁쟁이가 아니라고 생각해?

그건 이미 오래 전의 일이었다. 정훈은 과거를 떠올리기 싫어 걸음을 빨리 했다.

'제과제빵'을 지나 '용접'을 거쳐 드디어 '헤어디자인' 훈련장까지 거의 다다랐다. 오른편의 창문으로 바람의 기운을 탄 비가 퍼부어댔다. 후두두둑 하는 소리가 귀를 자극했다.

주먹이 날아가고 후두두둑 모래알이 튀기고…… 눈앞의 폭력에도 이순신은 아무런 상관도 없이 앞만 쳐다보고…….

"내가 왜 이러지?"

정훈은 되살아나는 과거의 기억을 차단하고 싶었다. 하지만 그건 의지로 하는 생각이 아니라 저절로 드는 생각이라 솟을 때마다 자르기가 힘들었다.

문득 정신을 차린 정훈은 어느새 헤어디자인 훈련장 앞에 서

있음을 알게 되었다. 무의식중에 출입문까지 열어놓은 상태였다. 50개의 마네킹 머리가 그를 똑바로 바라보고 있었다. 이제 바람은 방향을 바꾸어 머리 50개 너머에 있는 뒷창문으로 비를 때렸다. 창문에 번지는 물보라는 50명의 무생명에게 격렬한 궐기를 촉구하는 것 같았다.

'밤에 혼자 있는 사람을 너희 마음대로 놀릴 수 있다는 걸 알려줘라! 그자가 동네방네 떠들어도 아무도 믿어주지 않을 테니! 밤의 주인은 인간이 아니라 너희들이다!'

정훈은 등골이 오싹했다.

〰〰〰〰

서른 평의 훈련장에 머리가 가득했다. 직업훈련 교사용으로 맨 앞에 있는 마네킹까지 51개의 머리는 표정이 똑같았다. 인조 가죽에 그려놓은 귀신의 얼굴.

무서웠다.

51개 중 눈알을 돌리는 마네킹이 있을 것 같았다.

입을 벌리는 마네킹이 있을 것 같았다.

옆에 누군가라도 있다면 덜 무서울 텐데.

뒷창문으로 장맛비가 격렬히 퍼부어댔다. 흐린 창문 너머로 어둠에 싸인 야산이 보였다. 정훈보다 나이가 많은 산은 모든 비밀을 알고 있겠지만 함부로 어둠의 지식을 공유하지 않을 터였다.

'무섭다. 빨리 차단기를 내리고 가자.'

정훈은 마네킹들 옆에 뚫려 있는 담당실로 들어갔다. 51개 마네킹은 처음처럼 출입문만 바라본 채 미동도 없었다. 당연한 사실에 안도하며 정훈은 담당실 벽의 차단기까지 쉽게 접근했다. 그러나 그 옆에 설치된 전신 거울을 본 순간 머리털이 곤두섰다. 거울 속 모든 마네킹들의 고개가 정훈을 향하고 있었던 것이다. 정훈은 소스라치게 놀라 몸을 돌렸다.

헛것이었다. 마네킹의 시선은 앞을 향한 채였다. 그가 등을 보일 때 고개를 돌린 것이 아니었다. 그는 다시 거울을 바라보았다. 역시 헛것이었다. 거울 속의 마네킹들은 조금 전처럼 그를 바라보지 않았다.

'멘붕 온다. 겁을 먹으니 헛것이 다 보이네.'

네가 겁쟁이가 아니라고 생각해?

"닥쳐!"

정훈은 과거의 음성에 소리를 질렀다. 그의 고함에 마네킹은 반응하지 않았다. 그는 차단기에 손을 올렸다가 고개를 획 들어 거울을 바라보았다.

마네킹들은 그를 바라보지 않았다. 처음처럼 출입문만 바라보고 있었다.

따르르르릉!

전화벨 소리에 정훈은 깜짝 놀랐다.

"예! 근무 중 이상 없습니다! 교도 고정훈입니다!"

"고 교도. 왜 불 안 *끄*냐?"

"예. 지금 *끄*려는 참입니다."

"CCTV로 다 보인다. 불 *끄*는 게 무섭냐?"

뭐? CCTV로? 그럼 마네킹 머리가 돌아갔는지 한번 물어볼까?

"너 겁쟁이 아니지?"

"아닙니다. 계장님."

"빨리 *끄*고 와. 너한테 시킬 일 또 있으니까."

"예. 지금 바로 가겠습니다."

불 *끄*는 게 무섭냐?

네가 겁쟁이가 아니라고 생각해?

계장이 닦달했고 과거가 닦달했다. 그는 차단기를 내렸다.

딸깍! 하는 소리와 함께 훈련장이 칠흑 같은 어둠 속에 싸였다. 이 순간 51개의 머리는 진짜 사람의 머리처럼 보였다. 인조모발의 재질이 사람 모발처럼 완벽했기 때문이다. 가까운 곳의 빛이 사라지자 뒷창문 너머의 야산이 선명하게 보였고 폭우에 흔들리는 나무의 실루엣도 생생했다. 정훈은 51개의 마네킹 머리 사이를 걸었다. 이것들은 움직이지 않는다, 나는 헛것을 본 거다라고 스스로 최면을 걸며……. 그는 뒤돌아보지 않으려 애쓰며 서둘러 출입구 쪽으로 걸어 나갔다. 한 발짝, 두 발짝……이제 세 걸음만 니니면 목도다. 그럼 모든 게 끝난다.

"벌써 가냐?"

등 뒤에서 목소리가 들렸다. 정훈의 걸음이 뚝 멎었다. 자기가 낸 소리는 아니었다.

공포에 사로잡힌 얼굴로 그는 돌아보았다. 어둠 속에서 완전한 사람의 머리 같은 51개의 실루엣이 보였다.

"누구야?"

정훈의 물음에 대답하는 이는 아무도 없었다.

불을 다시 켜볼까?

차단기가 있는 곳으로 가자면 다시 저 얼굴들을 통과해서 가야만 한다. 그럴 용기가 없었지만 가야 했다. 그가 들은 말은 진짜가 아닌 환청에 불과했으니까. 환청이었다는 인증을 머리에 새겨야 했으니까!

정훈은 손전등을 들어 얼굴을 하나하나 비추었다. 어느 마네킹이나 표정이 똑같았다. 살아 움직이는 건 없었다. 손전등에 비친 인공적인 얼굴은 변화가 없었고 말을 하지도 않았다. 그때였다.

"그거 꺼!"

손전등이 닿지 않는 곳에서 목소리가 나왔다.

"으악!"

정훈이 넘어졌다. 떨어진 손전등이 깨지면서 건전지를 토해냈다. 정훈은 어둠 속에서 웃는 소리들을 들었다. 그는 급히 건전지를 다시 넣고 마개를 닫았다. 손전등 불빛이 앞을 비추었지만 능청스럽도록 굳은 마네킹의 얼굴만 보일 뿐이었다.

"뭐야 대체……"

정훈이 혼잣말했다.

"마네킹이 말을 하다니!"

그는 정신 나간 사람처럼 중얼거렸다.

"이건 분명 내가 무서워서 드는 상상일 뿐일 거야. 마네킹이 말을 하다니 말도 안 돼!"

"네가 강심장이라고 생각해?"

이번엔 앞쪽에서 음성이 들려왔다. 머리털이 곤두섰다.

이놈이 내 과거까지 알고 있다니! 그는 손전등을 이리저리 돌려 어느 마네킹이 범인인지 잽싸게 탐색했으나 두더지 게임처럼 '망치로 머리를 때리지 못하는' 상황이었다. 빛이 없는 곳에서 또 누가 말을 했다.

"구미시 인의동에서 10대 고등학교 남학생들이 후배 남학생을 집단폭행하고 동영상으로 찍는 사건이 벌어져 경찰이 수사에 나섰습니다. SNS를 통해 공개된 1분 분량의 동영상에는……"

소리가 나는 쪽으로 전등을 비추자 또 소리는 멎었다. 정훈은 기절 직전까지 갔다.

"누구야! 누구냐니까! 이리 나와서 말해!"

"네가 강심장이라고 생각해?"

또 목소리가 들려왔다. 손전등이 가면 말을 멈추고 또 다른 곳에서 소리가 들려왔다. 공포의 두더지 게임이었다. 손전등이 훈련장 내부를 빠르게 훑었다. 말들이 이리저리로 빠르게 옮겨 다녔다. 자기 얼굴이 비칠 때마다 마네킹은 시치미 떼듯 시선을 앞으로 향했다. 어둠을 틈타 목소리들은 이곳저곳으로 옮겨가고 있었다. 정훈은 이놈이다 싶은 놈 하나의 얼굴을 과녁으로 삼고, 눈이 부셔 감게 만들겠다는 심정으로 전등을 바짝 겨누었다. 그러나 눈을 자극하는 전등 앞에서도 마네킹은 눈을 감지 않았다.

"그런다고 눈 하나 깜빡할 것 같아?"

뒤편에서 소리가 났다. 정훈이 민첩하게 전등을 그리로 겨누었다. 그 순간 건전지가 다됐는지 전등이 꺼졌다. 51개의 머리가 합창을 했다.

"잡았다! 이 새끼야!"

51개의 웃음이 빗소리를 압도했다. 천둥소리가 웃음에 섞였다. 정훈은 벽에 등을 댄 채 어둠을 장악한 머리들을 보았다. 마네킹 머리들이 그를 갖고 놀고 있었다! 정훈의 떨림이 전달되어 벽이 들썩였다. 아니, 벽이 웃는 것인지도 몰랐다. 이 오래된 건물의 모든 무생물들은 낮 동안은 죽은 척하다가 밤이 되면 살아나는 것인지도 몰랐다.

"하지만 어떻게 내 과거를 알고 있는 거지?"

정훈이 지금 처한 상황은 그가 옛날에 겪었던 어떤 상황과 놀랄 만치 닮아 있었다. 그들이 내뱉는 말 전부가 정훈의 과거로부터 나온 것이었다.

"네가 강심장이라고 생각해?"

마네킹들이 말을 했다.

"그만 해!"

정훈은 보이지 않는 바닥을 손으로 쓸며 말했다. 떨어진 손전등은 손에 잡히지 않았다. 번개가 치면서 마네킹들을 잠시 비추었다. 50개의 머리가 눈을 커다랗게 뜨고 웃고 있었다.

"너도 혼자니까 무섭지?"

"이건 현실이 아니야. 나의 기억력이 현실하고 혼동된 거야!"

그는 도망치기로 했다. 어차피 '헤어디자인' 훈련장의 차단기는 내려갔고 불은 꺼졌다. 손전등은 깜빡하고 두고 왔다고 하자. 별것 아닌 거, 아침에 찾겠지! 다른 심부름이 있다고 하니 지금 당장 찾아오라고는 안 하겠지! 야단 칠 테면 쳐라! 욕은 배를 따고 들어오지 않아! 그는 등을 돌리지 않은 채 뒷걸음질로 그곳을 빠져나왔다.

"겁나냐?"

어둠 속에서 마네킹들이 웃었다. 그러나 예상과 달리 날아올라 그를 물어뜯지는 않았다.

정훈은 손전등도 우산도 잊고 벽을 더듬어 복도를 걷다가 계단을 내려왔다. 웃는 소리들이 따라와 귀를 때렸다.

계단을 내려와 직업훈련장 출입구의 큰 문 앞까지 왔다. 비의 기세는 더욱 거세져 바닥이 물로 홍건했다. 이순신 장군 동상을 본 그의 발이 우뚝 멎었다.

이순신 장군 앞에 일곱 명의 사람들이 모여 있었다. 한 사람은 앉아 있었고 여섯 명이 그를 둘러쌌다. 그들은 교복을 입고 있었는데 억수같이 내리는 비는 단 한 방울도 그들을 적시지 못했다. 앉아서 매 맞는 아이도, 서 있는 여섯 명의 아이도 모두 교복을 입고 있었다.

애원하는 소리, 욕하는 소리, 때리는 소리, 우는 소리, 기합 넣는 소리, 휴대폰 동영상 찍는 소리…… 빗소리, 천둥소리마저 흡수한 그 소리는 정훈에게 낯설지 않았다.

과거에 직접 들었던 소리였다.
과거에 직접 보았던 광경이었다.

맞는 아이는 멍들고 깨진 채 피를 흘리고 있었다. 여섯 명의 가해 학생들이 낄낄거렸다. 정훈은 그 이유를 알았다. 여섯 명 아이들의 대장이 피해 학생의 바람막이 점퍼를 탐냈기 때문이다. 그런데 피해 학생은 점퍼를 건네주고도 두들겨 맞았다. 사람이 사람을 미워하는 데는 수학공식처럼 정확한 이유가 없다. 아마도 학자들도 정확히는 모를 어떤 심리상의 문제일 텐데 도스토옙스키도 답을 내놓지는 못할 것이다. 여섯 가해자 중 하나가 피해 학생을 미워했다. 보기 싫다는 게 표면상 이유였지만 왜 보기 싫은지는 그 조차도 정확히 알지 못했다. 나머지 다섯 학생들은 이 대장과 어울리기 위해 폭행에 가담했다. 그것이 남자다움의 표시이자, 하이에나다운 습성이었다. 그들 역시 어울리지 않고 혼자가 된다면 언제든 피해 학생의 위치로 전락할 수 있었다.

그곳은 이순신 장군이 서 있던 모교의 운동장 뒤편이었다. 학교는 더 이상 안전하지 않았고 조국을 구했던 위대한 장군은 어디까지나 동상일 뿐이었다. 가해자들은 피해자에게 방어하지 못하는 안전핀이 걸려있음을 알고 날아차기로, 돌려차기로, 옆차기로, 찍어차기 등으로 실전과 관련 없는 폼 잡기의 폭행을 실컷 가하고 있었다. 가하는 사람은 스릴을 느낄지 몰라도 당하는 사람은 공포만을 느낄 터였다. 여섯 명 중 하나였던 정훈은 그 아이를 때리진 않았지만 친구들이 때리는 광경을 동영상으로 찍었다. 이로써 그 역시 따돌림당하지 않고 그들 틈에 섞여 보호받을 수 있었다. 일탈이란 공감대로 형성된 의리를 과장되게 자랑할 수 있었고, 약한 자들 앞에서 센 사람인 척 으시댈 수 있었다. 피해 학생에게 걸려있는 안전핀이란.

"대가리 믿고 설치는 쪽수지!"
"일대일로 싸우면 이기지도 못하잖아."
"그래서 너희들은 항상 떼로 다니는 거야!"

76

"가해자와 어울리면 절대 피해자가 안 되거든!"

"일진 소리도 들을 수 있고."

정훈은 내면의 음성에 정신이 번쩍 들어 고개를 들었다. 그러나 마네킹은 따라오지 않았다. 남은 것은 비를 맞는 이순신 동상뿐이었다. 자신을 포함한 과거의 일곱 환영이 사라졌다. 그러나 목소리는 계속되었다.

"너도 혼자니까 무섭지?"

"네가 강심장이라고 생각해?"

"잡았다. 이 새끼야! 하하하하!"

정훈은 심장이 멎는 줄 알았다. 그 소리는 정훈이 골목길을 혼자 걸어갈 때 '그 학폭 피해 학생'으로부터 직접 들은 말이었기 때문이다. 당시 그 아이는 정훈의 집에서 멀지 않은 공터에서 정훈을 기다리고 있었다. 품에 칼을 숨기고서. 광기가 서린 눈으로 눈물을 쏟으며 '잡았다. 이 새끼야, 너도 혼자니까 무섭지. 니가 겁쟁이가 아니라고 생각해, 네가 강심장인 줄 아냐?'고 을러댔다. 정훈은 선배고 체면이고 뭐고 다 잊고 빌었다. 잘못했다고 빌었다.

피해 학생은 거친 숨을 쏟아내며 정훈의 눈을 한참이나 쳐다보다가 가버렸다.

얼마 후 정훈은 그 아이에 관한 소식을 들었다. 전학 간 학교에서도 적응하지 못하고 비슷한 폭력을 당한 그 아이가 결국 정신이 이상해져 거리를 방황하다 병원에 입원했다는 소식이었다. 정훈 외에 다른 가해자들도 혼자 있을 때 칼을 든 그 아이의 습격을 받았고 그중 하나는 무릎을 꿇고 빌었다고 한다(그러나 무릎을 꿇었다는 당사자는 그 자식이 칼을 들고 덤비길래 로 킥으로 제압하고 돌려보냈다며 기억을 왜곡시켰다).

마네킹들의 목소리가 들려왔다.

"너도 혼자니까 무섭지?"

"용서해줘. 괴롭힐 생각은 아니었어."
정훈의 입에서 신음 같은 흐느낌이 번져 나왔다. 51개의 머리가 또 수다를 떨었다.

"이제 와서 그러면 뭘 해?"
"맞아. 걔는 전학을 갔는데."
"전학 가서도 똑같은 일을 당했다던데."
"당연하지. 신상을 털어갔잖아."
"그게 문제가 아니야. 걔가 정신병원에서 죽었단 말야."
"그래서 지금 너를 찾아온 거야! 너 말이야!"

정훈은 눈과 입을 크게 벌렸다. 뭐? 그 아이가 죽었다고! 고개를 들었지만 눈앞에 마네킹은 없었다. 그는 이상한 기분이 들어 위로 고개를 들었다. 폭우 때문에 시야가 흐릿했다. 직업훈련장은 그가 차단기를 내렸기 때문에 불이 꺼져 있었다. 한 점의 빛도 없었다.

그러자 길게 하늘을 찢는 번개가 차단기 역할을 대신했다. 온 사위가 대낮처럼 밝아지면서 정훈은 헤어디자인 훈련장 쪽 창문에 새까맣게 달라붙어 이쪽을 내려다보는 51개의 머리를 볼 수 있었다. 입도 눈도 찢어진 채 노려보는 귀신 마네킹의 얼굴들이었다. 정훈은 비명을 지르며 차가운 물 바닥 위로 넘어졌다.

"같은 일을 겪어놓고도 어떤 사람은 아주 쉽게 그걸 잊어버려. 하지만 어떤 사람한텐 평생을 못 잊을 지옥이지."

정훈은 그 목소리의 주인이 누구인지 알았다. 골목길에서 기다리다 칼을 들고 자신을 노리던 그 아이의 목소리였다. 정훈은 비를 맞으며 기어가다가 비틀거리며 일어났다. 배수로가 막혔는지 물은 불어 있었다. 신발에 물이 들어오며 첨벙첨벙 소리를 냈다. 등 뒤에서 웃음소리들이 커져갔다.

그는 보안 인식 카드로 중앙 게이트 문을 열려고 했다. 손이 떨려 카드가 떨어졌다. 크게 불은 물 속에서 카드가 부유했다. 뒤돌아보자 수백 개로 늘어난 마네킹 머리가 창에 찰싹 붙은 채 아직도 그를 노려보았다. 정훈은 필사적으로 손을 휘저어 카드를 잡아내는 데 성공했다. 중앙 게이트가 열렸다.

그가 안으로 들어가자, 지하 복도가 나오는 대신 다시 헤어디자인 훈련장이 나왔다. 악몽의 미로였다. 출입문은 열려 있었고, 밝은 조명 아래 51개의 머리가 처음처럼 그를 바라보고 있었다.

"잘못했어! 용서해줘!"

차단기가 꺼지며 온 세상이 어둠 속에 잠겼다. 저희들 세상이 오자 마네킹들이 악다구니로 떠들어댔다. 학폭 피해 학생의 목소리가 51개로 나뉘어져 정훈의 정신을 망가뜨리려 좁은 공간 안을 빙빙 돌았다. 정훈은 어둠 속을 헤매다가 문손잡이에 머리를 세게 부딪쳤다. 그러자 터질 듯한 정훈의 머리에 도망을 칠 게 아니라 차단기부터 올려야 한다는 지혜가 찾아왔다. 빛이 있으면 머리는 장난을 치지 못했으니까. 머리통들이 그가 차단기를 올리지 못하도록 협박으로, 욕설로 방해했다. 정훈은 귀를 막고 손을 뻗어 차단기를 올렸다.

탁!

눈부신 빛이 헤어디자인 훈련장을 밝혔다.

소음이 사라졌다. 머리들은 정상적으로 앞을 보았다.

소나기의 기세도 약해졌다.

정훈은 가쁜 숨을 내쉬었다.

침묵이 무서웠다. 더 나쁜 악몽을 위한 전조 같았기에.

정훈은 등을 돌리면 머리들이 또 장난을 칠까봐 두려웠다. 그러나 확인해야만 했다. 이 모든 상황이 자신의 머리에서 비롯된 환상일 뿐이라는 확신을 기어이 주기 위해. 그래서 전신거울로 몸을 틀었다. 과연 51개의 머리는 머리를 돌리지 않았다. 평소처럼 출입문을 바라보고 있었다.

"난 정상이야! 이건 다 꿈이야!"

그는 상박승 환자처럼 다시 한번 거울로 고개를 들었다. 그러자 심장을 조각내는 충격이 엄습했다. 꿈이 아니었다. 모든 것이

엄연한 현실이었다. 정훈은 실신하기 전 거울 속에서 보았다. 마네킹으로 변해버린 자신의 머리를. 그 얼굴은 미소를 지을 수도, 말을 할 수도 없었다. 헤어디자인 공과의 마네킹은 이제 52개가 되었다.

〰〰〰〰〰

아무리 무전을 쳐도 받지 않자 선배들이 정훈을 찾아 나섰다. 그들은 이순신 장군 동상 옆에 쓰러져 기절한 정훈을 발견했다. 그 옆에는 시선을 하늘로 둔 마네킹 머리 하나가 놓여 있었다. 사람의 잘린 머리로 착각한 선배 한 명이 비명을 질렀다. 비에 흠뻑 젖은 정훈은 열이 39도까지 올라 병원으로 긴급 이송되었다.

선배 교도관들이 대화를 나누었다.

"저 마네킹 업체는 유명한 곳이야. 교도소 말고 여러 미용실에도 독점 납품을 하지. 인공모를 안 쓰거든."

"무슨 소리야?"

"오리지널 사람 머리카락을 마네킹에 붙인 거라고."

"그래서 감쪽같았구나. 그런 걸 어디서 구해?"

"나도 몰라. 숱 많은 사람이 머리칼을 잘라 팔았을 수도 있고, 아니면 죽은 사람 머리칼일 수도 있겠지 뭐."

"죽은 사람 머리카락?"

"나도 들은 얘기야."

"왜 정훈이 옆에 마네킹 머리가 떨어져 있었을까? 안 뽑히게

지지대에 고정되어 있던 거잖아?"

"몰라. 섭주 교도소에 괴담이 하나둘이야?"

"뭔가 알고 떠드는 거야? 그냥 허풍 치는 거야?"

"다음 차례로 니가 당해보면 확실히 알 수 있겠지."

"입조심해. 이 교도소는 살아있어. 우리가 무심코 내뱉는 말을 하나도 놓치지 않고 다 듣는다고. 우리 속마음까지도 꿰뚫어볼걸."

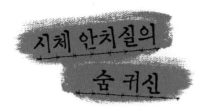

시체 안치실의 숨 귀신

이성오와 장혁천은 26세 동갑내기 남자들이었다. 이성오는 전직 간호사였고, 장혁천은 전직 응급구조사였는데 둘 다 법무부 특채 과정을 거쳐 정복 교도관이 되었다. 둘은 섭주 교도소 의료과로 발령받아 2년 동안 별 탈 없이 근무했다. 2년 1개월째 되는 어느 날 밤, 둘은 평생 잊을 수 없을 기괴한 사건을 겪게 되는데, 섭주 교도소의 폐쇄된 시체 안치실에 처음으로 들어가게 된 사건이 바로 그것이다.

그날은 2월 15일로 살을 에는 듯 추운 날이었다.

이성오가 야간 숙직을 서고 장혁천이 퇴근도 못한 채 남은 업무를 처리하던 밤 11시 59분이었다. 경마장에서 경주마들이 달리는 듯한 우루루 소리가 들려오더니 일곱 명의 교도관들이 의료과로 들이닥쳤다. 야간근무 팀의 총 책임자인 당직 계장이 맨 앞에 서 있었는데 가장 덩치가 큰 직원 하나는 축 늘어진 재소자를 업고 있었다.

"오늘 숙직자가 누구야?"

당직 계장이 이성오와 장혁천을 번갈아 바라보았다.

"접니다."

이성오가 답했다.

"너 간호사 특채지?"

"네."

"넌 숙직도 아닌데 여기 왜 있어?"

계장이 장혁천에게 물었다.

"처리해야 할 업무가 밀려서 남았습니다."

"넌 응급구조사 특채지?"

"예."

"너희 둘이 다 있다니 잘 됐다. 여기 사람이 죽었다."

"예? 사람이 죽었다고요!"

두 사람은 합창단처럼 똑같은 높은 음으로 답했다. 업혀온 사람의 얼굴을 보니 누구인지 알 수 있었다. 금융사기로 4년 형을 선고받고 2년째 복역 중이던 598번 정한호였다. 심장이 좋지 않아 심혈관 계열 의약품을 정기적으로 복용하던 60대였다.

"심장마비 같은데 잠을 자다가 변을 당한 모양이다. 제세동기도 사용해봤는데 가망 없었어."

누 정년은 일반 교도관보다 월등한 의료 지식으로 업혀 온 사람의 사망을 확인하느라 분주했다. 어차피 소용없다는 어조로 계장이 말했다.

"의료 과장님도 오실 테고 소장님도 곧 오신다. 검찰 쪽에도 연락했는데 유가족 오고 부검까지 하면 이제 많이 바빠질 거다."

"일단 병원에 데려가야죠." 이성오가 말했다.

"구급차는요?" 장혁천이 말했다.

"그렇잖아도 우리 구급차가 고장이 나서 119 불러놨다. 우린 보안과로 돌아가 관련 서류를 준비해야 해. 119 차가 올 때까지 니들이 해야 할 일이 있어."

계장이 이성오와 장혁천을 바라보았다. 둘은 다이너마이트 심지로 번져오는 불길 앞의 묶인 포로들처럼 긴장했다.

"뭡니까? 저희가 해야 할 일이?"

"정한호를 데리고 시체 안치실에서 대기해라."

"시체하고 있으라고요?"

두 사람이 동시에 말했다.

"외부병원으로 인계할 때까진 전문 의료인인 너희가 옆에 있어야 해."

원래 이성오는 오늘이 아닌, 내일이 숙직 순번이었다. 오늘 숙직해야 할 고참 마정균이 맞선을 보러 간다며 한 번만 순번을 바꿔 달라길래 바꿔줬다. 안 바꿔줬으면 급사한 시체를 볼 일도 없었다. 손을 잡고 다짐한 '의리행동'이 땅을 치고 후회할 '경거망동'이 되고 말았다.

장혁천은 밀린 업무가 있든 말든 집에 갈 걸, 하고 후회했으나 때는 늦었다. 두 젊은이는 포장된 길로 가려다가 씽크 홀에 빠진 셈이었고, 함께 갇힌 이상 서로 협동해야만 했다. 병원에서 근무하다 전직(轉職)한 두 청년은 과학을 신봉하지 귀신 따위는 믿지 않는 철저한 현대인들이었다. 시신을 곁에 둔 그들은 바짝 긴장했다.

시체 안치실은 의료과 건물의 가장 후미진 곳에 있는, 버려진 사무실을 개조한 밀실이었다. 햇볕이 들지 않았고 문 앞에 서 있기만 해도 차가운 기운이 풍겼다. 사람의 발길이 끊긴 지 몇 년은 넘은 안치실에는 녹슨 자물쇠가 걸려 있었고, 페인트칠을 대충 한 나무 문은 귀신이 나올 것처럼 을씨년스러웠다. 타란툴라 같은 커다란 거미가 자물쇠와 문 위에 터전을 마련해놓고 있었다. 이성오가 빗자루로 거미줄을 걷자 거미는 한밤의 철거작업에 저항도 못 하고 도망쳤다. 장혁천이 자물쇠를 풀고 문을 열자 퀴퀴한 곰팡이 냄새가 진동했다.

안치실은 칠흑 같은 어둠에 싸여 있었다.

스위치를 올리니 LED 시대와 어울리지 않는 백열전구가 치매로 정신줄이 왔다갔다하는 노인네처럼 희미한 빛을 깜박거렸다. 두 사람은 이곳이 처음이었다. 시체 안치실은 쓰지 않는 의료기구를 쌓아놓은 창고로 변해 있었다. 구석에 있는 직사각형 침대만이 죽은 자를 잠시 눕혀놓는 용도를 간신히 알려주고 있었다.

"내가 미쳤지! 집에 가서 영화나 다운받아 보는 건데!"

장혁천이 내뱉었다.

"나도 너랑 다를 게 없어. 어서 와서 거들기나 해."

죽은 정한호의 다리를 잡은 이성오가 소리쳤다. 장혁천은 투덜대며 정한호의 겨드랑이 사이로 손을 넣었다. 두 사람이 힘을 주니 정한호의 몸이 번쩍 들렸다. 그는 눈을 뜨고 죽었는데 이성오는 죽은 눈이 자꾸만 자기를 보는 것 같아 고개를 숙이고 걸었다.

"야! 큰 소리 칠 땐 언제고…… 고개 안 들래?"

장혁천의 야단에 이성오가 고개를 들었다. 심장이 멎는 줄 알았다. 정한호의 눈이 자신을 똑바로 향하고 있었다. 몸은 차가웠지만 피부 색깔은 아직 그대로였다. 두 사람은 하나 둘 셋 신호를 나누면서 시체 안치실 침대 위에 정한호를 간신히 올려놓았다. 꺼졌다 켜지는 백열전구 불빛 사이로 오래된 의학 도구들이 간간이 모습을 드러냈다. 벽면에 붙은 인체 해부도의 해골도 보이다가 사라졌다.

"내가 미쳤지! 집에 가서 영화나 다운받아 보는 건데!" 장혁천이 또 투덜거렸다.

"〈곤지암〉 추천한다."

주위를 둘러보는 이성오의 목소리가 긴장으로 차 있었다.

"이거 완전 〈곤지암〉 로케이션 장손데. 버려진 물건, 쓰레기, 저기 구석에 죽은 쥐도 있잖아. 야, 혁천아, 너 안 무섭냐?"

"내가 미쳤지! 집에 가서 영화나 다운받아 보는 건데!"

장혁천은 같은 말만 되풀이했다.

"〈곤지암〉?"

"시끄러워!"

"혁천아! 형이 묻잖냐? 안 무섭냐고?"

"무서워 죽겠어! 무서우니까 했던 말 하고 또 하는 거 아냐?"

"근데 혁천아. 이 사람, 정한호 씨 있잖아. 눈 뜬 채 죽어서 실려 온 거 맞지?"

"됐어! 그만 해! 널 쳐다본다는 말 하려고 그러지?"

"아깐 그랬는데 지금은 아냐. 내가 아니라 널 쳐다보는 거 같아."

"지랄하고 자빠졌네! 죽은 사람이 어떻게 눈알을 돌려?"

"그러니까 말야!"

"장난 그만해. 이런 거 안 좋아해."

"장난 아니다. 이 사람 분명 죽은 거 맞지?"

이성오의 질문에 장혁천이 고개를 돌리지 않은 채로 답했다.

"심정지 상태였지!"

"틀림없어."

이성오도 정한호의 시선을 피하면서 말했다.

두 사람은 나란히 선 채 천장만 바라보았다. 119 대원이나 보안과 직원들이 어서 빨리 여기로 오기만 바랐다. 안치실 곳곳으로 음습한 공기가 떠다녔다. 보이지 않는 손이 그들의 등덜미를 쓸고, 사람의 형상으로 퍼지는 연기가 그들의 코로 들어오는 것 같았다. 아무도 오지 않자 두 사람은 애가 탔다. 이성오가 왼쪽 벽을, 장혁천은 오른쪽 벽을 바라보았다. 두 사람은 시신에게서 최대한 시선을 외면했다.

"어쩌다 동공이 움직인 거겠지. 죽은 사람이 스스로 눈동자를 움직일 수 없시!"

"당연한 소리."

"그럼 확인해봐."

"내가?"

"성오 니가 계속 정한호의 눈을 봐왔잖아. 난 일부러 저 사람 눈을 안 봤어. 들어 옮길 때는 뒤에서 붙잡았고."

"나쁜 놈 같으니."

이성오가 끙 소리를 내며 정한호의 시신으로 걸어갔다. 장혁천은 이성오를 보지 않았기 때문에 무슨 일이 일어나는지 몰랐다. 잠시 후 이성오가 말했다.

"됐어, 이제 봐도 돼. 내가 눈을 감겨줬어."

"야, 부검할지도 모르는데 시신에 손을 대면 어떡하냐?"

이성오는 장혁천의 말을 듣지 않았다.

"뭘로 덮어 줘야 해. 이불을 가져와야겠어."

"야! 같이 가! 나 혼자 두고 가지 마!"

장혁천이 무의식중에 정한호를 흘끗 내려다보았다. 그는 편안하게 눈을 감은 채 누워있었다. 이성오가 감겨준 덕이다.

그는 죽었어. 눈을 뜨지 않아.

하지만 만약 뜬다면?

119는 왜 아직도 안 오는 거야?

그때였다.

멀리 복도 끝에 있는 의료과 사무실에서 전화벨 소리가 들려왔다. 두 사람이 동시에 반응했다.

"내가 받을게!" 성오가 소리쳤다.

"아냐, 내가 받을게. 니가 여기 있어." 혁천도 지지 않았다.

"오늘 숙직자는 나잖아. 니가 여기 있어."

"니가 숙직자니까 시체를 책임져야지!"

"내가 숙직자니까 근무하는 사람들 전화를 받아야지!"

"내가 미쳤지! 집에 가서 영화나 다운받아 보는 건데! 그럼 가위바위보로 해!"

"내가 숙직잔데 왜 너하고 가위바위보를 해야 해? 이 지독한 놈…… 알았다! 가위, 바위, 보!"

깜빡이는 조명 아래서 가위바위보가 펼쳐졌다. 전화벨이 떼쓰듯 울리는 사이 세 번이나 손을 내밀어도 가위바위보는 승부가 나지 않았다. 마치 한 사람이 거울을 보고 하는 시합 같았다. 네 번째 가위바위보에서,

"이겼다!" 성오가 소리쳤다. "내가 금방 받고 올게!"

성오가 시신을 보지 않은 채 달려 나갔다. 그의 뒷모습을 보며 혁천이 소리쳤다.

"내가 미쳤지! 집에 가서 영화나 다운받아 보는 건데!"

"〈곤지암〉!"

"닥쳐!"

성오가 전화를 받자 시끄러운 벨 소리가 사라졌다. 혼자 남게 된 혁천에게 공포는 크게 다가왔다. 20인치 텔레비전 화면으로 볼 영화를 아이맥스 극장 화면으로 보게 되듯. 백열등이 깜빡이자 누워있는 정한호의 시신이 벽 그림자로 언뜻언뜻 비쳤다.

"야! 빨리 받고 와!"

혁천이 사무실을 향해 소리쳤다. 그러나 통화가 길어지는지 성오는 올 생각을 하지 않았다. 백열전구 등이 깜빡이는 간격이 빨라졌다. 혁천의 눈은 정한호에게 가지 않고 벽을 향했다. 커다

란 그림자가 벽에 나타났다 사라지길 반복했다. 차가운 침대 바닥에 누운 정한호는 미동도 없었다. 혁천은 벽에 비치는 그림자가 움직이기라도 할까 봐 겁이 났다. 그가 눈을 뜰까 봐 무서웠다. 저 불안한 전등이 완전히 꺼지면 어쩌지?

"성오야! 야, 이성오! 빨리 와. 이 새끼야!"

그가 밖을 향해 소리쳤다. 그러자 고함에 호응하는 것처럼 백열전구 등이 더 이상의 깜빡거림을 멈추었다. 잠시 동안 시체 안치실은 밝은 빛이 지속되었다. 등이 근지러워 혁천은 고개를 돌렸다.

정한호가 눈을 뜬 채 자신을 올려다보고 있었다.

"으악!"

그는 열린 문 사이로 도망쳐 복도로 나갔다. 10여 미터 거리의 의료과 사무실에서 이성오의 목소리가 새어나왔다.

"…… 정확한 시각은…… 아직 확답드릴 수 없습니다. 보안과 당직자들이 먼저 발견해서…… 예, 알겠습니다!"

그렇군, 성오는 일부러 여길 안 오는 게 아냐. 높은 사람의 전화를 받느라 못 오는 거라고.

혁천이 등을 돌려 침착하게 정한호를 바라보았다. 눈을 뜨긴 했지만 시선은 그를 향하지 않았다. 공포로 인한 혁천의 착각일 뿐이었다. 죽은 신경의 남아있던 경련이 감아줬던 눈을 뜨게 만들었으리라. 혁천은 과학적 사고로 미신적인 공포를 이기려 했다. 재소자를 책임지는 교도관의 임무에 집중해 다시 시체 안치실로 용감히 들어갔다. 바깥에서 사기 행각으로 소시민의 피를 빨긴 했어도 정한호는 모범적인 교도소 생활을 해왔고 아버지

뻘 되는 사람이기도 했다. 혁천이 침대 앞에 가 앉았을 때 갑자기 정한호의 팔이 꿈틀거렸다.

"으앗!"

유통기한 지난 수액 박스를 넘어뜨리며 혁천은 엉덩방아를 찧었다. 정한호가 안 죽었을지도 모른다는 생각이 들었다.

"이봐요, 정한호 씨. 당신 살아있나요?"

정한호는 대답하지 않았다. 혁천은 정한호의 가슴에 귀를 댔다. 처음에는 아무 소리도 들리지 않았다. 하지만 시간이 지날수록 조금씩 들려오는 소리가 있었다. 기세를 얻어 둥둥거리는 소리, 심장박동이었다. 이럴 수가! 이건 현실이 아니야! 그는 소리에 집중하느라 등 뒤의 문이 저절로 닫히는 것도 깨닫지 못했다. 혁천은 자신의 가슴에서 나오는 빠른 박동을 정한오의 박동이라고 착각하고 있었다.

"성오야! 살아있다! 정한호가 살아있다!"

기다릴 여유가 없었다. 그는 벽에 기대어 있던 이동용 들것을 땅바닥에 바로 놓은 채 혼신의 힘을 다해 정한호의 몸을 번쩍 들어올렸다. 침대에서 딱딱한 땅바닥에 정한호를 눕힌 혁천은 무릎을 꿇고 앉아 양손을 깍지 끼고 상체를 똑바로 폈다. 정한호의 젖꼭지 사이를 손으로 계산한 그는 머뭇거림 없이 심폐소생술에 들어갔다.

'성오 이 새끼 왜 이리 안 와? 빨리 전화 좀 끊어라!'

심폐소생술은 30번 가슴 압박을 하고 입으로 2회 숨을 불어넣는 게 정석이어서 2인 1조로 할 때 가장 효과를 볼 수 있었다. 분업의 장점으로, 한 사람은 가슴 압박에만 집중을, 한 사람은 산소 공급에만 집중할 수 있기 때문이다. 그러나 성오는 아직도 오지 않는다. 그래서 혁천은 홀로 가슴 압박과 입으로 산소를 불어넣는 일을 반복할 수밖에 없었다. 심폐소생술을 연습해본 사람이라면 이 일이 대단한 체력을 요구하는 일임을 잘 알 것이다. 정확한 자세와 정확한 힘, 정확한 타이밍이 관건이라 엄청난 육체적 에너지가 소모되는 작업이다. 의식이 없는 사람이 깨어날 때까지, 혹은 교대해줄 사람이 올 때까지 결코 멈출 수 없는 작업이기도 하다. 사람의 생명이 달린 문제니까. 그래서 죽을힘을 다해 계속 가슴압박을 유지해야만 한다. 고강도의 체력 소모에 건강한 응급구조사도 반복되는 소생술 도중 탈진해 쓰러지기도 하며, 가슴 압박 도중 상대방의 갈비뼈를 부러뜨리기도 한다.

혁천의 주변에는 축축한 공포밖에 없었다. 하지만 전직 응급구조사였던 그는 사람의 생명을 구해야만 한다는 소명에 몰두해 심폐소생술을 계속했다. 공포에 잠시 정신을 놓아버린 그는 정한호가 살아있는 줄로 착각했다. 잘못된 믿음이 죽어가는 이를 살려야만 한다는 맹목적인 의무감으로 돌변했다. 가슴 압박과 구강 호흡이 세 차례나 지났다. 엄청난 피로가 몰려왔다. 정한호의 눈길이 그를 쳐다보는 것 같아지자 머리가 새하얘지는 느낌이었다.

'이 사람 정말 살았나? 아니면 죽었나?'

생각하는 사이에도 시간을 흐르고 응급환자의 숨은 끊어지고 있었다. 멈추지 마, 장혁천! 계속해야 해!

혁천은 온몸을 실어 정한호의 심장을 마사지했다. 30대 2…… 서른 번 심장마사지에 두 번 호흡…… 숨을 불어넣는 일이 곤란하면 가슴 압박이라도 멈추지 말아야 한다. 2인 1조로 하면 효과는 극대화될 텐데…… 혁천의 온몸이 땀으로 젖었다. 팔에서는 빠른 속도로 기운이 빠지고 있었다.

아직도 성오는 상관의 전화 때문에 오질 않는다. 혁천의 옷은 짜면 땀방울이 새어 나올 지경으로 김이 무럭무럭 솟았다. 건설 현장 막노동만큼이나 힘이 들었다.

"제발, 제발, 제발……"

혁천의 숨이 턱 끝까지 차올랐다. 어느새 시체 안치실에 요상한 기운이 가득 찼다. 혁천은 무리를 하고 있어 그 기운을 알아차리지 못했다. 점점 팔에서 힘이 떨어졌다. 그의 심장에도 과부하가 걸렸다. 어느새 시체 안치실은 그의 몸에서 퍼진 땀 냄새로 가득했다. 이제 정한호의 눈은 그를 똑바로 바라보고 있었다. 그 눈길은 이곳이 이승인지 저승인지를 분간 못하는 공허한 눈이었다. 그러나 그는 살아있는 사람이 아니었고, 그의 눈을 뜨게 한 건 다른 기운이었다. 쓰러지기 직전의 혁천은 결코 알지 못했다.

"일어났군요."

말을 마친 혁천이 자신의 가슴을 움켜쥐고 풀썩 쓰러졌다.

상관의 전화를 끊자마자 안치실로 달려온 성오는 아연실색했다. 왜 문이 닫혀 있는 거지?

"혁천아! 혁천아!"

아무리 불러도 대답이 없자 발로 문을 차서 열었다. 후끈한 열기와 함께 땀 냄새가 몰려왔다. 성오가 비명을 질렀다. 그의 앞에 누워있는 시체가 두 구였기 때문이다. 하나는 정한호, 하나는 혁천이었다. 혁천 역시 숨을 쉬지 않는 것 같았다. 성오가 들어오자마자 꺼졌던 전등이 다시 지직거리며 깜빡거렸다.

"야, 혁천아. 너 왜 그래?"

혁천은 미동도 없었다. 호흡이 없는 채 눈을 뜨고 드러누워 있었다. 정한호는 처음 볼 때처럼 죽어 있었다. 혁천에게 무슨 일이 생긴 걸까? 왜 땀투성이로 몽땅 젖은 거지? 혼자 남았다는 공포 때문에 죽은 건 아닐까? 왜 문은 닫혀 있었던 걸까? 싸늘한 공포가 등으로 밀어닥쳤다.

식은땀투성이로 죽은 혁천을 바라보자 성오는 무서움을 느꼈다. 그는 시체와 단둘이 있었고 알지 못하는 이유로 문은 닫혀버렸다. 그 사실이 그를 극도로 미치게 만들어버렸을 것이다. 설마 귀신이……

"정신 차려! 혁천아!"

성오의 마음이 급해졌다

"혁천아! 숨 쉬어! 정신 차려!"

뺨도 치고 팔도 흔들다가 보람이 없자 성오는 혁천의 가슴팍을 열어젖혔다. 심폐소생술 교육과정에서 자세가 좋다며 자주 칭찬을 받던 성오였다. 그의 손은 정확한 에프엠 자세를 취하고 있었다.

"하낫둘, 둘둘, 셋둘, 넷둘…… 일어나라 혁천아!"

심장 압박이 가해질 때마다 성오의 옷에서도 훈김이 올랐다.

멈춰버린 혁천의 표정은 아무것도 말해주지 않았다. 심장 압박 사이로 문득문득 스쳐 가는 정한호의 얼굴에 성오는 얼어붙는 공포를 느꼈다. 정한호가 자꾸만 이쪽을 돌아본다는 착각이 들었으니까. 그것도 웃는 얼굴로. 하지만 그건 깜빡이는 조명이 자아낸 환각일 수도 있었다.

성오는 개의치 않았다. 상상일 뿐이라고 자신을 위로했다. 그는 입을 벌려 시체 안치실의 차가운 공기를 한껏 들이켠 후 서슴없이 혁천의 입에 자기 입을 갖다 댔다. 혁천의 가슴팍이 부풀어 올랐다. 공기가 들어가자마자 다시 온 삭신이 노곤해지는 심장 마사지가 시작되었다. 혁천의 몸으로 소나기가 떨어졌다. 성오의 이마에서 떨어지는 땀방울의 홍수였다. 200미터 전력 질주보다 힘들었다. 아무리 심장마사지를 해도 혁천은 반응이 없었다.

"일어나. 이 병신 같은 놈아! 이렇게 죽으려고 시간 외 수당 청구도 없이 사무실에 남았냐?"

30대 2 심장마사지가 다섯 차례나 계속되었다. 성오도 조금 전의 혁천처럼 기운이 빠지고 탈진하기 일보 직전이었다. 그는 무리하고 있었고 온몸에 과부하가 걸렸다.

"아아…… 너무 힘들어. 더 이상은 못 하겠어."

무리를 한 심장마사지에 시체 안치실의 기운까지 더해져 마침내 성오도 픽 쓰러졌다.

"우어억!"

그와 동시에 혁천이 벌떡 일어났다. 그는 죽었다 살아난 사람처럼 가쁜 숨을 몰아쉬며 말했다.

"내가 미쳤지. 집에서 영화나 다운 받아보는 건데……"

그는 KO패를 당해 쓰러진 권투선수 같은 성오를 보았다. 번득이는 전등 아래로 정한호의 표정은 험상궂게 변해 있었다.

"아니! 성오야! 니가 왜 이 모양이 되었냐?"

성오는 눈을 뜬 채 숨을 쉬지 않았다.

"이게 대체 무슨 일이야! 니가 왜 거기 그러고 있냐고!"

"나…… 나……"

성오는 말을 잇지 못하고 눈을 까뒤집더니 다시 의식을 잃었다. 한 손을 가슴에 올린 채로. 눈을 감은 그의 턱이 조금씩 까딱거렸다. 가슴은 올라오지 않았다. 무호흡이다! 또 심장마비다! 혁천의 눈이 공포로 커다랗게 떠졌다.

"죽지 마. 이 바보야! 성오야! 성오야!"

그는 주먹으로 성오의 가슴을 탕탕 쳤다. 반응이 없었다. 바보같이 이미 죽은 정한호를 살리려고 그 고생을 했는데 왜 니가 자빠져 있냐? 내가 널 죽인 거냐? 그는 뭐가 뭔지, 왜 성오가 누워있는 건지 사태 파악을 할 수 없었다. 하지만 해야 할 일이 무엇인지는 알고 있었다.

혁천은 절망에 찬 표정으로 일어나 다시 성오의 옆에 앉았다. 깍지 낀 손가락들이 그의 가슴에 닿았다. 정한호에게 무리한 힘을 쓴 후여서 손이 후들후들 떨렸다.

"하낫둘! 둘둘! 셋둘! 넷둘! 눈 떠 인마."

팔에 쥐가 났다. 누르는 힘이 약해졌다. 혁천은 코 밑에 침을 바르고 다시 심장 압박을 실시했다. 시간의 흐름도, 공간의 감각도 느껴지지 않았다. 그저 성오를 살려야 한다는 마음뿐이었다. 심장을 누르는 상체의 움직임에 따라 온 세상이 위아래로 흔들거렸다. 멀미가 나면서 속이 메스꺼웠다. 뜨거운 땀이 뺨을 타고 흘러내렸다. 그래도 그는 멈추지 않았다.

"제발 일어나라!"

"으…… 으…… 으…… 으어억!"

성오가 꿈틀거렸다. 거센 숨 한 토막이 솟구쳐 뿜어져 나왔다. 의식이 돌아왔음을 안 혁천의 얼굴에 미소가 나타났다.

"역시…… 넌 죽을 운명이 아냐."

말을 마친 그는 허수아비처럼 픽 쓰러졌다. 0.5초 후 성오가 헉헉 숨을 몰아쉬며 상반신을 일으켰다. 막혔던 산소가 돌아오자 기분이 이상했고 정신도 몽롱했다. 그의 옆에는 혁천이 의식을 잃은 채 쓰러져 있었다.

"혁천아! 이 자식아! 왜 또 이러고 있어! 죽으면 안 된다니까!"

성오는 지친 몸을 이끌고 혁천의 몸 앞에 무릎을 꿇었다. 가슴에 팔을 올린 순간, 격렬한 통증이 팔과 어깨를 스쳐 지나갔다. 하지만 멈출 수 없었다. 혁천이 숨을 쉬지 않았으니까. 죽음을 각오한 심폐소생술이 또다시 이어졌다. 머리 위에서 폭탄이 터지고 건물이 무너져 내리는 듯했다. 온 세상이 위아래로 흔들거렸다. 자신이 어디 있는지 생각나지 않았고 왜 여기 있는지 떠오르지 않았다. 총알이 날아다니는 전쟁터에 와 있는 기분이었다.

"일어나! 이 자식아! 집에 가서 영화 다운받아 봐야지!"

모든 힘이 소진되어 갔다. 성오는 한계를 넘어 심폐소생술을 실시했다. 또다시 몸에 과부하가 걸렸으나 그는 결코 구급활동을 멈추지 않았다.

"왜! 왜! 구급차는 아직도 안 오는 거야!"

위생병을 부르는 전장의 군인처럼 그의 표정이 일그러졌다. 팔의 힘이 소진되고 그는 심폐소생술을 마치지도 못한 채 쓰러져 기절했다. 하지만 그의 머리는 다행히도 혁천의 가슴 위로 떨어졌다. 뇌진탕을 피했을 뿐더러 강한 '돌머리'의 충격까지 선사해 혁천은 눈을 떴다.

"우어억!"

혁천이 벌떡 일어나 숨을 몰아쉬었다. 눈을 뜬 그는 울상을 짓고 사태를 파악했다. 이 무슨 귀신의 장난이란 말인가! 신이시여, 왜 이리도 시험에 빠지게 하시나이까!

"성오야! 눈 떠라! 왜 또 이러고 있냐!"

혁천도 성오를 향해 다시 한번 심폐소생술에 돌입했다. 허옇게 변한 정한호의 고개가 이쪽으로 돌아와 있었다. 눈은 뜨여 있었고 기괴한 빛이 뿜어져 나왔다. 눈이 마주쳤다면 공포로 죽었을지도 모른다. 하지만 성오에게 모든 관심이 쏠린지라 혁천은 정한호와 눈을 마주치지 않았다.

'이 반복! 이 반복! 뭔가 이상해!'

혁천은 팔이 떨어져 나갈 것 같은 통증에 이빨을 악물면서도 성오의 가슴 누르기를 멈추지 않았다. 누르는 힘에 따라 성오의 몸이 조금씩 흔들거렸다. 그러나 의식은 돌아오지 않았다. 혁천의 머릿속에서 번갯불이 번쩍했다. 이 안에 누군가 있어! 우릴 갖고 장난을 치는 거야!

그는 성오의 가슴을 세게 압박했다. 그러나 짧은 시간 너무나 많은 힘을 쓴 팔은 성오의 심장에 제대로 된 충격을 선사하지 못했다.

"누구야? 누가 대체 우리를 차례로 죽이려는 거야!"

눈을 반쯤 뜬 성오는 귀신을 만나는 꿈을 꾸고 있었다. 어쩌면 꿈이 아니라 현실인지도 몰랐다. 검은 한복 차림의 귀신은 컴컴한 시체 안치실의 벽에 두 팔 두 다리를 이용해 곤충처럼 붙어 있었다. 고개만 360도 돌려 그를 뚫어져라 처다보고 있었다. 그 귀신은 계란 같은 타원형의 눈을 가진 반면 코와 입은 매우 작았다. 숨을 쉬는 게 어려운 그 귀신은 죽어가는 이의 남은 숨을 빼앗으려고 언제나 이 시체 안치실에 숨어 있었다. 숨 귀신은 이미 죽은 정한호를 살리려는 두 인간에게 화가 나 못된 장난질을 치던 참이었다.

혁천의 입에서 단내가 났다. 죽은 정한호가 씨익 웃는 모습을 본 것 같아도 개의치 않았다. 하지만 낙장불입이었다. 정한호는 이미 죽은 자였고 목숨을 되돌릴 수 없었다. 성오는 낙장가입(落張可入), 죽어가고 있었고 살릴 수 있었다. 혁천은 자신의 심장에서 또 통증이 시작되는 걸 알았다. 이번에 쓰러지면 일어나지 못할 수도 있었다. 점점 숨이 막혀 왔다. 그럼에도 포기할 순 없었다.

"일어나라니까!"

성오는 긴 머리칼을 늘어뜨린, 코와 입이 비현실적으로 작은 귀신이 머리맡까지 다가왔음을 알았다. 그러나 손가락 하나 까딱할 수 없었다. 귀신이 손을 뻗쳐 성오의 콧구멍을 막고 입을 막았다. 눈썹 없는 타원형 눈이 감기지도 않은 채 그를 빤히 응시했다. 숨을 쉬지 못하는 부서움에 사위눌림의 공포까지 녀해졌다. 혁천의 눈에는 그 귀신이 보이지 않는 모양이었다.

"야! 성오 이 새끼야! 제발 일어나! 할렐루야! 나무관세음보살! 아멘!"

얼떨결에 내지른 혁천의 '나무관세음보살' 고함에 타원형 눈이 얼굴을 차지할 정도로 커졌다. 대포알에 맞은 것처럼 귀신의 몸이 날아갔다. 투명한 연기를 눈으로 뿜어내며 ― 그것이야말로 사람들에게서 빼앗아 삼킨 숨이었다! ― 바람 빠진 풍선처럼 귀신은 벽을 통과해 멀리멀리 날아갔다.

"우어억! 헉, 헉, 헉, 헉!"

숨이 돌아온 성오가 벌떡 일어났다. 이번엔 혁천이 무너졌다. 울상이 된 혁천의 얼굴엔 고통이 가득했고 두 팔의 기운은 소진되어 들어 올리지도 못할 지경이었다. 하지만 그는 더 이상 의식을 잃지 않았다. 성오가 그 옆에 누웠다. 두 청년은 먼지가 가득한 시체 안치실 바닥에 벌렁 드러누운 채로 가쁜 호흡을 쏟아냈다.

바로 그때, 죽어있던 정한호가 벌떡 일어나 앉았다. 시체 안치실 문이 저절로 닫혔다. 성오와 혁천이 기겁하여 문으로 기어갔지만 아무리 잡아당겨도 문은 열리지 않았다. 그들은 등 뒤로 쏟아지는 차가운 기운을 느끼고 동시에 뒤돌아보았다. 정한호는 입을 열지 않고도 말을 했다. 이 세상이 아닌 곳에서 알려주는 목소리로.

숨을 빼앗는 귀신이 이 안에 숨어 있었소.

성오가 물었다.
"계란 같은 눈을 가진 귀신 말이에요?"

그렇소. 그게 사람의 숨을 뺏는 귀신이오.

"이봐요. 정한호 씨? 다, 다, 당신 살았나요?" 혁천이 물었다.

나는 이미 죽은 몸이오. 지은 죄가 너무 커서 나의 명은 오늘로 마지막이었소. 하지만 두 분이 나를 살리려는 노력이 가상해 숨 귀신은 끝내 내 혼백을 빼앗지 못했소. 그래서 아주 잠깐이나마 이렇게 앉아있을 수 있는 것이오.
감사드리오. 그리고 부탁이 있소.
과천의 우리 집 마당에 내가 대출 사기로 벌어들인 돈 12억 원이 묻혀 있소. 마누라와 자식들이 그 돈을 빼앗기지 않으려 할 테니 두 분이 경찰에 신고해주시오. 그래서 피해자들에게 고스란히 돌려주기를 바라오. 내가 마지막 숨을 내쉬고 편히 저세상으로 갈 수 있도록.

말을 마친 정한호가 천천히 들것 위로 누웠다. 그의 얼굴은 편안했고 안식을 찾은 것처럼 보였다. 의료과에 업혀왔을 때처럼 그는 틀림없이 죽은 사람이었다. 성오와 혁천은 극도의 무서움에 사로잡혀 시체 안치실 문을 잡아당겼다. 그러나 문은 열리지 않았다. 바깥에서 사람의 목소리가 들렸다. 둘은 소리를 지르며 발길질로 문을 두들겼다.
"사람 살려요!"
"문 열어주세요!"
떠들썩한 음향과 함께 마침내 문이 열렸다. 삼아낭기는 게 아니라 밀어야 열리는 문이었다. 이성을 잃은 성오와 혁천은 잡아

102

당기기만 했었다. 바깥에는 교도소장과 의료 과장, 기동순찰 팀원과 119 대원 등 십여 명이 서 있었다. 그들 모두가 궁금증이 가득한 눈으로 보일러실처럼 뜨거운 시체 안치실을 들여다보았다. 성오와 혁천은 땀으로 목욕이라도 한 듯 젖었으며 그들 뒤편으로는 바닥에 누워있는 정한호의 시신이 있었다.

"니들 대체 이 안에서 뭔 짓을 한 거야?"

교도소장이 물었다. 둘은 아무 말도 하지 못했다.

사람들은 물에 빠졌다가 구조된 것 같은 성오와 혁천의 모습을 보고, 제아무리 간호사니 응급구조사라 해도 시체와 함께 좁은 방에 갇혀 있으면 혼이 빠질 수밖에 없다며 혀를 찼다.

"집에 일찍 가서 영화나 다운받아 보는 건데 괜히 잔업을 해 가지고……."

혁천이 울먹였다.

하지만 성오는 코와 입이 작고, 타원형의 눈으로 그를 쏘아봤던 숨 귀신의 모습을 결코 잊을 수가 없었다.

'그건 꿈일까? 현실일까?'

꿈이든 현실이든 그 귀신은 섭주 교도소 안에서 사람이 죽어나갈 때마다 늘 존재해왔다. 잠시 물러가긴 했지만 누군가 죽음을 맞이한다면 그 귀신은 분명 또 돌아올 것이다. 비단 교도소뿐만 아니라 어디든 마찬가지다. 누군가의 숨이 끊어지려는 장소에서 우리 눈에 보이지 않는 이 귀신은 타원형의 눈으로 기대에 찬 웃음을 짓고 있는지도 모른다. 죽음에 맞닥뜨리는 사람만이 그자의 모습을 확실하게 볼 수 있을 것이다.

소녀와 백구

유리 조각을 갈아 만든 칼을 오른손에 쥔 남자가 소리쳤다.

"가까이 오지 마!"

그는 섭주 교도소 징벌 사동 독방에 감금되어 있던 남자였다. 독방 문은 활짝 열렸고 바깥에는 다섯 교도관이 출입을 봉쇄했다. 두 명은 진압용 방패를, 한 명은 전자충격기(Taser Gun)를, 또 한 명은 수갑과 포승을 들고 있다. 지휘관으로 보이는 맨 뒤의 나이 든 교도관이 말했다.

"이승열! 이성을 찾아라. 이러는 건 너한테 도움이 안 돼!"

남자가 유리 칼을 왼쪽 손목에 갖다 댔다.

"오지 말라니까! 나 정말 확 그어버린다!"

"전자충격기 발포 사유를 충분히 고지했다. 후회하지 말고 당장 그 칼 내려놔."

테이저건의 빨간 조준점이 이승열의 목으로 이동했다. 이승열은 허공에 시선을 둔 채 악을 썼다.

"닥쳐! 니들 눈에는 저것들이 안 보이잖아!"

"우리가 보호해주겠다. 대화로 풀자."

"보호 좋아하시네! 코앞에 있는 계집애와 개새끼도 못 보면서!"

그는 공포에 질린 시선을 허공에 고정했다. 교도관들은 이승열이 환각을 보고 있다고 판단했지만 그는 똑똑히 보고 있었다. 허공에 뜬 채 자신을 내려다보는 소녀와 개를.

먼 과거

유나는 OO 초등학교 5학년생이었다. 원래 그녀는 부모와 대전에서 살았지만 가정폭력 문제로 아빠가 엄마를 떠나버렸다. 그때부터 유나는 엄마와 둘이 살게 되었는데 아빠가 양육비를 보내주지 않아 엄마가 생계를 책임져야 했다. 엄마는 하루 종일 마트 계산대 일에 시달려서, 또 실패한 결혼의 분노에 시달려서 아이에게 신경을 쓰지 못했다. 그래서 유나를 친정 엄마에게 맡겼고, 유나는 대전에서 섭주군 엄동면의 시골로 전학을 오게 되었다. 엄마는 1주일에 한 번씩 와서 유나를 만났는데 바쁠 때는 2주, 3주에 한 번씩 오곤 했다. 남자 친구가 생기고 나서는 한 달에 한 번 올 때도 많았다. 유나는 이 같은 처사가 서운했지만, 일찍 철이 든 성격답게 내색하지는 않았다.

외할머니는 원래부터 잘 웃지 않는 사람이었는데 그렇게나 반대했던 결혼에 실패한 딸이 손녀까지 맡기니 완전히 웃음을 잃었다. 외할머니의 불만 중 하나는 자기도 일을 나가는 입장인데 딸이 일을 핑계로 아이를 맡겼다는 점이었다. 외할머니는 사위가 떠오르는 유나의 얼굴을 잘 보려고 하지 않았다. 유나 엄마는 이런 사실들을 알면서도 어쩔 수 없이 아이를 맡겼다. 유나 역시 어른들의 갈등을 어렴풋이 느끼면서도 입을 다물었다. 얼굴도 모르는 외할아버지는 산소에 계셨고 웃지 않는 외할머니의 표정처럼 외할머니가 사는 마을도 우울했다.

유나는 1킬로미터가 조금 덜 되는 시골 학교를 걸어서 다녀야만 했다. 외할머니는 차가 없었고, 이른 새벽에 오는 승합차를 타고 농장 일을 나갔다. 유나는 혼자 저녁을 먹었고 늦게 돌아오는 외할머니는 파김치가 되어 손녀와 거의 대화도 없이 바로 잠들어버렸다. 그래서 학교를 마쳐도 유나는 혼자서 집으로 와야만 했다.

외할머니의 집은 도로 양옆으로 전원주택들이 늘어선 대로를 지나 인적이 끊어지는 긴 언덕의 꼭대기까지 올라서야 내려다보이는 아랫동네였다. 언덕에서 한참을 더 내려가야만 집에 도착했는데, 언덕은 어두운 산, 음침한 나무와 잇닿아 있어 무서웠다. 방범용 CCTV가 없었고 인가도 없었다. 같은 반 친구들은 모두 언덕이 시작되기 전인 전원주택에 살고 있어 유나에겐 같이 동행해줄 친구도 없었다.

장난꾸러기들은 언덕에 귀신이 산다고 유나에게 겁을 주었다. 아빠가 엄마를 때리는 걸 많이 본 유나는 정말 무서운 건 귀신이 아닌 사람이라고 말해주고 싶었으나 참았다, 야전하고 속이 깊은 그녀는 말을 적게 하고 아꼈다. 그런 유나를 모든 아이들은 좋아했다. 아무도 그녀를 따돌리거나 미워하지 않았다.

그러나 집으로 가기 위한 언덕길은 언제나 유나 혼자만이 넘어야 했다. 작은 농촌에 스쿨버스는 없었다. 외할머니의 시골과 유나의 고향인 도시가 다른 점이었다.

여름이 다가오는 따뜻한 봄날이었다. 학교가 마치고 한 무리의 5학년 아이들이 산에 핀 꽃내음 사이로 나란히 걸었다. 날씨는 화창했고 이름 모를 새들이 오디션에 최선을 다하는 가수 지망생처럼 아이들 머리 위에서 울어댔다.

"내일 봐, 유나야."

"안녕, 민정아."

"잘 가, 유나야."

"잘 가, 석수야."

언덕을 몇 미터 앞에 둔 지점에서 작별인사가 오고갔다. 무리의 유일한 남학생인 동원은 땅만 쳐다본 채 아무 말도 하지 않았다. 동원은 유나를 좋아했다. 그녀의 곁에 호위무사로 남아 함께 언덕을 넘어가고 싶었다. 유나를 지켜주고 싶었고 만화영화 이야기를 나누고 싶었다. 동원은 웹툰 작가가 꿈이었고 생각보다 그림을 잘 그렸다. 하지만 아무도 그의 취미에 관심이 없었다. 집에 있는 스케치북에는 몰래 유나의 얼굴을 그린 그림도 있었다. 아이들은 친구를 잘 사귀지 못하고 교실 한구석에서 그림만 그리는 동원을 구제역 돼지라고 놀려댔다. 하지만 유나는 단 한 번도 동원에게 상처가 될 말을 한 적이 없었다.

아이들이 모두 집으로 돌아가고 유나와 동원만이 남았다. 오후의 햇살은 따스했고 미세먼지가 사라진 공기는 상쾌했다.

"유나야." 동원이 입을 열었다.

"왜?"

유나가 똑바로 바라보자 동원의 얼굴이 상기되었다.

"우리 엄마가 나보고 살 좀 빼래."

"왜?"

"애들이 날 구제역 돼지라고 놀린다니까 엄마가 화를 냈어. 근데 화내기 전에 엄마도 '풋!' 하면서 웃음 참는 걸 봤거든. 자기도 살쪘으면서."

원래 동원은 '엄마가 살 빼려면 유산소 운동을 하라고 했다, 그래서 다이어트 삼아 너랑 언덕을 걷고 싶다'라고 말할 생각이었다. 그런데 그 말을 하는 게 여간 힘든 일이 아니었다. 의도와는 다른 말들만 나오고 있었다.

"별로 안 쪘는데? 너무 했어. 구제역 돼지라니."

유나가 말했다. 놀리는 아이들과 달리 내 편을 들어주고 있다! 동원은 들판의 꽃들조차 하녀로 만들어버린 유나 공주에게 안절부절못했다.

"조금 통통할 뿐이잖아. 그건 나도 그런걸?"

유나가 자신의 통통하고 뽀얀 뺨을 꼬집었다. 동원은 책가방 끈을 꽉 쥔 채 하늘의 흰 구름만 바라보았다. 시적 감흥도 미술적 영감도 모두 뭉쳐져 하얀 솜사탕이 된 것 같았다. 그는 간신히 밀했다.

"넌 하나도 안 통통해."

"그럼 너도 살 많이 안 찐 거야."

동원이 유나를 곁눈질했다. 눈치를 보는 듯한 미소가 소년의 얼굴에 나타났다.

"엄만 나보고 걷기 운동해서 살 빼래. 그래서……"

'그래서 너랑 언덕을 걷고 싶어. 귀신이 나올지도 모르잖아. 네가 집에 안전하게 들어가는 걸 보고 다시 돌아오고 싶어. 가는 동안 내가 그린 그림도 보여주고 싶어'라는 말이 목구멍에 걸렸다.

"그래서 뭐?"

유나가 해맑게 웃었다. 동원은 가방에서 새우깡 봉지를 꺼내 유나의 손에 쥐어주었다.

"난 안 먹을 거야. 이거 너 먹으라고!"

동원이 뒤돌아 도망쳤다. 새빨개진 얼굴을 보이기 싫었다. 이 바보! 바보! 바보! 왜 그랬어. 왜!

유나는 멀어져가는 동원의 뒷모습을 물끄러미 바라보았다. 새우깡 봉지에 쿵푸 팬더 같은 동원의 얼굴이 새겨지는 듯했다.

"잘 먹을게. 동원아."

유나는 가방에 새우깡을 소중히 넣고 언덕을 오르기 시작했다.

언덕은 높고 길었다. 고목들이 짙게 그늘을 드리워 햇살은 제대로 땅을 비추지 못했다. 그늘 때문에 온 세상이 연한 푸른색으로 보였다. 유나는 나무가 가득한 오른쪽을 쳐다보지 않은 채 노래를 부르며 걸음을 서둘렀다.

언덕에는 아무도 없었다. 다람쥐 한 마리만이 길을 막다가 그녀가 오는 걸 보고 쏜살같이 나무 위로 올랐을 뿐이다. 적막함이 무서워 유나는 노래를 불렀다.

사사사삭!

유나의 노래에 반응을 보인 누군가가 있었다. 낙엽을 밟고 빠르게 달려오는 발소리가 유나의 귀에 분명하게 들렸다. 다급한 숨소리와 함께. 유나의 입에서 더 이상 노랫말이 흘러나오지 않았다.

그녀는 잔뜩 긴장한 채 옆을 돌아보았다.

그리고 그대로 몸이 얼어붙었다.

커다란 몸집의 백구 한 마리가 모습을 드러냈다. 낙엽이 묻은 채 뭉쳐지고 덥수룩한 털, 비쩍 마른 몸에 눈곱이 낀 눈, 마구 자란 이빨과 발톱……. 오랜 시간을 굶주린 유기견이 틀림없었다. 백구는 탐색하듯 유나의 앞으로 다가와 코를 킁킁거리기 시작했다. 가만히 선 유나의 입에서 흐느낌과도 같은 숨이 절로 나왔다. 팔이 떨렸다.

동원아! 하고 소리치고 싶었다. 그러나 백구가 흥분하면 공격성을 드러낼지도 몰랐다. 그녀의 입술은 굳게 닫혔다. 그녀는 이 언덕에서 도와줄 사람이 아무도 없다는 차가운 현실을 깨닫고 꿀꺽 침을 삼켰다. 그 작은 삼킴은 지혜와 침착함을 갖춘 한 아이의 결의이기도 했다. 유나는 시선을 마주치던 백구에게서 천천히 눈을 돌렸다. 그리고 아무 일도 없었던 것처럼 느린 동작으로 뒷걸음질쳤다.

'난 너를 절대 자극하지 않겠어, 그러니 너도 가던 길을 가.'

백구가 움직이지 않고 바라보기만 하자 유나는 몸을 앞으로 돌리고 걸었다. 백구에게 관심 없다는 사실을 보디랭귀지로 알린 것이다. 그러자 낙엽 밟는 소리가 그녀의 뒤편에서 이어졌다. 백구가 따라오기 시작한 것이다.

유나가 돌아보았다. 백구가 빨간 혀를 내민 채 헥헥거리며 따라왔다.

유나의 걸음이 빨라지자 낙엽 밟는 소리도 더 빨라졌다. 유나는 뛰고 싶었지만 도망가는 모습을 보이면 개를 크게 자극한다는 걸 본능적으로 알았다.

백구는 꼬리를 흔들지 않았다. 다급하게 학학, 거리더니 쉽게 그녀를 앞질렀다. 그리고 길을 막는 것처럼 몸을 돌렸다. 푸른 신호등에서 붉은 신호등을 맞이한 베테랑 운전자처럼 유나는 침착하게 멈춰 섰다.

백구의 눈이 유나를 살폈다. 한 번도 겪어보지 못한 공포가 그녀를 찾아왔다. 그 어린 나이에도 굶은 반려견이 야생성을 회복해 사냥감을 탐색한다는 사실을 깨달았기 때문이다. 백구는 그녀의 몸집이 작음을 알고는 자신감을 회복하는 중이었다.

유나의 뇌리에 온갖 생각들이 소용돌이쳤다. 이 개는 어쩌면 한때 친구였던 사람의 손길을 기억하고 있는지도 모른다. 아니면 학대의 기억에 사로잡혀 인간을 증오하는 개일지도 모른다……. 판단을 내릴 수 없었다.

외할머니 집이 내려다보이는 언덕 정상까지 가려면 아직 멀었다. 전원주택들이 있는 대로까지 되돌아가기에도 이젠 멀었다. 주위에는 아무도 없었다. 오직 사람의 팔처럼 가지를 드리운 나무뿐이었다.

백구가 유나의 주변을 빙빙 돌았다. 어지러운 와중에 백구의 몸이 유나의 손에 몇 번씩 닿았다. 거리가 좁혀지고 있다는 얘기였다. 백구의 입이 손에 닿았을 때 화들짝 놀란 유나가 손을 거두었다. 백구 역시 몹시 놀라 몸을 긴장시키고 으르렁거렸다. 유나의 뺨에 눈물이 흘러내렸다.

백구가 으르렁거림을 멈추고 유나를 바라보았다. 그리고 딴전을 피우는 것처럼 옆으로 고개를 돌리다 다시 유나를 바라보았다. 유나는 작전을 바꾸어 천천히 손을 뻗어 백구의 머리를 쓰다듬으려 했다. 운이 따라준다면 이 개가 한때 주인이었던 사람의 애정을 기억해줄지도 모른다.

'난 나쁜 사람이 아니야. 겁내지 않아도 돼.'

백구는 어떤 반응의 암시도 내비치지 않은 채 혀를 내밀고 바라보기만 했다.

'손을 물면 어쩌지? 이 개가 얼마나 굶었는지도 모르잖아?'

깨물린다는 생각에 와락 겁이 난 유나가 몸의 중심을 잃고 휘청거렸다. 이 바람에 백구가 크게 놀라 맹렬하게 짖어댔다.

"컹! 컹! 컹!"

유나에게는 호랑이나 사자의 포효나 다름없었다. 백구의 몸집은 유나보다 컸다. 등을 돌려 도망친다면 흥분한 개를 더욱 자극시킨다는 사실을 그녀는 끝내 잊지 않았다. 엄마를 향한 아빠의 폭력은 엄마가 대들거나 도망칠 때 더욱 심화되었다. 유나가 똑같은 방식을 취한다면 이 백구도 폭력을 행사할지 모른다. 어쩌면 그녀를 잡아먹을지도 모른다! 어른들이 그랬다. 어떤 짐승이든 오래 굶다보면 주인까지 잡아먹을 수 있다고!

다리에 힘이 풀려 디디기도 힘들 지경이었다. 유나는 간신히 균형을 잡았다. 백구는 원망으로 타오르는 눈길을 유나에게 못 박고 규칙적으로 으르렁거렸다. 유나는 백구에게 믿음을 주는데 실패했다. 그런데도 쉽사리 덤비지 않는 걸 보면 천성이 난폭한 개는 아닐지 모른다는 생각도 들었다. 아마도 험한 세상이 이 개의 성격을 180도 바꾸었으리라.

유나가 천천히 가방을 끌어 내렸다. 백구가 호기심에 찬 눈으로 그녀의 동작을 바라보았다. 지퍼를 내리고 손을 넣자 동원이 준 새우깡이 만져졌다. 유나가 다시 가방을 멜 때까지 봉지를 본 백구는 혓바닥을 내민 채 숨만 헐떡였다. 덩치에도 불구하고 기운이 없어 보이는 개였다.

'굶주려 있으니까 그런 거겠지.'

유나의 손이 새우깡 봉지를 뜯을 때, 백구의 눈치는 빨랐다. 분노에 찬 얼굴에 기대의 표정이 나타난 것이다. 유나는 그 표정에서 한 가닥 희망을 보았다. 유나가 새우깡 하나를 멀리 던지자 백구가 주인의 공을 물어오는 충견처럼 대번에 뒤로 달렸다. 사각사각 씹는 소리가 산중에 울려 퍼졌다. 유나는 이 틈에 언덕 위로 한 걸음 나아갔다. 다시 돌아오는 백구의 숨소리가 들렸다. 유나는 새우깡 한 개를 아까보다 더 멀리 던지고 다시 언덕으로 두 걸음 나아갔다. 백구가 다시 달려가 새우깡을 먹었다. 씹지도 않고 삼키는 것 같았다. 유나는 새우깡 두 개를 꺼내 두 방향으로 던졌다. 간만의 음식을 만난 백구는 유나가 던지는 대로 허겁지겁 돌아갔다가 부메랑처럼 돌아왔다. 이 틈에 유나는 언덕의 중턱 초입까지 나아갈 수 있었다. 호흡이 가빠졌다. 울창한 나무는 어두운 그늘을 드리워 백구를 한층 무섭게 묘사했다.

혀를 내밀며 백구가 허둥지둥 달려왔다. 유나가 또 새우깡 두 개를 던졌다. 이제 그녀는 뒷걸음질로 언덕을 오르기 시작했다. 운동신경이 있던 그녀는 치마를 걷어 올린 후 끝을 묶어 반바지처럼 만들었다. 움직임이 아까보다 자유로워졌다. 그녀는 새우깡을 멀리 던지며 빠르게 뒷걸음질쳤다.

친구들이 사는 전원주택이 절반쯤 나무에 가려졌다. 완전히 드러나는 위치에 오면 언덕 정상에 오르는 데 성공한 것이다. 경험으로 안 사실이었다. 백구가 달려왔다. 유나가 세 방향으로 새우깡을 던졌다. 백구는 펄쩍 점프해 한 개를 받아먹더니 땅에 떨어진 두 개마저 먹으러 돌아갔다. 유나는 전쟁터에서 총알 걱정을 하는 군인의 심정을 이해할 수 있었다. 새우깡은 빠르게 소비되었고 그녀의 팔에선 힘이 빠졌다. 백구는 신이 났고 새우깡을 주워 먹기 위해 돌아가는 거리도 점점 짧아졌다.

"제발 그만 가줘! 니가 무서워!"

유나가 소리쳤다. 사람의 흥분한 목소리를 들은 백구가 즉시 으르렁거렸다. 유나는 문득 덩치와 달리 이 개가 겁쟁이며 자기보다 작은 개에게도 환영받지 못하는 신세일지도 모른다고 생각했다. 그런 만큼 이 개는 위험했다. 스스로를 통제하지 못하는 신세 같았으니까.

새우깡 세 개가 날아갔다. 뒷걸음질이 계속되었다. 전원주택의 모습이 아까보다 더 드러났다. 침착하게 이동한 끝에 어느새 유나는 언덕 꼭대기 근처까지 올라가 있었다. 뒤를 돌아보니 할머니가 사는 빈약한 농가와 이웃집의 지붕이 조금씩 시야에 들어왔다. 그러나 사람의 모습은 보이지 않았다. 모두가 들로 밭으로 일을 나간 모양이다. 숨이 막히는 기분이었다.

새우깡 세 개를 다 먹은 백구가 돌아왔다. 백구는 자꾸자꾸 던져주는 음식물로 힘을 얻는 것 같았다. 유나가 또 세 개를 던졌다. 지치지도 않고, 백구가 자동인형처럼 과자를 향해 뛰었다. 이제 백구는 새우깡을 먹으면서도 으르렁거렸다. 여자아이가 자기를 골탕 먹인다고 생각하는지도 몰랐다. 겁에 질린 유나는 새우깡 세 개를 더 던졌다. 백구는 더 이상 새우깡에 관심을 보이지 않고 유나에게로 달려왔다. 그녀에게 백구의 까만 눈은 정상적으로 보이지 않았다. 백구의 머리가 유나의 무릎에 닿았다. 유나의 입에서 비명이 나오려는 찰나 나무 뒤에서 뭔가가 튀어나왔다. 얼룩무늬 고양이였다. 유나가 악! 하고 소리쳤고 고양이도 꽤에옹, 하고 소리쳤다. 백구가 유나를 내버려두고 방향을 바꾸었다. 깜짝 놀란 고양이는 왜 가만히 있는 나한테 화풀이냐는 듯 걸음아 날 살려라 도망쳤다. 백구가 고양이를 맹렬히 추격했다. 이 틈에 유나는 달아났다. 언덕의 정상이 코앞이었다. 조금만 더 버티면 된다. 마을과 가까워지면 소리라도 질러 도움을 요청할 수 있다. 고양이가 나무 위로 올라갔다. 닭 쫓던 개 신세가 된 백구는 그러나 지붕 쳐다보기를 포기하고 다시 유나에게로 달려왔다.

"엄마!"

유나가 필사적으로 달렸다. 뒤를 돌아보자 뭐 저런 놈이 다 있냐는 얼굴을 한 고양이가 나무 위에서 백구를 바라보고 있었다. 그 아래로 이쪽을 향해 달려오는 백구의 모습이 점점 확대되었다.

"오지 마!"

유나가 새우깡을 봉지째 던졌다. 동원이가 준 새우깡 봉지가 바람에 날렸다. 백구는 이리 뛰고 저리 뛰면서 미친 듯 새우깡을 주워 먹었다. 유나가 넘어졌다. 흙이 묻었지만 개의치 않고 일어나 다시 달렸다. 드디어 언덕의 정상에 다다랐다. 이제 내리막이 남았다. 그러나 그 어디에도 사람의 모습은 보이지 않았다. 백구가 남은 과자를 포기하고 유나에게로 달려들었다.

"할머니! 할머니!"

유나는 백구가 덮칠 게 두려워 숲이 울창한 길옆으로 몸을 틀었다. 나무에 등이 부딪치면서 퇴로가 막혔다. 백구가 학학거리며 다가왔다. 울창한 나뭇잎 때문에 지나가는 사람이 있어도 유나를 발견하지 못할 상태였다. 유나가 절망적으로 얼굴을 가렸다. 갑자기 백구가 두 발로 일어섰다. 키가 유나보다 더 컸다. 커다란 백구의 검은 그림자에 가려 유나의 얼굴은 보이지 않았다. 개의 두 팔이 유나의 어깨 위에 얹혔다. 유나가 눈을 크게 떴다.

백구의 의도는 공격이 아니었다. 고마움과 보은의 인사였다.

백구가 유나의 뺨을 핥기 시작했다. 털이 북슬북슬한 백구의 꼬리는 잊고 있던 '사람에의 믿음'을 회복해 부채처럼 빠르게 좌우로 움직였다. 눈과 눈이 마주쳤을 때 유나는 백구의 목소리를 들은 것 같았다.

'부탁이에요. 저를 데려가 주세요. 버리고 가면 전 계속 이렇게 살게 돼요. 제발 저를 유기견에서 들개로 떨어지게 하지 마세요. 굶주린 제게 과자를 준 것처럼 저의 주인이 되어 주세요. 사람들이 우릴 버렸을지 몰라도 사람들을 향한 우리의 사랑은 아직도 변함이 없어요. 당신들의 손길이 너무나도 그리웠어요. 좋은 주인인 당신이 저를 데려가 다시 당신들의 품 안으로 받아 주세요.'

유나는 백구의 진심을 알았다.

"너도…… 무섭고 외로웠구나."

그녀는 떨리는 손을 뻗쳐 백구의 머리에 얹었다. 백구는 귀를 뒤로 눕힌 채 유나의 손길을 받아들였다. 유나의 손이 머리를 쓰다듬자 백구가 뺨을 핥았다. 모든 오해가 풀리고 버림받은 존재들끼리 말 없는 소통은 이루어졌다. 이제 백구는 유나를 위해 살 것이었고 평생 유나를 잊지 못할 것이었다. 유나는 백구의 검은 눈에서 광기가 아닌 간절함을 보았다. 이 백구는 가엾은 개일 뿐이지 결코 나쁜 개가 아니었다.

그녀가 백구의 속마음을 안 순간, 나무 뒤에서 억센 발이 튀어나와 개를 걷어찼다. 깨갱거리는 소리와 함께 백구가 저 멀리 나뒹굴었다. 유나는 걷어찬 후 다시 거둬들이는 사람의 발목에 채워진 검은 손목시계 같은 것을 보았다. 유나가 돌아보니 아빠보다도 몸집이 큰, 트레이닝복 차림의 남자가 그녀를 내려다보고 있었다. 남자의 눈빛은 축축했고 이글거렸다. 박박 깎은 머리는 유나를 극도로 겁에 질리게 했다. 유나는 도망치려 했지만 남자가 더 빨랐다. 솥뚜껑 같은 손으로 입을 막아 비명을 차단한 뒤 아이를 번쩍 들어 올렸다. 책가방이 유나의 등에서 떨어졌다. 남자는 주위를 살핀 후 가방도 주웠다. 백구가 멀리에서 짖어댔다. 그 아이를 당장 내려놓으라는 엄포 같았지만 남자는 대답으로 돌멩이를 던졌을 뿐이었다. 입이 막혀 소리 지를 수 없는 유나가 백구에게 손을 뻗쳤다. 도와달라는 몸짓을 알아본 백구는 그러나 조금 전의 발길질에 어떤 트라우마를 느꼈는지 유나에게 가지 못하고 제자리만 빙빙 맴돌았다. 목구멍으로부터 낑낑거리는 소리가 끝도 없이 새 나왔다. 유나와 남자의 모습이 숲속으로 사라지자 백구는 구슬프게 울었다.

━━━━━━

　다음 날, 유나의 실종사건으로 온 학교가 떠들썩했다. 경찰이 찾아오고 유나의 엄마는 물론 이혼한 아빠도 섭주를 찾았다. 유나의 친구들과 학부모들은 발을 동동 굴렀다. 전단지가 배포되고 뉴스에도 소개되었다. 동원의 슬픔은 특별했다. 그는 유나를 찾기 위해 홀로 수차례나 언덕을 오르내렸다. 집요한 수색 끝에 그는 새우깡 봉지를 발견할 수 있었지만, 그 봉지가 자신이 준 새우깡인지 아닌지 확신할 수 없었다. 봉지를 주웠을 때, 동원은 높은 지대의 나무 틈에서 자신을 내려다보는 하얀 개 한 마리를 보았다. 개는 몸집이 컸으나 굶었는지 비쩍 말랐다. 개는 할 말이 있는 것처럼 혀를 내밀고 입을 벌렸으나 가까이 다가가려 하면 겁을 먹고 도망쳤다. 동원은 개가 유나를 습격했을지도 모른다는 상상에 심장이 철렁했다. 유나가 무사히 돌아오기만 하면 보디가드가 되어 매일매일 언덕을 같이 넘어가겠다고 스스로에게 다짐했다. 돌아오기만 하면 평생 구제역 돼지 소리를 들어도 좋았다. 그러나 유나는 두 번 다시 돌아오지 않았다.

가까운 과거

박기석은 호수에 낚싯대 여섯 개를 걸어놓은 후 자신의 SUV에서 맥주를 꺼내왔다. 어둠이 내린 숲은 조용했다. 물소리도 들리지 않았다. 침낭은 따뜻했고 맥주는 그를 더 따뜻하게 해줄 것이다. 저 멀리 어둠 속에서 번쩍거리는 눈길들이 있었다. 밤의 산짐승들이 강가에 침입한 불청객을 호기심 어린 눈으로 바라보는 것이다. 그중에는 유기견도 유기묘도 있으리라. 비앙코처럼.

"너도 이 산이 낯설지 않지, 비앙코?"

그는 침낭 옆에 웅크리고 있는 백구에게 말했다. 백구가 꼬리를 흔들었다.

박기석은 순경이지만 대학 시절에는 이탈리아어를 전공했다. 그래서 자신의 백구에게 흰색이라는 뜻의 비앙코(bianco)라는 이름을 붙여주었다. 암컷이라면 비앙카(bianca)가 됐을 것이지만 그 개는 수컷이었다.

비앙코의 원래 이름은 알 수 없었다. 산을 떠돌던 비쩍 마른 유기견이 발견 당시의 모습이었다. 1년 전, 비번인 박 순경은 버섯을 캐러 산을 오르다가 먼 거리에 앉아 그를 지켜보고 있는 백구를 만났다. 박 순경은 누군가를 그리워하는 듯하기도 하고, 잠복근무에 들어간 것 같기도 한 백구의 모습에 감명 받았다. 살이 오르고 제대로 관리만 받으면 멋진 반려동물이 될 친구였나. 하지만 이미 그의 집에는 반려견 세 마리가 있었다. 박 순경은 간식으로 가져왔던 새우깡 봉지를 뜯어 나무 밑에다 놓았는데 백구가 눈을 크게 뜨더니 슬금슬금 접근해왔다. 박 순경이 먼저 새우깡을 입으로 가져가자 백구도 코를 킁킁대더니 새우깡을 먹기 시작했다. 박 순경은 개가 슬픈 눈을 가졌다고 생각했다.

"너 사람 말 잘 듣네."

박 순경이 머리를 쓰다듬자 백구가 귀를 뒤로 누이며 그의 무릎에 팔을 올렸다. 박 순경은 백구의 눈에 눈물이 괴어 있는 걸 보고 참 이상한 일도 다 있다고 생각했다. 먹을 것을 줘서 우는 걸까, 아니면 사람한테 관심 받던 옛 기억에 우는 걸까, 그도 아니면 눈병이 나서 저러는 걸까. 처음에는 데려올 생각이 없었는데 백구가 거리를 두고 따라왔다. 박 순경은 마음을 굳게 먹고 홀로 차에 올라 집으로 향했다. 하지만 사이드 미러에 이쪽을 바라보며 멀어지는 백구의 모습을 보니 마음이 약해졌다. 마침내 결심한 박 순경은 후진하고 문을 연 뒤 백구를 차에 태웠다. 집에 돌아가자 어머니가 또 개를 데려왔냐며 야단을 쳤다. 어머니는 장가갈 생각도 없이 낚시에 등산에 약초나 채집하는 아들이 늘 신경 쓰여온 터였다. 신붓감은 데려오지 않고 버림받은 개들만 수시로 데려왔으니 그럴 만했다.

박 순경이 모를 트라우마가 있긴 했지만 백구는 성질이 온순했고 사람을 잘 따랐다. 그가 1년에 걸쳐 잘 먹이고, 병원에 데려가고, 훈련을 시키자 백구는 건강한 풍채를 회복했다. 근육이 솟았고 털도 눈이 부셨다. 달리기가 빨랐고 점프력도 좋았다. 힘은 한번 쓰기만 하면 목줄 잡은 박 순경이 비틀거릴 정도였다. 동물 전문가에게 보이니 순종은 아니지만 진돗개의 피가 섞였다고 했다. 그렇게 떠돌이 유기견은 박기석의 개 비앙코로 환골탈태했다. 비앙코는 활달하고 에너지가 넘쳤으나 가끔 어딘가 우울해보였고 특히 눈이 슬퍼보였다. 박 순경은 원래의 주인에게 버림받은 기억 때문에 그럴 거라고 넘겨짚었다.

오늘처럼 박 순경이 붕어를 잡으려고 강가가 있는 산으로 데려오면, 비앙코는 우수에 잠긴 눈으로 한 방향을 뚫어져라 응시했다. 당연한 일이었다. 박기석과 비앙코가 처음 만난 곳이 바로 이 산이었으니까. 초등학교 여학생 실종 사건으로 한때 유명세를 치르기도 했던 그 산.

박 순경은 꿈자리가 어지러워 잠을 깼다. 비앙코와 해변을 달리는 꿈이었다. 포말을 이루는 파도를 옆에 두고 둘은 텅 빈 해수욕장에서 발치에 모래를 튀기며 달렸다. 하늘은 맑았고 구름은 순결했다. 앞장서는 비앙코의 네 발이 서서히 허공을 갈랐다. 〈플란다스의 개〉의 파트라슈처럼 비앙코가 하늘을 날았다. 박 순경은 처음엔 신이 났지만 비앙코가 자신을 놔두고 하늘 높이 떠나버리자 당황했다. 이름을 불렀으나 비앙코는 그를 버려두고 하늘을 향해 높이높이 날아갔다.

박 순경이 꿈에서 깨니 그곳은 산속에 마련한 침낭 속이었다. 텐트 밖을 보자 여섯 개의 낚싯대도 그대로였다. 흔들림 없는 낚싯대처럼 산속의 모든 사물이 어둠 속에서 정체되었다.

"비앙코, 왜 그래?"

비앙코가 자지 않고 있었다. 석고상처럼 몸이 굳은 채 비앙코는 서쪽을 바라보고 있었다. 1년 전 그와 비앙코가 만났던 곳도 그쪽이었다.

"옛날 생각나는 거야?

주인이 불러도 충견은 반응하지 않았다. 시각은 새벽 3시 10분이었다. 비앙코가 울부짖는 늑대처럼 고개를 하늘로 두었다. 박 순경도 비앙코의 시선을 따랐다. 하늘에는 금 모래알을 뿌려놓은 것처럼 별이 가득했다.

"왜 그러냐니까?"

박 순경은 흠칫 놀랐다. 쓰다듬는 비앙코의 등덜미 털이 곤두서고 있었다. 아무리 부르고 흔들어도 비앙코는 주인의 존재감마저도 느끼지 못했다.

"뭣 때문에 그래? 날짐승이라도 본 거야?"

비앙코가 고개를 돌렸다. 방해하지 말라는 듯한 표정에 박 순경은 깜짝 놀랐다. 비앙코가 박 순경의 소매를 물자 더욱 놀랐다. 이 얌전한 백구는 여태껏 공격적인 모습을 보인 적이 없었다. 비앙코가 박 순경의 소매를 두어 번 잡아당기다가 놓아주고는 어디론가 달려갔다. 박 순경 생각에 그건 따라오라는 신호 같았다. 비앙코는 주인이 따라오든 말든 아랑곳없이 어둠이 내리깔린 숲속으로 뛰어들었다. 그러자 헤어지는 이미지를 줬던 꿈의 예감 때문인지, 무엇에 홀린 듯 박 순경도 새벽잠을 뿌리치고 비앙코를 따라갔다. 돌아오라는 거듭된 외침에도 비앙코는 반응하지 않았다.

─────

비앙코가 주인보다 먼저 잠이 깨어 서쪽 하늘을 바라본 건 누가 그를 불렀기 때문이다. 꿈에서 부른 건지, 현실에서 부른 건지 감이 안 왔다. '남자 주인'의 목소리는 아니었다. 그를 부른 사람은 비앙코도 잘 알고 있는 사람, 보고 싶었지만 결코 만날 수 없었던 공주님이었다. 비앙코의 검은 눈이 하늘에 떠 있는 소녀를 보고 있었다. 1년 전에 보았던 소녀, 별보다 예쁘고 평생 주인으로 삼고 싶었던 소녀, 굶주림에 허덕이던 그에게 새우깡을 주던 소녀.

"안녕!"

소녀가 손을 흔들었다. 비앙코는 꼬리를 흔듦으로써 나도 당신을 기억한다는 신호를 보냈다. 텅 빈 세상을 향하는 개의 이해할 수 없는 동작을 본 적이 있는가? 당신이 믿는 지식으로, 당신의 오만한 애정으로 개의 모든 것을 안다고 자신하는가? 개는 사람이 볼 수 없는 것 이상을 볼 수 있는 신비스러운 동물이다.

"오랜만이네."

비앙코는 나도 그렇다는 듯 밤하늘에 머리를 숙였다. 허공의 소녀가 가까워지고 사람 눈에 보이지 않는 손이 비앙코의 머리를 쓰다듬었다.

"좋은 주인을 만나서 다행이야."

귀를 뒤로 눕힌 비앙코가 혀를 내밀고 학학거렸다.

"그땐 미안했어. 처음에 난 네가 내게 덤비는 줄로 착각했어."

침낭 안의 박 순경이 끙하고 돌아누웠다. 소녀는 동화 속의 공주처럼 분홍색 드레스를 입고 있었는데 부는 바람에도 옷자락이 날리지 않았다. 소녀가 진지한 얼굴을 했다.

"너도 알겠지만 나를 이렇게 만든 어떤 아저씨 때문에 나는 밤하늘을 떠도는 신세가 됐어."

발길질의 아픔을 기억하는 비앙코가 낑낑 소리를 냈다.

"그 아저씨는 다른 여자아이들한테도 나쁜 짓을 했고 지금도 가까운 곳에서 나쁜 짓을 하고 있어. 네가 그 아저씨를 잡아서 더 이상 나 같은 아이가 안 생기도록 해주겠니?"

비앙코가 멍, 하고 짧게 짖었다. 그의 총명한 시선이 지혜로 가득한 밤하늘에 합치되었다. 박 순경이 침낭에서 일어난 건 그때였다. 천사의 날개로 유나가 별 사이를 훨훨 날기 시작했다. 이미 비앙코는 주인의 옷소매를 두어 번 끌어당긴 후였다. 박 순경은 자기만 남기고 하늘로 가버린 비앙코에게서 불길한 예감을 받았다. 그래서 숲속으로 뛰어간 반려견을 따라 달렸다.
　유나는 숲을 통과했고 나무도 헤치고 나아갔다. 비앙코는 그녀의 안내로 가시덤불도 피하고 돌멩이도 피할 수 있었다. 숲속에 살던 벌레들이 제각기 빛을 발하여 둘만을 위한 교통 표지판 역할을 했다. 시원한 느낌이 찾아왔다. 바람이 뺨을 때리고 털을 휘날리게 했다. 소녀가 주던 새우깡이 생각났다. 배가 고파 따라갔지만 사실 비앙코는 소녀가 좋아서 따라간 것이기도 했다. 그 소녀가 결국 주인이 되지 못하고 밤하늘의 별이 되었다. 비앙코와 모든 개는 알고 있었다. 별이 되어 하늘을 나는 사람은 인간 세상에 어울리지 못함을. 그들은 사람의 손으로 쓰다듬어 줄 수도 없고 먹이를 줄 수도 없다. 영원히 성장하지 못한 체 오직 마지막 모습만으로 별 사이를 누빈다.
　비앙코는 달리고 또 달렸다.

지금까지와는 다른 어떤 냄새가 코로 스며들었다. 울창한 숲도 끝이 나고 한적하고 트인 공간이 나타났다.

한 남자의 그림자가 보였다. 그는 어둠 속의 삽질로 죽음의 구덩이를 파고 있었다. 비앙코는 개만이 볼 수 있는 특별한 시각으로 그 남자의 발목에 채워진 검은 손목시계 같은 것을 보았다. 소녀를 잡아갔던 남자의 발목에도 똑같은 기구가 붙어 있었다. 비앙코가 멈춰섰다. 어둠 속을 노려보는 백구의 눈이 불타올랐다. 삽질을 하는 남자는 머리가 자라긴 했지만 분명 1년 전의 그 남자였다. 발길질이 기억났고 돌팔매질이 기억났다. 소녀를 지켜주지 못하고 맴돌기만 했던 자신이 떠올라 부끄러운 한편, 끓어오르는 분노가 입술을 젖히고 이빨을 드러내게 했다. 비앙코는 그 남자의 곁에 놓인 작은 형체를 보았다. 새우깡을 줬던 소녀와 비슷한 또래의 죽은 여자 아이였다.

분노가 머리를 메웠다. 사람을 보호해야 한다는 개의 규칙이 떠오르지 않았다. 소녀를 위해, 또 어딘가 생겨날 희생자를 위해 비앙코는 발길질의 공포도 잊고 그에게 달려들었다. 돌아보는 남자의 얼굴이 놀람으로 팽창되는 게 보였다. 비앙코의 육탄 돌격과 삽을 휘두르는 남자의 방어가 동시에 전개되었다. 남자와 개가 함께 구덩이에 빠졌다. 비앙코는 증오로 으르렁대며 남자를 물고 또 물어뜯었다.

"저리 가! 이 미친개야! 사람 살려! 누구 없어요!"

남자의 저항은 만만치 않았다. 목덜미를 사로잡힌 비앙코는 상대를 물지 못해 이빨 사이로 침을 흘리며 발악했다. 남자에게 온 신경이 집중된 비앙코는 뒤에서 누가 뛰어오는 소리를 듣지 못했다. 격렬한 턱짓에 목덜미를 쥐던 남자가 손을 놓쳤다. 비 앙코가 사자와 같은 포효를 내며 또다시 남자를 공격했다. 뒤따라 온 이는 박 순경이었다. 그가 어린 아이 시체를 발견하고 토해낸 신음소리가 비앙코의 귀에는 들어오지 않았다. 박 순경은 경찰다운 감각으로 일어나고 있는 사태를 한눈에 파악했다. 주인과 충견의 협동 공격이 펼쳐졌다. 한쪽은 정의의 구현, 한쪽은 복수의 실행이었다. 박 순경이 팔을 꺾자 남자가 내지르는 비명 소리가 들렸다. 그가 제압되자마자 비앙코는 긴장이 풀렸다. 눕고 싶었고 쉬고 싶었다. 주인이 남자의 손목에 수갑을 채우는 걸 확인한 비앙코는 그제야 만족스러운 기분으로 온몸에 몰려오는 피곤함을 받아들였다. 바닥에 누워야만 무리한 자기 몸에 예의를 지켜주는 것임을 깨달았다. 박 순경이 놀라서 뭐라고 소리쳤다. 비앙코는 옆으로 누워 숨을 헐떡이면서 자기 배에 깊숙이 박힌 삽자루를 볼 수 있었다. 하지만 소녀를 향한 마음이 고통도 잊게 했다. 밤의 어둠 덕분에 몸에서 흘러넘치는 피는 보이지 않았다. 그걸 봤더라면 무서웠을 것이다. 비앙코는 자신을 끌어안고 눈물 흘리는 박 순경을, 자신의 발치에 무릎 꿇고 눈물 흘리는 소녀를 바라보며 두려움을 극복했다.

정신이 혼미해져 가는 가운데 비앙코는 숨 가쁜 호흡들, 요란한 사이렌 소리, 흐느끼는 주인의 음성을 들었다. 그런데도 비앙코는 정신을 놓지 않았다. 경찰이 여자아이들을 살해한 피투성이 남자를 경찰차에 밀어 넣고 있었다. 그러자 비앙코는 지상의 임무를 마쳤음을 깨닫고 들어 올린 머리를 서서히 떨구었다.

소녀가 먼저 일어섰다. 그러자 비앙코도 일어설 수 있었다. 모든 고통이 사라지면서 몸이 날듯이 가벼웠다. 드디어 비앙코도 소녀와 함께 하늘을 날 수 있게 된 것이다. 소녀를 주인으로 모시고 싶다는 소망은 이루어졌다. 비앙코는 건강해진 몸으로 꼬리를 흔들며 소녀를 따랐다. 소녀도 반가움을 표하는 비앙코를 거부하지 않았다. 둘의 몸이 서서히 공중으로 솟구쳤다. 작은 별들이 폭죽처럼 둘을 반겨주었다.

비앙코는 어리둥절한 기분으로 아래를 내려다보았다. 박 순경이 비앙코의 시신 옆에서 울고 있었다. 그는 좋은 사람이었고 홀로 두고 떠난다는 게 슬펐다. 여태까지 비앙코에게 다가온 이들 중에는 좋지 않은 사람들이 많았다. 하지만 저 경찰 주인은 소녀 다음으로 좋은 사람이었다. 그가 보고 싶을 것이고 영원히 그리울 터였지만, 비앙코는 자기가 가야 할 곳이 어딘지 잘 알고 있었다. 소녀가 내민 손에 비앙코는 순순이 머리를 내맡겼다.

하늘 끝으로부터 소녀와 개를 향해 빛이 쏟아졌다. 빛 너머에서 허리가 구부정하고 등산 모자를 쓴 노인 하나가 걸어 나왔다. 오래되어 잊힌 기억이 비앙코에게 돌아왔다. 그는 비앙코가 강아지였을 때의 첫 주인이었던 이 씨 할아버지였다. 가족 없이 외롭게 살던 그 독거노인은 폐렴을 얻어 주위의 무관심 속에 죽었고, 숨이 다할 때까지 비앙코 걱정만 했다. 노인은 같은 교회 신도였던 김 여사에게 비앙코를 보냈지만, 강아지 때 귀여워했던 것과 달리 성장한 비앙코가 사료를 많이 먹게 되자, 김 여사는 자신이 사는 안동에서 영덕의 친정 가는 길 중간인 섭주에서 비앙코를 유기해버렸다. 비앙코는 버림받지 않기 위해 뛰었으나 만물의 영장이 만들어 모는 자동차의 속도를 따라잡을 수는 없었다. 그렇게 시내에서 시골로, 길에서 산으로 떠돌던 진돗개 순돌이는 섭주 엄동면의 야산까지 유랑하다가 새우깡을 들고 언덕을 오르던 소녀를 만났다. 그리고 좋은 인연이 될 것 같은 희망을 품어보기도 전에 눈 앞에서 소녀를 유아 성범죄자에게 빼앗기고 말았다. 소녀는 먹을 것을 주었으나 비앙코는 소녀를 지켜주지 못했다.

비앙코를 가운데 두고 노인과 소녀가 나란히 섰다. 〈플란다스의 개〉의 한 장면 같았다. 밝게 웃는 셋의 모습이 빛 가운데로 사라졌다. 그곳은 더 이상 아픔과 빈곤, 슬픔과 괴로움이 그들을 기다리지 않는 천국이었다.

유리 조각을 갈아 만든 칼을 오른손에 쥔 남자가 소리쳤다.

"가까이 오지 마!"

그는 섭주 교도소 징벌 사동 독방에 감금되어 있던 남자였다. 독방 문은 활짝 열렸고 바깥에는 다섯 교도관이 출입을 봉쇄했다. 두 명은 진압용 방패를, 한 명은 전자충격기(Taser Gun)를, 또 한 명은 수갑과 포승을 들고 있다.

"옹! 안 보이냐고! 니들 눈에는 저 계집애와 개새끼가 안 보이냐고! 왜 내 눈에만 보이냐고!"

이승열이 흥분을 이기지 못하고 유리칼로 자해를 시도했다.

빵 하는 격렬한 발사음과 함께 테이저건이 발사되었다. 5만 볼트 전기충격을 받은 이승열은 나무토막처럼 쓰러졌다.

"정신과 의사 초빙 진료가 언제지?" 계장이 물었다.

"이번 주 금요일입니다." 테이저건에 안전장치를 걸며 수하 직원이 답했다.

"일단 독방에 집어넣어라. 환각이 보이는 모양이니 진료 한번 보게 해."

이승열은 몇 시간 후에 정신을 차렸다. 그는 담당 교도관을 불러 정신과 의사가 아닌, 섭주 경찰서 박기석 경장에게 수사 접견을 신청한다고 말했다. 며칠 후 박기석이 찾아왔다. 비앙코를 죽인 장본인인지라 박기석은 분노를 참기 위해 무진 애를 써야만 했다. 이승열은 그 개를 어디선가 본 것 같다는 말로 서두를 꺼내다가 또 다른 여자아이의 시신이 묻힌 장소를 알려주겠다며 본론에 들어갔다. 박기석이 들어보니 미제사건으로 남았던 섭주의 유나 어린이 실종 사건에 관한 정보였다. 의경 중대가 엄동면 야산을 뒤지는 대대적인 수색 끝에 암매장지를 찾아냈다. 차디찬 땅속에 비참하게 묻힌 유나 어린이의 유골을 수습할 때 박기석은 먼 곳에서 개가 짖는 소리를 들었고, 이승열은 소녀와 개가 허공에 나타나는 반복적인 악몽에서 가까스로 해방되어 참회의 눈물을 흘렸다. 뉴스를 통해 유나의 죽음을 알고 난 동원은 슬픔과 죄책감에 빠졌다가 어느 날 꿈속에서 그녀를 만났다. 유나는 '과자 고마웠어' 하고 동원의 목을 끌어안았다. 깨어난 동원은 꿈속에서 본 유나와 그 옆의 백구를 그림으로 그렸다.

징역형을 선고받고 입소한 사람은 교도소에서 일을 할 수 있다. 교도소 안에는 여러 가지 공장이 있고, 취사, 세탁, 이발, 시설관리 등을 맡은 작업장도 있다. 그중 '구내 청소'는 말 그대로 교도소 구내 곳곳을 돌며 환경미화를 하는 일이다. 구내 청소에서 일하는 재소자들은 교도소 내 모든 장소의 쓰레기를 아침마다 수거한 후 분리 재활용하고, 풀 깎기나 해충 박멸 같은 일도 한다. 외부 위탁이 아닌 관용(官用) 작업인데다가 삽이나 낫, 곡괭이 같은 위험한 도구를 취급하기에 사고의 위험이 적은 모범수들이 주로 채용된다.

구내 청소 반장인 1321번 정원걸도 사고 한번 치지 않은 모범수였다. 그는 동물을 괴롭힌 사람이었지 사람한테 모진 짓을 한 적은 없었다. 그가 끔찍한 죽음을 맞게 된 사건은 무더운 올해 여름에 일어났다.

당시 구내 청소 담당 교도관인 신윤호는 사동의 바깥, 즉 8사동과 9사동 사이의 잡초를 제거하라는 지시를 받았다. 그는 정원걸과 11명의 구내 청소 출역수를 데리고 현장으로 나섰다. 뽑는 손길 없이 방치된 채 잦은 소낙비까지 맞은 잡초는 사람의 키를 넘도록 무성하게 자라 있었다. 정원걸은 덩치가 큰 도로교통법 위반자인 오형구에게 예초기를 사용하게 하고 자신은 낫을 들었다. 예초기가 무성한 풀을 베며 나아가는 사이 정원걸은 반대쪽에서 나무화가 되어가는 풀을 꺾었다. 반장인 그가 앞장을 서자 10명의 인원도 뒤를 따랐다.

정원걸은 농사를 지어본 적이 없음에도 훌륭한 낫질을 선보였다. 원래 그는 전국에서 알아주는 땅꾼이었는데 멸종위기 1급인 구렁이 수백 마리를 잡아 건강원에 밀거래하다가 적발되어 교도소에 들어온 사람이었다. 그가 풀을 한 주먹씩 잡아 낫으로 베자 무성했던 공간은 시야가 훤히 트였다. 좌우로 압박하는 예초기질과 낫질에 풀 속에 보금자리를 마련했던 고양이며 오소리 따위가 우르르 튀어나와 쏜살같이 도망쳤다.

"아이구, 깜짝이야!"

시끄럽게 엔진음을 내던 예초기 소리가 멎었다.

"왜 그래?"

"형님! 여기 독사가 있어요!"

"뭐? 독사? 어디?"

전국에서 알아주는 땅꾼답게 정원걸은 오형구에게 달려갔다.

"그냥 내버려둬. 물리면 어쩌려고."

신 교도관이 말렸으나 정원걸은 듣지 않았다. 오형구는 고글을 벗고 현장에서 몇 걸음 물러났다. 잘 깎인 평지 앞에 뱀 한 마리가 또아리를 틀며 길을 막았다. 크기는 작았지만 붉은색과 푸른색이 동시에 도는 몸이 범상치 않았다. 희귀한 뱀 같았다. 독이 오를 대로 오른 뱀을 본 정원걸의 눈이 생기로 반짝였다. 뱀은 개장수를 알아본 개처럼 갑자기 등을 돌려 달아났다. 그대로 놔두면 10사동이 있는 방향의 언덕 아래로 기어 수로 안으로 사라질 터였다. 그러면 물리는 사람도 없을 것이고 뱀도 안전한 영역으로 들어갈 것이다.

그러나 정원걸은 뱀을 놔두지 않았다. 평소 그는 자기가 징역을 사는 이유가 뱀 때문이라고 생각하고 있었다. 뱀은 그의 밥벌이 수단이기도 했지만 몰락을 재촉한 악물이기도 했다. 낫을 쥔 채 그는 손에 침을 퉤퉤 뱉었다. 도망치는 뱀은 겁에 질린 것처럼 보였다. 사람들은 땅꾼을 알아보고 위축되는 뱀에게 신기함을 느꼈다. 땅꾼의 눈과 뱀의 눈이 서로 마주쳤다. 신 교도관이 나섰다.

"그냥 가자. 저 뱀, 무늬도 요상한 게 영 재수 없어 보여."

"어허, 무슨 소립니까, 신 담당님? 저런 걸 놔두면 언제 어디서 누군가는 물리게 된다니까요."

정원걸과 교도관이 수군거리는 사이 뱀이 속도를 빨리 해 달아났다. 정원걸은 기 싸움의 승리 정도로 만족해야 했지만 몸이 말을 듣지 않았다. 들뜨고 흥분한 기분이 옛 추억의 영광을 가져왔다. 그는 뱀을 추격했다. 뱀이 방어본능으로 다시 고개를 돌려 혀를 슈슉, 거렸다. 왼손으로 뱀의 머리를 잡으려던 정원걸이 오른손으로 낫을 휘둘렀다. 검객의 전광석화 같은 일격에 뱀의 몸은 반토막 났다. 끔찍한 광경에 사람들이 말을 잃었다. 둘로 나뉘어진 뱀은 고통스럽게 몸을 꼬다가 죽어버렸다. 정원걸은 적장과 일대일로 싸워 이겨 아군의 사기를 올린 장군처럼 피 묻은 낫을 쳐들었다.

'육해공군 장성도, 대통령도, 악질 경찰 교도관도, 연쇄살인마조차도 독사를 보면 도망간다. 그러나 나 정원걸 앞에서 어떤 독사도 지렁이가 된다!'

모두가 목격한 전문직업인의 영웅적 행위에 정원걸은 우쭐했다.

그날 밤, 정원걸은 악몽을 꾸었다. 텅 빈 교도소에 혼자 내던져진 꿈이었다. 2천 명이 넘는 재소자들이 몽땅 사라졌다. 모든 방, 모든 작업장, 모든 공장에 사람이 보이지 않았다. 대신 뱀이 있었다. 수만 마리나 되는 뱀이었다. 어디에나 뱀이 꿈틀거렸다. 방에도 뱀이 가득했고, 공장에도 뱀이 넘쳐났다. 땅을 장악한 뱀 때문에 발을 디딜 수 없었고 기댈 수 있는 곳 어디에나 뱀이 몸을 감았다. 빙글빙글 몸을 감아 기어오르고 기어 내려 가는 모습들이 여기저기서 펼쳐졌다. 쇠창살 기둥에도, 전봇대에도, 운동장 농구대에도, 철봉에도, 교도관의 탁자에도 뱀은 몸을 꼬며 기어올랐다. 취사장의 대형 밥솥 안에 익은 뱀 뭉치가 노린내를 풍겼고 국솥에도 뱀들이 둥둥 떠다녔다. 모든 뱀이 정원걸을 찾고 있었다. 정원걸은 세상을 까맣게 장악한 뱀들에게 쫓겨 교도소 담벼락까지 몰렸다. 그는 땅꾼 체면도 잊고 무룰을 꿇고 살려 달라 빌었다. 그러자 영화 〈십계〉의 한 장면처럼 뱀들의 파도가 갈라졌다. 텅 빈 길 사이로 오늘 낮에 죽였던 뱀이 기어 왔다.

그 뱀은 몸이 두 동강 나 있었다. 머리와 꼬리가 따로 기어와 함께 정원걸을 노려보았다. 정원걸은 기세등등했던 오전과는 달리 뱀의 시선을 견딜 수 없었다.

"저리 가! 저리 안 가? 이 뱀 놈아!"

정원걸의 말을 알아들은 것처럼 뱀이 혀를 슈슉, 거리며 물러났다. 정원걸이 안도의 한숨을 내쉬었다. 그러자 거대한 그림자가 등 뒤에서 나타나 그의 몸에 어둠을 씌웠다. 돌아본 정원걸은 경악을 금치 못했다. 아나콘다보다 더 큰 뱀이 공룡의 머리처럼 그를 노려보고 있었다. 신축성 있는 입이 감시탑에 닿도록 쩍 벌어졌다. 거대한 혀가 그의 몸을 감아버렸다. 그는 한입에 삼켜졌고 끈적끈적한 소화액에 젖은 채 괴물 뱀의 몸 안에 있던 수만 마리의 뱀과 만나야만 했다. 도망갈 곳은 없었다. 형형색색의 뱀들이 그의 몸을 감고 조이고 물었다.

정원걸은 비명을 지르며 잠에서 깨어났다. 옆에서 자던 오형구가 눈을 비볐다.

"형님. 왜 그래요?"

대답하지 않았다. 명색이 대한민국 최고 땅꾼인 그가 뱀에게 놀랐다는 말을 할 수는 없었으니까. 그는 뱀을 잡고 때리고 죽여 술을 담그고 건강원에 팔았던 사람이었다. 그것은 그의 자존심 문제였다. 정원걸은 꿈이라서 다행이라고 생각했다. 그러나 악몽은 이제부터 시작이었다.

다음 날 아침이었다. 모든 재소자들은 출역 전 거실(감방)에서 식사한다. 배식 리어카가 잡곡밥과 명태 뭇국을 날라 왔다. 정원걸의 눈에 국그릇 안의 명태 조각이 무늬도 징그러운 뱀 토막으로 보였다. 구역질이 나서 식사를 걸렀다. 사람들이 이상한 눈으로 그를 바라보며 아무렇지도 않은 듯 명태를 먹었다. 정원걸의 눈에는 그들이 뱀 고기를 씹는 것으로 보였다.

8시가 되자 출역을 알리는 음악 소리가 스피커를 통해 들려왔다. 출역수들이 줄을 지어 나와 각자의 공장으로 향했다. 담당 교도관이 그를 기다리고 있었다.

"잘 잤어?"

정원걸은 놀란 눈을 깜빡거릴 뿐 아무런 대답도 할 수 없었다. 담당 교도관의 머리가 커다란 뱀 대가리로 변해 있었기 때문이다. 그가 말할 때마다 두 갈래가 진 거대한 혀가 튀어나왔다가 들어갔다.

"보안과장이 오늘은 5동하고 6동을 작업하라네. 근데 빗방울이 떨어지는데 어떻게 하지, 내일 한다고 할까?"

"이, 이 정도는 작업에 문제없습니다."

정원걸은 담당 교도관의 머리가 뱀으로 보인다는 말을 하지 않았다. 자존심이 허락하지 않았기 때문이다. 게다가 그가 머리를 세차게 흔드니 교도관의 얼굴은 다시 정상적인 사람 얼굴로 돌아와 있었다.

"형님, 오늘은 리어카를 두 대만 가져갈까요? 세 대 다 가져갈까요?"

오형구가 어깨에 손을 올렸다. 그 손은 평소와 다름없었지만 돌아보니 오형구의 얼굴이 거대한 백사의 머리로 변해 있었다. 번쩍번쩍 빛나는 검은 눈에 새하얀 비늘, 두 갈래가 진 검은 혓바닥. 정원걸은 기겁하고 뒤로 물러났다.

"왜 그래요? 사람 놀라게?"

"세, 세, 세 대 다 가져가라. 아니, 너 잠깐 이리 와봐."

그는 거울 앞으로 오형구를 데려갔다.

"반장님, 밤새 잘 주무셨어요?"

리어카에 묶인 사슬을 풀던 965번 노찬성이 물었다. 잠깐 노찬성을 돌아보는 사이 오형구의 얼굴은 사람으로 돌아와 있었다. 그는 다시 노찬성을 바라보았다. 노찬성의 머리가 회색 살모사 머리로 바뀌어 있었다.

"잘 주무셨냐고요?"

슈슉, 거리는 혓바닥 사이로 사람의 언어가 나왔다. 정원걸은 노찬성의 얼굴에서 시선을 떼지 않았다.

"너 거울 앞에 서봐."

"예?"

"거울 앞에 서보라고!"

"왜요?"

"얼른!"

노찬성이 리어카에서 손을 떼고 거울 앞으로 가서 섰다.

"네 얼굴…… 잘 보여?"

"내 얼굴이 왜요?"

노찬성이 사람의 손으로 살모사 머리를 어루만졌다. 거울 속의 뱀 대가리가 똑같이 고개를 갸웃거리는 광경에 정원걸은 속이 메스꺼웠다. 고개를 들자 언제 그랬냐는 듯 노찬성은 머리는 사람의 그것으로 돌아와 있었다.

'계속 쳐다보면 뱀 대가리인데 잠깐만 시선을 딴 데 두면 다른 놈 머리가 뱀으로 변하는구나.'

"식수!"

바깥에서 고함이 터져 나왔다. 취사장에서 먹는 물을 날라오는 수레가 왔다. 각 공장에서 봉사원들이 물통을 들고 마당으로 나왔다. 정원걸은 다른 공장 사람들 머리도 뱀으로 보이는지 확인하러 달려 나갔다. 제발 헛것을 봤기만을 바랐지만 그의 기대는 채워지지 않았다. 아니 오히려 더 나빠졌다. 뱀 머리가 붙은 인간이 하나가 아닌 둘로 늘어났으니까.

"찬성아, 너 저 친구 머리가 뭐로 보여?"

"누구요? 봉제 공장 문방(문지기)이요?"

"그래."

정원걸은 국방색 까치살모사의 머리를 한 사람을 가리켰다.

"아, 머리를 빡빡 밀었네요. 파계승 같은데요."

"뱀 대가리로 보이진 않아?"

"뱀 대가리요? 하하하, 눈은 좀 뱀 같긴 한데 볼살이 통통해서 별로 어울리지 않는데요?"

정원걸은 자포자기의 심정으로 눈을 감았다 떴다. 예상대로 뱀의 머리는 또 다른 사람들에게로 옮겨갔다. 문제는 아까는 둘이었는데 이제는 셋으로 늘었다는 점이다.

"자, 각 공장 반장들 잠깐 나 좀 봅시다."

문서철을 옆구리에 낀 교도관 하나가 다가왔다. 그의 머리는 얼룩무늬 뱀이었다. 다른 반장들 틈에 섞여 정원걸도 가까이 다가갔다.

"이제 여름 방학 끝나는 시즌이니 다음 주부터 다시 종교행사 시작됩니다. 각 취업장 반장들은 출역자들 종교를 파악해서 내일까지 제출하도록 해주세요."

정원걸은 자신을 향하는 거대한 얼룩무늬 뱀 머리가 보기 싫어 눈을 감았다가 떴다. 예상대로 교도관은 평소의 얼굴로 돌아왔고 뱀 머리는 다시 노찬성에게로 가 있었다. 그러나 뱀 대가리의 숫자는 다섯 명으로 늘었다. 뱀의 머리를 한 사람들이 점점 늘어가고 있었다. 정원걸은 이 사실을 말하지 않았다. 아무도 믿어주지 않을 것이기에.

'징역을 오래 살다 보니 내가 정신병이 드나 보다. 환각에 넘어가선 안 돼.'

눈속임은 자신의 눈앞에서만 벌어지는 일이었다. 다른 사람은 모르고 있었다. 그는 환각을 이기리라 다짐했다. 전국에서 알아주는 땅꾼인 그가 환각에 굴복한다는 건 말이 안 되었다. 자존심 문제였다.

그는 종교 담당 교도관한테서 받은 '취업장별 종파 파악 현황: 구내 청소' 문서에 제일 먼저 이름을 쓰고 그 옆에 적어 넣었다.

'불교'

부처님의 신통력으로 귀신 환각을 이겨낼 계획이었다. 집회는 다음 주 목요일, 6일 후에나 열린다.

섭주 교도소에는 기독교, 불교, 천주교를 위한 교회당, 법당, 예배당이 있었고 매주 목요일에 예배와 법회와 교리강좌가 열린다. 여름 방학 기간 동안 중단된 종교행사가 개학에 맞춰 다시 열렸다. 정원걸에게 6일의 시간은 6년처럼 흘렀다. 그 사이 그는 물 말고는 음식을 삼키지 못했다. 음식 가운데 뱀 토막이 둥둥 떠다녔다. 국수 줄기도 뱀이었고, 한 번씩 나오는 돈가스도 뱀의 문양이 선명했다. 생선구이는 뱀 구이였고, 김치 안에는 고춧가루로 목욕을 한 작은 뱀이 굴 젓갈처럼 묻혀 있었다. 같은 방에 있는 동료들은 하나도 빠짐없이 뱀의 머리를 한 채 후루룩 음식을 먹었다. 뱀의 축축한 눈으로 정원걸을 바라보았고 가끔 길게 목을 늘이기도 했다. 아무것도 먹지 못하는 정원걸의 몸은 89킬로그램에서 75킬로그램으로 빠졌다. 교도관들은 그가 큰 병에 걸린 건 아닌가 싶어 불안했고, 혹은 단식투쟁에 들어간 건 아닌가 싶어 긴장했다.

"왜 식사를 안 하죠?" 의료과의 공중보건의사가 물었다.

"속에서 받질 않습니다."

"교도소 행정에 불만이 있나요?"

"없습니다."

"우린 1321번 건강을 책임져야 할 입장입니다. 식사를 거부하면 바깥에서 출소 날짜만 기다리는 가족들이 걱정합니다."

"난 가족이 없어요."

"1321번. 아니, 정원걸 씨 생명이 위험하다고요."

"나도 먹고 싶어요! 근데 메스꺼워서 속에서 받질 않는다고요!"

그는 구렁이의 머리를 한 공중보건의사에게 말했다. 이제 뱀의 머리를 한 사람은 전체 수용인원의 절반으로 늘어났다. 아무것도 모르는 공중보건의사는 정원걸의 의무기록 차트에 '교도소 의료 장비로는 정확한 진단이 어려움. 수용 생활에 불만은 없다고 함. 속 메스꺼움 증세를 빈번하게 호소. 내과 계열로 심각한 질병이 우려되니 전문 치료를 받을 수 있는 외부병원 진료를 가급적 빨리 권함'이라고 써넣었다.

먹질 못하니 기운이 없었다. 정원걸은 작업을 면제받고 반장 자리도 내놓았다. 어떻게 이 환각 지옥을 탈출할 수 있을까만이 생각의 전부였다.

목요일이 왔다.

드디어 불교 법회가 열렸다. 그는 누구보다 앞장서 법회에 참석했다.

결과는 참담했다.

정원걸은 법당의 부처님에게 이 환각을 몰아달라고 간절하게 빌었다. 대체 뭣 때문에 이런 벌이 내려진 건지 모르겠다고 호소했다. 그러나 기적은 일어나지 않았다. 법회를 하는 스님의 얼굴노 뱀으로 변했고, 경청하는 200여 명 재소자들의 머리도 80퍼센트 이상이 뱀으로 변했기 때문이다.

"이봐요, 당신."

그가 절망하고 있을 때 누군가 옆에 와 앉았다. 정원걸이 돌아보았다. 뱀의 얼굴이 아니었다. 꽁지머리를 하고 피부가 허연 남자의 얼굴이었는데 눈이 유독 빛났다.

"당신, 죽여선 안 될 생명을 죽였구먼."

"그걸 어떻게 알아요?" 정원걸은 깜짝 놀랐다.

"내 눈에 다 보이니까."

정원걸은 그의 가슴에 박힌 거실 넘버를 보았다. 2하 16실.

"당신이구나! 2하 16실 신입실에 무속인이 잡혀 왔다던데."

"맞소. 모두가 날 보고 사기 치는 가짜 무속인이라고 하지만 가끔은 내가 저기 있는 땡추보다 영험할 때도 있소."

"보살님 눈에도 저 뱀 대가리들이 보여요?"

"당신 눈에만 그렇게 보이는 게요. 살을 맞았으니까."

"살이요?"

"그렇소. 흉살이오. 사람도 아닌 짐승에게 맞은 흉살."

"왜 내게 그걸 알려주는 거죠?"

"내 몸주가 날더러 죄 짓고 감옥엘 들어왔으니 곤란한 사람을 도와 선행을 닦으라고 했소. 이것도 그런 선행의 하나요. 하지만 선행도 돈이 있어야 할 수 있으니…… 당신이 만약 내 덕에 낫고 가석방 받아 나가면 내 앞으로 정기적으로 영치금을 보내줘야 할 거요."

"제발 뱀이 안 보이게만 해주시오. 영치금 아니라 황금이라도 줄 테니!"

"쉿! 간수들 들겠소!"

무속인은 눈을 감고 생각에 잠겼다가 한참 만에 눈을 떴다.

"무속은 불교와 대립관계가 아니오. 어떤 학자도 그런 소릴 했지만 불(佛)은 큰 집(大家), 무(巫)는 작은 집(小家)이오, 불교와 무속은 본가(本家)와 분가(分家) 같은 것이오. 방금 저기 부처님을 통해 몸주께서 계시를 줬소."

"뭐라고 계시를 줬는데요?"

"당신이 죽인 뱀은 그냥 뱀이 아닌 신충(神蟲)이오. 사파왕의 무력대신(武力大臣)이오."

"무슨 말인지 하나도 모르겠어요."

"사바 세상과 떨어진 뱀 나라의 장군이란 말이오. 땅꾼이란 직업적 자만 때문에 당신은 건드려선 안 될 존재를 건드린 것이오."

"그럼 어떻게 하면 돼요?"

"사흘 동안 방에서 냉수를 떠 놓고 기도만 하시오. 속죄의 기도를 하란 말이오. 당신이 신충을 죽인 건 내 눈에는 사신(蛇神)에게 부정 탈 짓이지만, 일반인의 눈엔 '동물 학대'요. 당신은 그간 무수한 뱀을 죽이고 괴롭혔어요. 뱀이란 짐승이 개나 고양이처럼 사람에게 사랑받지 못하니까 사람들은 그간 당신의 악행에 관대했던 거요. 당신이 저지른 동물 학대를 반성하시오. 나만이 알 수 있는 부정 탄 짓을 바로 잡으시오. 만약 사흘 동안 당신 눈에 뱀이 보이지 않으면 신충은 당신을 용서할 기회를 준 것이오. 그러면 나흘째 되는 날 아침에 뱀을 죽였던 자리로 돌아가시오. 반 토막이 난 뱀의 사체가 수로 위에서 썩어가고 있을 거요. 그걸 거두어 양지바른 곳에 묻어주시오. 그럼 당신의 고생은 끝이 나오."

"월요일 아침이로군요! 반드시 그러겠습니다!"

"미리 기뻐하지 마시오. 아직 신충이 당신을 용서한 게 아니니까."

뒤에 서있던 교도관이 소리쳤다. 그는 코브라의 머리를 갖고 있었다.

"어이, 거기 둘. 뭘 속닥거려! 떨어져 앉아!"

정원걸과 무속인이 즉시 떨어져 앉았다.

그날부터 정원걸의 금식 기도가 시작되었다.

옆에서 누가 말을 걸어도 그는 기도만 했다. 교도관이 뭐라 그래도 기도만 했다. 관할 계장이 이상하게 여겨 그를 불렀다. 30년 경력 교도관인 계장은 왜 갑자기 이상한 짓을 하느냐고 물었다. 정원걸은 사흘 동안만 기도를 하고 월요일부터는 다시 구내 청소에 출역하겠다고 말했다.

"기도는 왜 하는데?"

"제가 사회에 있을 때 동물 학대를 너무나 많이 했습니다. 그걸 반성하려고요."

"니 체중이 65킬로그램까지 빠진 건 알고 있냐?"

"월요일에 출역해 억울한 혼백을 거두어주면 다시 찝니다."

"억울한 혼백?"

계장은 어이없다는 얼굴로 기도를 하든지 치성을 드리든지 알아서 하라고 했다. 늙은 계장의 머리는 능구렁이의 얼굴을 하고 있었다.

사흘이 흘렀다.

그는 꾸준히 기도만 했다.

무속인의 말이 맞았다.

뱀은 귀엽지 않고 징그러운 형상을 띠었기에 그간의 학대에
도 사람들이 관대했다.

모두가 뱀은 사람을 무는 해로운 짐승이라고 생각한다.

하지만 뱀만이 사람을 무는 것이 아니다. 고양이도 사람을 물
고 개도 사람을 문다.

뱀만 사람을 죽일 수 있는 게 아니라, 고양이도 개도 사람을
죽일 수 있다.

일부 뱀은 독을 갖고 있지만 일부 고양이와 개는 파상풍이나
광견병 바이러스를 갖고 있다.

뱀이나 개나 고양이나 같은 것이다. 그들 모두가 동물이다.

동물은 그냥 사람을 물지 않는다.

자신을 보호하기 위해 무는 것이다.

마찬가지로, 어떤 동물이든 악행을 가하면 똑같은 동물 학대
이다.

그는 진심으로 반성하며 기도를 올렸다.

'다시는 동물을 괴롭히지 않겠습니다. 살생하지 않겠습니다.'

그러자 기적이 일어났다.

사흘째부터 정원걸의 눈에 비친 재소자들 얼굴이 정상적인

사람의 얼굴로 보이기 시작했다. 뱀의 머리를 가진 사람은 더 이상 나타나지 않았다. 음식에 뱀이 들어있지 않았고, 물속에도 뱀이 사라졌다.

'아! 그 뱀이 나에게 속죄의 기회를 주는구나!'

그날 밤 그는 편하게 잤다. 옆의 동료들은 사람의 얼굴로 정답게 웃어주었다. 모든 게 정상으로 돌아왔다. 이것이 참 세상이로구나! 평범한 현실이 이토록 감동적이었다니!

그는 꿈을 꾸었다. 반토막 난 뱀을 양지바른 곳에 묻어주는 꿈이었다. 모든 일이 잘될 거라는 예감에 그는 꿈속에서 눈물을 흘렸다.

드디어 월요일 아침이 밝았다. 이제 출역하여 뱀을 묻어주기만 하면 그는 속죄에 성공한 것이다. 아침 식사에도 더 이상 뱀 조각이 들어가 있지 않았다. 그는 기뻤고 이제 정상적인 식사를 할 수도 있었다. 하지만 단식 기도의 효과를 위해 그 날 아침도 여태껏 그랬던 것처럼 굶었다.

출역 방송이 울리기 직전, 갑자기 여섯 명의 교도관이 들이닥쳤다. 정원걸은 불안함을 느꼈다.

"문을 따!" 계장이 명했다.

문이 열리고 다섯 교도관이 정원걸을 제압했다.

"왜, 왜 이러는 겁니까?"

"괜찮아, 괜찮아, 원걸아. 얌전히 있어라."

계장이 그의 어깨를 두드렸다.

"뭐가요?"

"병원에 가보자."

"병원엔 왜요?"

"너 지금 일주일 새에 체중이 20킬로그램 이상 빠졌어. 음식을 삼키지도 못하잖아. 큰 병에 걸린 건지도 몰라. 하루 빨리 정밀 진단을 받아야 해."

"무슨 소립니까! 난 아프지 않아요! 이제 다 괜찮아진다구요!"

"내과부터 갔다가 정신과도 들를 거야. 네 기행동이 여러 사람을 걱정시키거든."

"안 돼요! 난 당장 그걸 물어야 해요!"

"빨리 끌어내. 앰뷸런스에 태워!"

"제발! 계장님! 내일 가겠습니다! 내일이면 다 할 수 있다구요! 하지만 지금은 할 일이 있어요!"

다섯 교도관이 몸부림치는 정원걸을 강제로 끌어냈다. 포승줄로 묶인 그는 교도소 구급차에 태워졌다. 사이렌을 울리며 구급차는 섭주종합병원을 향해 달렸다. 차 안에서 정원걸은 교도소로 돌려보내 달라며 악을 썼다.

종합병원 내과 과장은 기다렸다는 듯 정원걸을 맞이했다. 정원걸은 서서히 뱀의 머리로 변해가는 의사의 얼굴을 보았다.

"저를 보내주세요! 살려달라고요! 신충님! 당신은 날 용서했잖아요!"

"계속 굶었다고요?"

의사는 영양분을 섭취하지 못한 환자의 정신상태를 의심했다.

"예. 물밖에 먹지 않았습니다. 저희가 걱정하는 건 이 친구가 혹시 위암이나 아닌지……" 뱀의 머리로 변한 계장이 답했다.

"알겠습니다. 당장 내시경을 해보죠."

"이거 놔! 난 돌아가야 해! 그 뱀을 묻어야 해!"

정원걸이 몸부림쳤다.

"갈수록 정신상태도 좋지 않습니다." 계장이 말했다.

"이런 상태면 진찰이 위험하겠는데요. 수면내시경으로 하도록 하죠."

"그러십시오."

"안 돼! 날 보내줘! 날 보내달란 말야!"

수갑을 찬 채 정원걸은 침대에 눕혀졌다. 몸부림치는 그에게 마취주사가 놓아졌다. 악을 쓰며 절규하던 그는 약물이 번지자마자 온순해져 깊은 잠에 빠졌다. 의사가 검은 호스 같은 내시경 카메라를 그의 입안으로 밀어 넣으려 했다. 그때였다. 틀림없이 마취가 걸렸던 정원걸이 눈을 번쩍 뜨고 소리쳤다.

"넣지 마! 내 입에 그 뱀을 넣지 마! 그건 내가 죽였던 뱀이야! 넣지 마! 넣지 말란 말야. 이 새끼들아!"

의사는 눈썹을 구기며 손에 쥔 내시경 카메라를 바라보았다. 환자의 눈에는 그것이 뱀으로 보이는 모양이었다. 정원걸의 눈알이 빙그르르 돌더니 혓바닥이 입 밖으로 나오다가 온몸이 축 늘어졌다.

"간호사! 간호사! 119 불러 빨리! 이 사람 죽은 거 같아!"

의사가 소리쳤다.

글공부에 몰두하거나 책 읽는 즐거움에 빠져 시간가는 줄 모르는 모습을 일컬어 우리 흔히 쓰는 '책에 빠지다'라는 표현이 있지만, 이 문장을 절대 쓰지 못하게 하는 지역이 있으니 그곳이 바로 섭주다. 조선시대 재야 사림(士林) 학자들을 다수 배출한 문리적 전통과 무관하게 섭주 사람들 사이에서는 언제부턴가 '책에 빠지다'라는 문장 사용을 금지하는 암묵적 동의가 체결되었는데 거기엔 피치 못 할 사정이 있어 보였다. 혹은 알 수 없는 의혹이…….

섭주의 한 중학교에서 제자의 학업 성취를 치하하는 젊은 교사의 '너, 방학 동안 책에 빠져 지냈구나'란 문장이, 뿔테 안경이 흘러내려라 달려온 주임 선생에 의해 '너, 방학 동안 학업에만 열중했구나'로 정정되었다는 사실은 유명한 일화이다. 애당초 아무것도 모르고 책에 빠졌다는 말을 써낸 남임교사는 타시에서 갓 발령받아 온 사람이었고, '담임 선생님이 책에 빠졌다

란 말을 썼어요'라고 일러바친 학생이나 '이달의 저축 현황' 점
검을 팽개치고 달려 나간 주임 선생은 모두 섭주 토박이였다.

외지 사람에겐 기이하기 짝이 없는 언어 금지 조항이 섭주 사
람들에겐 생활의 일부분인 양 하나의 관습으로 자리매김한 지
오래였다. 정당한 칭찬을 하고도 욕을 먹게 된 신참 교사는 뜻
하지 않은 반응에 경악을 금치 못했지만 그런들 어찌할 것인가.
외눈박이들만 모인 동네에 양쪽 눈 다 가진 사람이 나타나면 누
가 비정상으로 취급받을 건지는 물으나 마나 아니겠는가?

어처구니없어 보이는 그 일화는 1990년에 일어났는데 30년
뒤인 오늘날에도 동일한 일이 벌어졌다고 한다. 역시 원인 제공
자는 포항에서 섭주로 첫 발령을 받아 '책에 빠졌다'라는 문장
을 눈치 없이 내뱉은 햇병아리 교사였고, 금지어를 듣자마자 결
재 서류 더미를 박차고 혜성같이 등장한 교장 선생은 과거의 그
주임 선생이었다. 경악에 찬 대처 방식은 나이를 먹어도 변함이
없었다. 뿔테 안경이 금테 안경으로 바뀌긴 했지만 안경알 속
공포에 질린 눈동자 또한 옛날과 다름이 없었다고 한다. 이 모
든 게 내가 섭주에서 살았을 때 만났던 '책 귀신' 때문이다.

＝＝＝＝＝

퇴직이 얼마 남지 않은 나는 지금은 대구 교도소에서 근무하
고 있지만, 지울 수 없는 낙인과도 같은 나의 첫 근무지는 섭주
교도소다. 섭주는 통악산의 가을 단풍과 민속촌 붕평 마을로 유
명한 관광도시지만, 조선 팔도에서 가장 저주받은 땅이었으며

신비한 사건 기록을 많이 보유한 금단의 영역이었다.

이제는 '책에 빠지다'라는 말을 아무 거리낌 없이 내뱉을 수 있고 땅에 떨어진 책을 봐도 대범하게 무시해 버릴 수 있지만, 그런데도 가슴 한편에 서늘한 기운이 소용돌이치는 것까지 속일 수는 없다. 그만큼 내가 섭주에서 겪었던 현상은 일반 사물의 이치와는 동떨어진 것이었고 그 결과가 봉평 마을 사람들에게 심어놓은 공포는 지독했다. 말도 안 되는 소리 말라고 일축해버리는 사람도 많았지만 미안하게도 나는 그 사건을 직접 겪었다. 빽 하고 소리부터 질러대는 그들은 책 귀신을 만나보지 않은 사람들이다.

섭주를 벗어나자 소름 끼쳤던 책 귀신은 더 이상 나타나지 않았고 그와 함께 작은 시골 마을처럼 시야가 막혔던 내 청년기도 끝났다. 나는 평범한 사람처럼 가정을 꾸렸고 진급했고 아이들을 키웠으며 책 귀신을 잊었다.

그러나.

책이 있는 한 책 귀신은 이 세상 어디에나 있을 수 있다. 사람의 일이란 언제나 크고 작은 변주에 다름 아니며, 비슷한 일은 비슷한 종류의 결과를 낳기 때문이다. 더 무서운 귀신도 덜 무서운 귀신도 얼마든지 있을 수 있다. 사람이 있는 한 희망이 있다는 말도 있듯이, 사람이 있는 한 귀신은 언제까지나 존재한다.

이 글을 쓰는 지금, 갑자기 등골이 서늘해진다. 어둠반이 쌓린 창밖으로 개들이 짖어대는 소리가 요란하고 바람 한 점 없는 한여름인데도 초겨울의 한기가 느껴진다. 등 뒤를 돌아보기가 싫어진다.

＝＝＝＝＝

　내가 스물여섯 살이던 1988년 여름부터 이 이야기는 시작된다. 당시 대구가 고향인 나는 섭주 교도소에 갓 발령 받은 초짜 교도관이었다. 서울 올림픽 개최로 온 나라가 잔치 분위기였지만 섭주의 소읍 붕평 마을에서는 흉흉한 사고가 끊이질 않아 초상집 같은 음산함이 하늘을 가리고 있었다. 그 시발점은 어느 여고생의 실종 사건이었다. 인근 군의 고등학교에 통학하던 여고생 하나가 온다간다 말도 없이 마을에서 사라진 것이다. 병든 홀아버지를 모시고 어렵게 살아가는 학생이었는데 마을 어귀의 인적 드문 밭둑길에서 엉망진창으로 널브러진 책가방이 발견되었을 뿐 사람의 모습은 보이질 않았다. 심청이와 종종 비교되는 효녀였는지라 가방 옆에 난폭하게 흩뿌려진 수학, 과학, 국어, 영어, 가정 등의 잡다한 교과서는 가출의 증적이 아니라 누군가의 강제력이 작용했음을 음울하게 암시하고 있었다. 경운기 사고로 허리를 쓰지 못하는 그녀의 아버지는 하나밖에 없는 자식이 나쁜 변을 당했음을 직감하고 자리에서 일어나지도 못한 채 굵은 눈물만 하염없이 흘려댔다. 보다 못한 마을 사람들이 하나둘 모여 지서에 신고를 하고 행방불명된 여학생을 찾아 나섰다. 하지만 그녀는 발견되지 않았고 그녀를 봤다는 사람도 나타나지 않았다.

그러기를 며칠이나 지나는 사이, 이번에는 살인사건이 발생했다. 사람이 살해당했다니, 전형적인 이웃사촌 지역인 붕평 마을에선 가당치도 않은 흉사였는데 그런 사실을 비웃기라도 하듯 사건은 점차 연쇄살인의 양상을 띠게 되었다. 하루하루가 지날수록 새로운 살인사건이 추가로 불어난 것이었다. 살인마의 표적이 된 4명의 희생자는 역시 인근 군의 고등학교에 다니고 있던 남학생들로 하나같이 끔찍한 형태로 사체가 발견되었다.

첫 번째 희생자는 입이 귀밑까지 찢어져 너덜거린 채 발견되었는데 신고받고 출동한 경찰이 시신을 옮기려고 이마를 건드리자 핏물이 접착제 역할을 한 얼굴의 절반이 입을 기점으로 픽 끊어졌다. 두 번째로 발견된 희생자는 입안에 혓바닥이 없었다. 잘린 것이 아니라 비정상적인 완력으로 뿌리까지 뽑힌 것이었으며 그 혓바닥이 어디로 사라졌는지는 알 길이 없었다. 세 번째 희생자는 사라진 귀 두 쪽으로 흘린 피가 가마솥 뚜껑만 하게 머리를 에워쌌는데 시신을 처음 발견한 담배 가게 아주머니는 김칫국물 한 동이를 쏟은 자리에 사람이 누워있는 줄 알았다고 진술했다. 그리고 마지막 희생자는 톱으로 썰어낸 듯 이마 위의 머리 가죽이 아예 사라진 채 발견되었다. 이 학생의 부모는 엉망진창으로 도륙된 시체가 도저히 자기 아들이라고 믿을 수 없었던지 오열을 하기도 전에 기절부터 해버렸다.

마을이 발칵 뒤집혔고, 도시가 발칵 뒤집혔고, 나라가 발칵 뒤집혔고, 하늘이 발칵 뒤집혔다. 국제적 행사를 코앞에 둔 시점에서 엽기적 연쇄살인은 잔칫날에 끼얹는 찬물이요, 널리 알려야 할 동방예의지국의 수치가 아닐 수 없었다. 온갖 억측과 소문이 난무했다. 이북의 김일성이 무장 공비를 내려보냈다는 소문이 도는가 하면, 그 옛날 술에 취해 벌집을 건드리다 말벌에 쏘여 죽은 방앗간 총각 용칠이가 귀신이 되어 돌아왔다는 소문까지 돌았다. 원형 탄창이 달린 따발총의 괴뢰군을 봤다는 신고가 접수된 다음 날엔 호박만큼 커진 얼굴로 밤길을 가로막는 용칠이 귀신을 봤다는 목격자가 나타났다. 전혀 신빙성 없는 얘기들임에도 사람들은 밝은 대낮의 외출조차 겁을 냈다. 살인범은 끝끝내 잡힐 기미를 보이지 않았다. 그러자 섭주 관할의 경찰서장과 기관장들은 물론 인근 지역의 시장들까지 문책당할 지경에 이르렀다.

경찰들이 황산벌 전투 때의 당나라 군사만큼이나 동원되어서 수사 활동을 폈지만 속칭 일컫는 '당나라 부대'처럼 아무 것도 올린 성과가 없었다. 사건은 오리무중으로 빠지다가 하이라이트를 장식하듯 어떤 소년의 자살 사건까지 터지고 말았다. 그는 자기 집 천장에 목을 매달아 눈과 혀를 불룩 튀어 내놓은 채 죽은 고등학생이었다.

사정이 이러하다 보니 사건은 소문을 타고, 소문은 언론과 방송에 무임 승차해 온 국민을 공포의 도가니에 빠트렸다. 그중에서도 섭주 붕평 마을 사람들은 가장 밀접한 공포에 연일 벌벌 떨어야만 했다. 낮과 밤, 남녀를 불문하고 절대 혼자서 나다니지 말라는 관공서의 방송이 계엄령처럼 선포되었다. 학교에서는 교장 선생님이 칠판 지우개 터는 몽둥이까지 휘둘러가며 학생들에게 고함을 쳤다. 무슨 일이 있어도 혼자서 돌아다니지 말 것, 등교와 하교 시에는 무리를 지어 다닐 것. 그러나 첫 번째 희생자가 발견될 당시 하달되었던 이 특명은 혓바닥이 사라진 두 번째 시체가 발견되자마자 일시 휴교령으로 긴급 대체되었다.

당시 나는 섭주 교도소 출정과에 근무하고 있었다. 산 속에 지어진 섭주 교도소의 배경은 연쇄살인 소식이 공포로 발전하는데 지대한 역할을 했다. 범인이 잡히면 섭주 교도소로 구속될 텐데 용의자조차 잡히지 않아 끈적한 공포만이 가중되었다. 정체 모를 살인마가 아직도 우리 마을을 활보할지도 모른다는 공포였다.

어느 날, 우리는 협조 공문을 받았다. 행방불명 여학생이 제5의 희생자일 수도 있으니 수색에 도움을 달라는 경찰의 협조 공문이었다. 당시 전국의 경찰은 대학생들의 시위 진압에 자주 동원되어 수사와 치안에 눈을 돌릴 틈이 없었다. 그래서 섭주 교도소도 비번인 교도관 20명을 경찰의 수색작업에 파견할 수밖에 없었는데 장소는 붕평 마을 야산이었다. 수색대 명단에는 나도 끼어 있었다.

─────

그날은 참으로 무더웠다. 사물을 녹일 듯 내리쬐는 땡볕 아래에 교도관 20명이 모였다. 24시간 근무를 마치고 퇴근도 못한 채 불려 나온 만큼 불만이 많았다. 그러나 책임자인 보안계장은 시역사회 범죄 해결을 위한 협조이니 농땡이 치지 말라고 했다. 기동복으로 갈아입고 워커를 신은 우리는 마지 못해 산을 올랐다.

햇볕은 한 점 인정도 없이 우리를 태워 버리려 했고 매미 소리만이 지겹도록 울려 퍼졌다. 잊지 못할 쌍팔년도 여름. 라디오에서는 올림픽 인파와 시위하는 대학생들, 그리고 대통령 노태우의 목소리가 겹겹이 등장했다. 우주는 흘러갔고 섭주라는 소우주도 흘러갔다. 살인마는 잡히지 않았고 휴식은 허락되지 않았다.

산길은 험했고 가지는 울창했다. 보안계장의 명령대로 우리는 따로따로 떨어져 산을 수색했다. 옷에서는 땀내가 진동했고 피부는 빠르게 그을렸다. 나는 더위를 먹었는지 머리가 어지러웠다. 아무리 걸어도 길이 같았다. 둘러보면 모두 똑같은 나무여서 한 지점을 귀신에게 홀려 빙빙 돈다는 착각마저 들었다. 더위에 지쳐 비틀거린 어느 순간, 나는 무리에서 떨어져 홀로 있다는 사실을 깨달았다. 무전기가 없던 나는 동료들의 이름을 목청껏 불렀다. 하지만 나의 외침에 응답하는 교도관은 없었다.

난감했다.

어디가 어딘지 몰랐기에.

어딜 보나 울창한 나뭇가지뿐이었다. 당황한 나는 잡목이 상대적으로 덜 우거진 서쪽 방면으로 몸을 틀었는데, 그때 내 발끝에 닿는 무언가가 있었다. 처음에는 돌멩이인 줄 알았지만, 아니었다.

'아니, 이런 게 왜 여기 떨어져 있지?'

놀랍게도 그것은 책이었다. 울창한 나무 사이, 햇볕도 잘 들지 않는 음지에 떨어져 있는 한 권의 책.

———————

녹색 자연의 통악산 깊은 골짝에 불현듯 나타난 책은 의아함을 불러 일으켰다. 그것은 고등학교 교련 교과서였다. 한 번도 펼쳐보지 않은 새 것이었다. 나는 주위를 둘러보았지만 수색 직원들은 여전히 보이지 않았다. 호기심 때문인지, 아니면 무엇에 홀렸기 때문인지 워커 끈을 풀고 그 자리에 앉아버렸다.

'왜 이런 새 책이 깊은 산 속에 놓여있는 걸까?'
'꼭 나를 기다린 것 같아. 왜 내 앞에 똑바로 놓여 있는 거지?'

이마의 땀을 훔치며 나는 책을 주워들었다. 그것이 악몽의 시작이었다.
나중에, 수색에 나섰던 동료들은 내가 뜨거운 햇볕을 너무 쬐어 잠시 혼절한 것으로 믿고 있지만 그들 일부는 진실을 알고 있다. 왜냐하면 나를 발견한 손창희 교도가 귀신을 직접 보았기 때문이다.
나는 참나무 밑동에 등을 댄 채 책을 내려다보았다. 그냥 평범한 교련 교과서였다. 상당히 깨끗한 책의 상태는 원시 자연림과 대소되어 이상한 느낌을 가져왔다. 나는 연쇄살인마도 잊고 천천히 책을 폈다.

책이 좌우로 갈라진 순간 닥쳐왔던 기운을 생각하면 지금도 소름이 끼친다. 책을 편 순간 폭염이 감쪽같이 사라진 것이다. 마치 냉동고를 열었을 때처럼 시원하다 못해 차갑기까지 한 기운이 몰려와 내 눈을 가리고 귀를 막아버렸다. 온몸이 덜덜 떨리며 근육이 굳었다. 책에서 뿜어져 나오는 그 기운은 맹렬하고 차가웠으며 또 독했다.

다행히 그건 잠시뿐이었다.

진통 주사를 놓은 듯 괴이한 냉기가 삽시간에 물러가면서 나는 눈을 뜰 수 있었다. 그러자 '환상특급' 같은 새로운 현실이 나를 맞이했다. 내 앞에 일방통행로 같은 오솔길이 일직선으로 펼쳐져 있었다. 울창한 나무도 뜨거운 태양도 사라지고 없었다. 오직 끝이 없는 오솔길뿐이었다. 그곳은 통악산이 아니었다. 포장이 안 된 오솔길 양옆으로는 아직 익지 못한 벼가 무성했다. 그것이 과연 벼가 맞을까? 말라비틀어지거나 썩어 악취를 풍기는 그 누런 풀들이?

하늘에서 쾅 하는 충격이 내려왔다. 먹구름이 몰려와 온 세상이 어두워졌다.

소나기를 예고하는 습기 찬 바람이 몰려왔다. 누렇고 길게 솟은 풀들이 귀신의 머리칼처럼 살랑거렸다. 그 안에 누가 숨어 엿보기라도 하는 것처럼 기분 나쁜 요동이었다.

그때 나는 보았다.

오솔길 맨 끝에 하얀 점 하나가 있는 것을. 백여 미터 앞에 위치하여 나를 마주하고 있는 하얀 점을.

연쇄살인마다!

머리부터 시작한 전율이 발끝까지 관통하는 데는 단 0.1초도 걸리지 않았다. 동료를 부르고 싶었으나 공포에 질린 성대는 제 기능을 잃어버렸다. 이때 '푸드득!' 하는 굉음이 온 천지를 뒤흔들었다. 흙먼지를 휘날리는 돌풍이 매섭게 불어닥쳤다. 거부할 수 없는 위력이었다. 나는 팔로 두 눈을 가렸다. 그러자 얼마 안 있어 무서운 소리는 사라졌고 바람도 빠르게 잠잠해졌다.

용기를 낸 나는 얼굴에서 손을 치웠다.

오솔길은 그대로였다. 소나기가 쏟아질 듯한 시커먼 하늘도, 미친 듯이 춤을 추는 썩은 벼의 시위도 그대로였다. 하지만 달라진 것이 하나 있었다.

맞은 편의 하얀 점이 조금 전보다 커진 것이다. 나는 눈을 가늘게 뜨고 신경을 곤두세웠다.

틀림없이 아까보다 더 커졌다. 아니, 자세히 보니 커진 게 아니라 점과 나 사이의 거리가 가까워진 것이었다!

그 점의 꼭대기에는 까만 수초 같은 것이 바람결에 춤을 추고 있었다. 저게 뭘까? 머리카락 아닐까?

차오르는 공포만큼이나 새롭게 호기심도 일었다. 눈을 가늘게 뜨고 보니 뭔가 꿈틀거리는 것 같기도 하고 옷자락이 날리는 것 같기도 하다. 허수아비 아닐까?

허수아비?

그때 또 한 번 '푸드득!' 하고 거대한 새의 날갯짓 같은 굉음이 폭발하더니 아까보다 더욱 거센 돌풍이 휘몰아쳤다. 아무리 버티려 해도 눈을 뜰 수 없는 위력이었다. 이 오솔길을 만나기 전의 지독한 무더위를 생각하자면, 내 옷을 먼저 벗기려고 태양과 바람이 동화책에서처럼 시합이라도 벌이는 모양이었다. 그러나 그런 생각도 잠시였다. 바람이 잦아들고 손을 얼굴에서 치웠을 무렵, 그 까만 점이 여자의 소복이라는 걸 확인할 수 있었기 때문이다. 당연히, 아까보다 거리가 더 가까워지면서 확인할 수 있는 결과였다.

이제 50미터 정도 앞으로 다가온 점의 정체가 꽤 선명히 드러났다. 소복을 입은 여자였다. 바람은 잦아들었지만 옷자락은 소리도 없이 흩날렸다. 시커먼 하늘과 썩어 비틀어진 식물들, 특히 여자의 검고 치렁치렁한 머리카락과 대조되어 새하얀 소복은 이 컴컴함의 연장선상에 유일한 불협화음을 내고 있었다. 그녀의 긴 머리는 수중의 미역처럼 흔들리며 온 얼굴을 가리고 있었다.

내 왼쪽 가슴에서 쿵쿵쿵 하는 소리가 커졌다. 소리가 형체를 얻어 목구멍 바깥으로 튀어나오려 했다. 한 번도 본 적 없는 이 길에서 도망쳐야 한다는 생각이 가슴 속 어딘가에서 경고음을 발했다. 그러나 누구나 가지고 있는 마음 한쪽(하지 말라고 하면 더 하고 싶어 하고 보지 말라고 하면 더 보고 싶어 하는 못된 심술로 점철된 그 한쪽)에선 여자의 정체를 알아내라고 종용하고 있었다. 이 낯선 오솔길에는 나와 그녀를 빼고는 아무도 없었고, 그녀는 이 세상에서 가장 아름다운 사람일 것만 같았다. 휘날리는 머리카락 속의 얼굴을 반드시 보고 싶었다.

그런 내 욕망을 알아차렸는지 어느 때보다 거센 '푸드득!' 소리가 허공으로부터 응답해왔고 말라비틀어진 식물들은 일시에 오른쪽으로 드러누웠다. 부서지거나 날려가는 풀이 단 하나도 없었음에도 그것조차 몹시 당연한 일로 여겨졌다.

바람이 사라지자마자 썩은 벼가 저절로 일어섰고, 나도 감았던 눈을 서서히 떴다.

거의 코앞에 그녀가 와 있었다.

또다시 바람은 사그라들었지만 머리칼과 소복 자락은 아직도 흩날렸다. 끝내 얼굴이 드러나지 않은 바람에 호기심의 절반은 공포에 내주어야 했지만, 그 순간 새로이 날아든 한 줄기 바람이 여자의 옷고름을 풀어놓았다. 신기한 일이었다. 흙먼지가 그렇게 날렸음에도 때 하나 묻지 않은 소복이 느슨해지더니 그녀의 가슴과 어깨 사이가 드러날 듯 말 듯 했다. 눈부신 살결이 언뜻 스쳐 지나가면서 공포는 사라지고 흥분이 찾아왔다. 긴 머리카락이 휘날리는 모습은 눈이 부셨다.

'푸드드드득!'

최후의 돌풍이 휘몰아쳤다. 감았다 뜬 내 눈앞에 얼굴이 닿을 정도로 바짝 다가선 그녀가 있었다. 온 천지가 캄캄하고 휘어지고 뒤틀린 것과 대조적으로 그녀의 몸에선 알싸한 꽃향기가 났다. 대구에 있는 여자 친구는 생각나지 않았다.

'푸드드드득.'

바람이 불어닥쳤다. 그녀와 나의 거리는 이제 자로 잴 수 없을 정도로 가까워졌다. 온 천지의 썩은 풀들은 장마철 태풍을 만난 듯 들썩거렸고 그녀의 소복도 거칠게 날리었다.

머리카락도 예외는 아니었다.

바람이 그녀의 머리칼을 들어놓았다가 다시 붙잡았다.

그 순간 나는 보았다.

짧은 동안이었지만 그녀의 얼굴을 보았다.

분명히 보았다.

전부 다 보았다.

그녀의 입술은 빙그레 미소를 짓고 있었다. 나는 그 미소에 화답하지 못했는데 공포로 안면 근육이 제 기능을 상실했기 때문이리라. 유일하게 반응을 보인 나의 눈이 지구본만큼이나 커진 반면, 머리카락이 날려 드러난 그녀의 얼굴엔 분명 두 눈이 없었다. 코와 입 그리고 귀는 그대로 있었는데 그녀의 눈가에는 오직 평평한 맨살뿐이었다. 눈썹도, 비어있어야 할 구멍도 없었다. 귀도 얼굴과 색깔이 틀렸다. 다른 귀를 억지로 갖다 붙여놓은, 커다랗고 썩어 문드러진 귀였다. 그녀의 입술이 구겨지며 벌어짐과 동시에 이빨이 불쑥 드러났다. 소복과는 완전히 다른, 시커멓기도 하고 빨갛기도 하고 울퉁불퉁하기도 한 짐승의 이빨이었다. 그 이빨엔 이상한 털과 살점이 달라붙어 있었고 입술은 엉망진창으로 부르터 있었다. 하지만 눈가에는 맨살밖에 없었다. 입이 허부적허부적 벌어졌다 닫히며 이물질들을 튀겼다. 여자가 움직이는 동작도 괴이하게 뒤틀렸다.

나는 발이 얼어붙었다. 심장도 얼어붙고 혼백도 얼어붙어 버렸다. 혼이 얼어붙어 버렸으니 죽는 건 시간문제였다.

여자가 내게 두 손을 겨누었다. 귀밑까지 찢어진 입술 사이로

먹물처럼 시커먼 피가 흘러내렸다.

[윤재모! 정신 차려라!]

여자의 손톱이 내 눈으로 다가왔다. 그제야 나는 모든 진상을
알 수 있었다. 이 여자가 행동으로서 그리고 정신 대 정신으로
서 모든 진실을 똑똑하게 알려주고 있었다. 문제는 여자의 손에
죽기 전에 알았다는 사실이다. 여자는 피하지 말고 받아들이라
고 온몸으로 알려오고 있었다.

[윤재모! 이쪽을 봐! 이쪽을 보란 말이다!]

나는 죽는다……
나는 죽는다……

[이 새끼! 이쪽 안 보면 이선희 콘서트 표 안 판다!]

나는……
안 돼!
이선희 콘서트를 내가 얼마나 기다려왔는데!

정신이 돌아왔다. 여자의 입술이 고통으로 일그러졌다. 그녀
와 내가 동시에 몸을 흠칫거렸다. 그러자 온 천지에 벼락이 치
더니 폭풍우가 휘몰아치고 썩은 풀들이 뭉텅뭉텅 뽑혀 나가기
시작했다. 오솔길도 미친 듯이 휘어지고 꺾였다. 여자의 머리 가

죽에서 새카만 피가 흘러내려 눈이 없는 이마 밑을 색칠했다. 몹시 다급한 사람처럼 그녀는 최후의 일격을 날려왔다. 바야흐로 나의 눈알이 피와 살점을 질질 흘리며 뿌리까지 뽑힐 터였다.

그때 뺨에서 철썩하는 소리가 나더니 뜨거운 기운이 확 뻗쳤다. 몸의 중심을 잃은 내가 넘어지자 울창한 나무와 눈부신 햇살, 그리고 동료 교도관 손창희의 얼굴이 마구 뒤섞였다. 눈 없는 여자는 사라지고 없었다. 나를 보는 손창희의 얼굴엔 공포가 가득했다.

───────

손창희는 그 책을 즉각 불살랐다. 이유가 있었다.

행렬에서 뒤처져 따라오지 않던 나를 아무리 불러도 대답이 없자, 손창희는 다시 산을 내려왔다고 한다. 그가 십여 분을 헤맨 끝에 참나무 밑동에 등을 댄 나를 발견했다. 나는 책을 든 채 정신이 나간 사람처럼 앉아있었다고 했다. 그는 내 모습이 무서웠다고 말했다. 그 이유는 동상처럼 앉아있던 내가 눈동자를 미친 듯 굴리며 책장을 넘기고 있었기 때문이라고 했다. 이선희 콘서트를 소리치며 손창희가 떼어놓으려 했으나 내 손은 꽉 잡고 있던 책을 결코 놓지 않았다. 손창희가 있는 힘을 다해 책을 잡아당길 무렵 페이지 속에서 사람 손이 튀어나왔다. 손톱이 까만, 여자의 손이었다. 그 손이 내 눈에 닿으려는 찰나 손창희가 옆으로 책을 쳐냈다. 펼친 책이 접히면서 손도 그 속에 빨려 들어갔다.

손창희는 퉤퉤 침을 뱉으며 라이터로 책을 태워버렸다.

좁은 시골 마을답게 내가 겪었던 일은 곧 외부로 새어 나갔고 결국 섭주에 크나큰 소문이 되다가 가공의 기담까지 붙은 전설이 되어 '책에 빠지다'란 문장이 금지어로 낙인찍히는 계기가 되었다. 그건 사람들이 책 귀신의 존재를 부정하지 않는다는 말이 아니겠는가?

그 일이 있었던 후 나는 원인 모를 열병을 얻었고 긴 투병 끝에 대구 교도소로 전출을 갈 수 있었다. 섭주 토박이인 손창희가 누구보다 부러워했다. 고향을 떠날 수 없었던 그는 아마도 도피할 수 없는 현실을 두려워했던 건지도 모른다.

그 연쇄살인은 아직도 범인이 잡히지 않았다. 미제사건이 되고 만 것이다. 그러나 나는 모든 진상을 알고 있다.

그녀가 가르쳐 주었기 때문이다.

그녀. 소복을 입고 귀신의 얼굴을 하고 있던 오솔길의 그녀.

그녀는 바로 엉망진창이 된 책가방을 남겨둔 채 실종된 여고생이었다. 어렵게 살면서도 반에서 일 등 자리를 놓치지 않았던 소녀. 공부를 좋아해 늘 책을 들고 다녔고 참고서 살 돈이 없어서 교과서만 파고들었던 착실한 고학생. 병든 홀아버지를 모시고 꿋꿋하게 살아가던 효녀.

그녀는 가엾게도 윤간당해 죽었다.

붕평 마을은 88년 당시만 해도 교통편이 좋지 않아 음침한 시골길을 한참이나 걸어가야만 민가가 나오는 곳이었다. 마을에 행실 나쁘고 온갖 못된 짓을 서슴지 않았던 다섯 명의 남학생들이 있었다. 같은 고등학교에 다니던 그들이 학교를 무단으로 결석하고 서울로 '하이방'을 가기로 의기투합했다가 뒷일이 걱정되자 일단 술을 한잔하고 생각해보자고 안주도 없이 강소

주를 퍼마시다가 '본드까지 빤' 그날, 저 멀리서 가엾은 여학생은 불행이 자신을 기다리는 줄도 모르고 집을 향해 걸어오고 있었다. 느티나무 아래에서 술에 떡이 된 다섯 명의 눈에 가방을 메고 지나가던 여학생이 들어왔다. 다섯 명에게 없는 것은 양심, 뒷감당, 도덕, 책임감, 분별력, 사람에 대한 이해 등이었고 오로지 있는 것은 앞뒤 분간 없는 욕망뿐이었다. 여학생은 단지 그 길을 지나갔던 이유로 무지막지한 늑대들에게 끌려가 변을 당해야만 했다.

늑대들은 여학생이 비명을 지를 것을 우려해 그녀의 책가방에서 꺼낸 교과서를 연달아 찢어 뭉쳐 그녀의 입안에다 밀어 넣었다. 여학생은 양손을 묶인 채 귀를 깨물리고 얼굴, 특히 눈을 세게 얻어맞았다. 머리채를 거칠게 휘어 잡히고 도루코 칼에 입이 그이기도 했다. 집단적인 긴장과 스릴에 빠진 늑대들의 머릿속에는 '단지 술 때문에, 약물 때문에'라는 비양심의 자기합리화가 공통분모를 그리고 있었다. 이런 걸 심신미약이라고 부를 수 있을까?

절망적으로 눈물을 쏟던 여학생은 지옥 같은 고통과 광기를 견디지 못하고 느티나무에 있는 힘껏 머리를 받아버렸다. 옛날이야기에서나 나올 자살 방법이었다. 그녀는 즉사했고 다섯 늑대를 흥분케 했던 절정도 때를 같이하여 사라졌다. 술이 깨면서 늑대들은 자신이 저지른 일이 얼마나 엄청난 범죄인지 깨달았다. 당장 경찰에 자수하자고 네 명이 나섰으나 리더는 네 명의 뺨까지 때려가며 정신 차리라고 발악해댔다.

결국 가엾은 여학생은 묘비 하나 없이 으슥한 산속에 암매장

되었다. 하느님이 과연 있는지 없는지 착한 이의 희생에는 아무런 보호 조치 하나 해주지 않았다가, 나쁜 이들의 범행에는 목격자 하나 나타나게 하지 않았다. 결국 늑대들은 서로의 입막음을 굳게 약속하고 착실히 학교생활에 충실하자고, 앞으로 당분간은 만나지 말자고 '사나이다운' 맹세까지 했다.

누구 말마따나 죽은 사람만 불쌍했다.

하지만 하늘은 그 같은 악덕을 절대 좌시하지 않았다. 억울한 혼백의 청원이 받아들여졌는지 여학생은 책 속에 한을 묻어놓은 귀신으로 거듭났다. 공부가 좋아서 남들 보기 싫어하던 교과서를 언제나 보고 또 본 그녀였다. 배움으로 펼쳐보지 못하고 철저히 짓밟힌 미래에 얼마나 한이 맺혔으면 책 속에 남았을까 하는 생각이 절로 든다.

그녀는 내가 당한 것처럼 외딴곳에 혼자 있을 때 등장하는 책으로 자신을 욕보인 학생들을 하나하나 찾아갔다. 책 속에 길이 있었고, 길 끝에 그녀가 있었다. 가해자들을 처단하는 방식은 오솔길을 사이에 두고 서서히 접근해와 죽이는 식이었다. 늑대들은 입이 찢어지고 귀가 잘리고 혀가 뽑혔으며 머리 가죽이 잘리어 저질렀던 대가를 고스란히 치렀다. 여자를 지독스레 밝히는 종자들이었으니 '푸드득' 소리에 맞춰 서서히 접근해오는 여자를 기다리다가 아주 처참하게 보복을 당했을 것이었다. 짐작했겠지만, 그 '푸드득' 소리는 바로 책장을 넘기는 소리였다. 손창희가 날 구했을 때 나 역시 제정신을 잃고 책장만 미친 듯이 넘겼다고 했다.

책장을 넘길수록 저주받은 혼백은 가해자의 목숨을 빼앗으려다가오는 것이었다. 네 명의 동료가 차례로 죽임당하자 마지막으로 남은 늑대는 이 모든 일을 완벽하게 이해해나갔으며 서서히 미쳐갔다. 그는 바로 욕정의 해소를 위해 죄 없는 여학생의 눈을 무자비하게 때리고 강간한 것으로도 모자라 사체 유기와 비밀 엄수를 적극 제안했던 리더격의 늑대였다. 극도의 공포에 질린 나머지 그는 먼저 선수를 쳤다. 자기 집에서 목을 매달아 죽어버린 것이다. 책 귀신이 눈이 없던 이유가 바로 이것이었다.

복수를 완성하지 못한 혼백은 눈을 찾지 못했고, 눈이 없으니 제대로 울지도 못하면서 구천을 떠돌았을 것이다. 이승을 떠나기 위해서라도 어쩔 수 없이 다른 희생자를 찾아야만 했고 그게 바로 나였다. 가엾은 아이…… 내 눈 뺏을 생각하지 말고 자기가 어디에 묻혔는지나 가르쳐줬더라면 시신이라도 수습해 주었을 것을…….

내가 대구로 옮겨간 뒤 붕평 마을에 또 비슷한 살인사건이 생겼는지는 모르겠다. 의도적으로 그곳에 대해선 관심을 꺼버렸기 때문이다. 하지만 나는 한 명을 빼고 희생자는 더 없으리라고 확신한다.

그 한 명은 바로 나다.

책 귀신은 그 누구도 아닌 나를 찾고 있을 테니까.

며칠 전 나는 상갓집을 다녀왔다. 손창희가 죽었기 때문이다. 나처럼 퇴직을 얼마 남기지 않은 그는 통악산에 등산을 갔다가 알 수 없는 이유로 낭떠러지에서 실족했다. 허리가 박살 나고 두 눈이 나뭇가지에 꿰뚫리는 처참한 최후로 그는 공직생활을 불명예스럽게 마감했다.

문상을 갔다 온 날 밤, 나는 꿈을 꾸었다. 손창희의 관 위에 1988년의 그 여자가 앉아있는 꿈이었다. 그녀는 여전히 소복에 긴 머리칼로 얼굴을 가리고 있었다. 나는 눈이 뚫린 손창희의 죽음으로 그 여자가 얼굴을 회복하는 데 실패했음을 알았다. 나는 그녀에게 왜 관 위에 앉아있는지 이유를 물었다. 여자는 손톱으로 나를 가리켰다. 대화는 없었지만 나는 알아들었다.

'관 속에 있는 남자가 내가 사는 책을 태웠기 때문이다. 나는 오갈 곳이 없다.'

그리고 나를 가리키며 말했다.

'그 책이 다 타도록 지켜보기만 했지?'

나는 잠에서 깼지만 아무것도 할 수 없었다. 절망적인 무력감이 따랐다. 귀신은 우리가 결코 이해할 수도 없는 이유로 한을 품기 때문이다. 귀신의 표적이 되면 이유 여하를 막론하고 절대로 벗어날 수 없다. 소명도, 변명도, 해명도, 구명(求命)도 통하지 않는다.

나는 지금 방에서 컴퓨터로 이 글을 쓰고 있다.

새벽 두 시다.

아내는 잠들었고 아이들은 객지에 나가 있다.

깨어있는 사람은 나 혼자다.

섭주를 떠났을 때 책 귀신은 더 이상 나타나지 않았지만, 여전히 섭주에서는 '책에 빠지다'라는 말이 금지되어 있으며, 나는 그 후 단 한 번도 섭주에 내려간 적이 없다. 얼마 전 손창희의 장례식 때 한번 내려간 것을 제외하면 말이다. 가지 않았어야만 했다. 그녀의 한은 끝나지 않았다.

이제 이곳에는 책 귀신이 없다.

그러나 지금 나는 뒤를 돌아보기가 두렵다.

내 등 뒤에 누군가가 있다. 분명히 알고 있다. 이 때문에 글이 잘 써지지 않는다. 끝맺음을 제대로 하고 싶지만 집중이 안 된다. 손창희의 죽음 이후로, 그녀를 만난 꿈 이후로 누군가에게 주시당하는 감각이 멈추질 않고 있다.

어제는 책들로 둘러싸인 이상한 오솔길에 내가 서 있는 꿈을 꾸었다. 그래서 지금 이 글을 쓰고 있는 것이다. 내가 없어지더라도 누군가는 진상 — 사이코패스의 연쇄살인으로만 알려져 왔고, 곧 나까지 의문의 죽임을 당할지도 모를 미제 사건의 진상 — 을 알아야만 하니까. 섭주 사람들이 책 귀신은 알지라도 책 귀신의 사정까지는 알 턱이 없다.

내 등 뒤에 책이 한 권 놓여 있을지 모른다.

뒤를 돌아보기가 두려워진다.

이 글을 읽는 당신!

인생을 살다가 다른 사람에게 직접적이든 간접적이든 피해를 주었고, 그 사람이 이미 살아있는 사람이 아니라면 절대로 뒤를 돌아보지 마라. 어떤 형태로도, 한을 품으면 귀신은 존재하기 마련이니까. 당신이 보는 책이든, 당신이 보는 컴퓨터든, 당신이 받는 휴대전화기든, 텔레비전이든! 청소기든! 세탁기든! 김치냉장고든! 예외는 없다.

주위를 한번 둘러보라.

당신을 현대화시키고 당신의 생활 감각을 높여주는 생활의 필수품들이 과연 무 생명이라고 생각하는가? 그것들은 당신이 안 볼 때 몰래 움직이고, 소리를 낸다. 귀신이 그 안에 살기 때문이다. 책 속의 그녀처럼……

집안 물건의 사소한 위치 변화는 결코 당신의 건망증 때문이 아니다.

아, 뒤를 돌아봐야 하는데 도저히 뒤를 돌아볼 수가 없구나…….

이 이야기는 경비교도대(警備矯導隊)가 교도소에 있던 2000년 대 초반의 이야기다. 섭주 교도소에 자대배치를 받기 전까지 양 군석은 경비교도대가 무엇인지 몰랐다. 훈련소에서 차출될 때까지만 해도 그는 전투경찰로 빠지는 줄 알았다. 하지만 국방부가 던진 그의 신분은 경찰청이 아닌 법무부가 받았고 그는 경비교도대원이 되었다.

경비교도대란 교도소를 지키는 군부대였다. 이병, 일병, 상병, 병장이 경비교도대에선 이교, 일교, 상교, 수교로 불렸다. 얼룩무늬 군복 대신 교도관 제복과 남색 기동복이 주어졌다. 양군석은 섭주 교도소 경비교도 중대의 무서운 고참들에게 근무 요령을 배우게 되었다.

경교대(경비교도대)의 가장 주요한 임무는 죄수의 탈옥을 감시하는 일이었다. 대원들은 철망이 쳐진 감시탑에 올라 5미터 아래의 지상을 두 시간씩 교대로 감시했다. 감시탑의 전망은 탁

트여서 누가 땅을 파는지 누가 펜스를 훼손시키는지 누가 운동
장에서 싸움질하는지 훤히 보였다.

감시탑 근무는 낮에는 그럭저럭 괜찮았지만 밤은 그렇지 못
했다. 섭주 교도소가 산속에 세워진 건물이었기 때문이다. 어둠
이 내린 산은 보이지 않는 그 무엇들로 가득 차 있었다.

Ⓞ━∞Ⓞ

감시탑 안쪽은 교도소, 바깥쪽은 산이었다. 철망 쳐진 높은
담장이 둘 사이를 가로막고 있었다. 안쪽에는 운동장과 직업훈
련장 따위 문명의 요소들이 있었지만 바깥쪽은 완전한 자연이
었다. 낮에는 경치도 좋았다. 훼손되지 않은 나무들과 수풀이
바람을 타고 움직였고 강이 흐르는 소리는 복잡한 세상 버리고
'나는 자연인'이고 싶은 운치를 더했으니까.

이미 말했듯, 문제는 밤이었다.

어둠이 찾아오면 재소자도 교도관도 감방 안으로 돌아가 담
안쪽은 텅 빈다. 마치 좀비 영화의 버려진 도시처럼. 감시탑에
홀로 있는 사람을 의식하듯 담 바깥쪽에도 본격적으로 어둠의
기운이 몰려온다. 자연이 마술을 부리는 시간이며 자연이 사람
을 갖고 노는 시간이다.

시골 고향의 기쁨을 주던 낮 짐승들이 잠자리에 들면 침묵을
지키던 밤 짐승이 울부짖는다. 형체도 모를 밤 짐승의 소리는
낮과 너무나도 달라 홀로 있는 사람의 공포를 자극한다. 원인도
모를 수풀의 움직임은 그들의 울부짖음에 호응하는 대답처럼

느껴진다.

똑같은 바람에 흔들려도 밤의 수풀은 살아있다는 느낌을 준다. 자연의 형상들이 보는 사람 마음대로 꺾인 십자가도 되고 소복 입은 귀신도 되고 머리 없는 남자도 된다. 어둠은 상상력에 기름을 붓는다. 상상력이 지나치면 생각이 현실이 될 때가 있다. 이 현실을 인정하면 헛것을 보게 되고 정신을 놓게 되며 심지어 죽을 수도 있다.

야간 초소 근무의 현역 군인들처럼, 야간에 감시탑 근무를 서본 경비교도대원들도 귀신 혹은 이상한 현상을 목격했다고 주장한다. 훈장처럼 얘기하는 목격담은 거짓이 아니다. 그중 대다수가 진실이다. 밤의 기운을 탄 초과학은 존재하며 현실 세상이 그걸 허용하지 않으려 진실을 숨길 뿐이다.

머리칼이 땅까지 닿는 여자 귀신, 물구나무 아이 귀신, 머리가 돌아가 있는 한복 차림 남자, 몸은 비닐봉지인데 머리는 호랑이인 존재, 세숫대야 끄는 소리를 내면서 걷는 할머니 등 대원들이 증언하는 숲속 임차인, 아니 진정한 숲속 주인들의 형상은 다양했다. 귀신이 가장 많이 등장한 감시탑은 북쪽인 (ABCD 감시탑 중) D 감시탑이었다. 고참들이 이 핑계 저 핑계로 꺼리고 신참들만 보내는 근무지가 바로 이 감시탑이다. 사건이 벌어진 그날 밤, 양군석도 이곳으로 근무를 들어가게 되었다.

그날은 비가 내렸다. 새벽 1시 50분, 네 명의 ABCD 감시탑

교대근무 대원들은 발을 맞춰가며 어두운 길을 걸었다. D 감시탑 앞에 도착한 이교 양군석은 나머지 세 명과 멀어졌다. 차가운 비가 모자를 때렸다. 그는 밖에서만 열 수 있는 열쇠로 문을 연 후 나선계단을 빙빙 돌아 올랐다. 따로 전등이 붙어있지 않은 계단은 컴컴했고 거미줄 투성이였다. 눈대중으로 올라가야만 했다. 발 한번 헛디디면 추락해 목이 부러질 수도 있기에 양군석은 난간을 붙잡고 계단을 올랐다.

"야! 빨리 안 기어 올라와!"

탑 꼭대기에서 고함이 들려왔다.

양군석은 더욱 빨리 움직여 나선계단을 올랐다.

꼭대기에 도착했을 때 수교 신정택이 일어났다. 제대를 보름 앞둔 그는 근무를 하지 않아도 되었으나, 최근 후임 대원의 돈을 빼앗은 사건 때문에 영창을 가는 대신 벌로 D 감시탑 근무를 서게 되었다. 경기도의 유명한 건달 출신이라는 그는 모든 경비교도대원이 두려워하는 자였다.

"너 이 새끼, 왜 이제 와?"

"이교! 양군석! 시정하겠습니다!"

양군석은 신정택의 입에서 술 냄새를 맡았다. 그가 어떤 짓을 할지 몰라 군석은 두려웠다. 신정택은 씩 웃더니,

"너 집 어디야?" 하고 물었다.

군석이 도, 시, 면, 리까지 좔좔 읊자,

"경기노 어딘지만 말해 새끼야." 신정택이 소리쳤다.

"야, 양평입니다!"

"촌놈이네."

신정택이 벽에 세워놓은 K2 소총을 손가락으로 가리켰다. 군석은 번개같이 총을 어깨에 맸다. 신정택이 엉덩이를 털면서 일어났다. 군석보다 키가 머리 하나는 더 컸다. 그는 철망이 쳐진 감시탑 전망대 아래를 손가락으로 가리켰다. 무성한 녹색 수풀이 쏟아지는 비에 말미잘처럼 흔들거리고 있었다.

"야, 저기 귀신 사는 거 알아?"

"이교! 양군석! 잘 못 들었습니다!"

"저기 귀신 산다고, 새끼야."

"옛! 알겠습니다!"

"알긴 뭘 알아."

그는 발밑에 놔둔 수통을 집어 들었다. 그 옆에는 먹다가 놔둔 치토스 봉지가 있었다. 수통 안에서 콜라 같기도 하고 술 같기도 한 냄새가 확 풍겼다.

"지금은 우리 둘이 있어서 귀신도 숨어 있다."

"……"

"저기 저 아래 나무 뒤에서 우릴 지켜보고 있다고!"

"옛! 알겠습니다!"

"내가 내려가면 나올 거야."

"……"

"귀신은 너 혼자 있을 때만 튀어나와. 우리 둘이 있으면 절대 안 나와. 쟤들 바보 아니거든."

"……"

"내 말 못 믿지?"

"아닙니다! 믿습니다!"

"직접 보면 궁금할 거다."

신정택의 눈은 술기운으로 충혈되었다.

"저 아래 있는 것들이 진짜인지, 니 눈이 고장인지."

그는 수통 속에 든 액체를 꿀꺽꿀꺽 들이켜다가 군석에게 건넸다.

"이걸 먹으면 귀신 안 나와. 한 모금 해."

"이교 양군석! 죄송하지만…… 술은 안 됩니다."

"뭐? 안 돼?"

"이교 양군석! 예 그렇습니다!"

신정택이 눈알을 부라렸다. 군석의 등줄기로 땀이 좍 흘러내렸다.

"안 돼? 감히 이교 주제에 왕고참 수교가 시키는데 뭐? 안 된다고? 씨팔놈들! 내일 다 집합이다! 너 때문에!"

"이교 양군석! 시정하겠습니다!"

"뭘 시정해? 니가 시정할 짬밥이야, 새꺄?"

"이교 양군석! 죄송합니다!"

신정택이 키득키득 웃었다. 그는 재미가 없는 군대 안에서 모처럼의 재밋거리를 찾은 듯했다.

"저 아래 수풀 보이지? 관등성명 생략하고."

"이교…… 예. 그렇습니다!"

"원래 공동묘지다. 알고는 있냐?"

"예? 모릅니다."

"집 없고 가족 없는 죄수가 교도소에서 죽으면 저 아래 파묻어."

"……"

"겁나지? 그럼 한 모금 해."

"수, 술을 못 마십니다."

"수통 입에 댄다. 실시!"

군석은 술을 마실 줄 몰랐다. 하지만 눈앞의 고참은 더 무서 웠다. 그는 금품 갈취 말고도 구타 폭행으로 악명을 떨친 인물 이었으니까. 산에 혼자 있는 것도 무섭지만 고참과 같이 있는 것도 무서웠다. 어찌 보면 가장 무서운 건 귀신이 아닌 사람이 니까. 군석은 수통을 받아 입에 댔다.

"안 마시면 보름 후에 너희 집 찾아간다. 아까 주소 다 말했 잖아."

그의 눈에서 음산한 기운이 뿜어져 나왔다.

"내가 누구란 소문은 들었지?"

신정택이 눈알을 부라리자 매가 노려보는 것 같았다.

"양평하고 구리는 엎어지면 코 닿을 데다."

군석은 수통 속의 액체를 삼켰다. 목에 불을 붙이는 느낌이 있는 쓴 콜라였다.

"잘 마신다. 잘 마신다."

신정택이 손뼉을 쳤다.

"배갈에 콜라 탄 거다. 확 취하면 아무것도 안 무섭다."

그가 손을 내밀었다. 군석은 얼른 수통을 내밀었다.

"열쇠도 내놔."

군석이 감시탑 열쇠를 건넸다. 신정택은 계속 키득거리며 수 통과 열쇠를 받아든 후 계단을 내려갔다. 어둠 속에서 나선계단 을 돌아내려 가는 사람의 모습이 점점 작아지다가 완전히 사라졌다.

"귀신 보게 되면 나한테 꼭 보고해라. 양평해장국 군석아."

철컥, 바깥에서 문 잠그는 소리가 들렸다. 이제 3시 50분에 교대근무자가 열쇠를 받아서 들고 올 때까지 양군석은 혼자다. 문이 차단되어 도망갈 방법은 없다. 물론 어떤 침입자도 열쇠 없이 들어오지 못한다. 그는 철저히 갇힌 것이다.

취기가 확 올랐다. 공중에 붕 뜬 기분이었다. 신정택의 말처럼 두려움이 느껴지지 않았다. 감시탑 아래로 수풀이 리드미컬하게 흔들거렸다. 술이 들어가기 전과 들어간 후는 달랐다. 파도타기를 보이는 수풀 더미 위 감시탑에서 그는 록 가수가 된 기분이었다. 두 팔을 뻗고 몸을 날리고 싶었으나 안타깝게도 철망이 앞을 막아 뜻을 이룰 수 없었다. 두 시간 후면 신병 주제에 술을 마셨다고 박살 날 터였으나 그마저도 겁나지 않았다. 센 술이니만큼 취기는 강했다. 그는 벽에 몸을 기댔다. 세상이 빙빙 돌고 졸음이 왔다. 번쩍하고 번개가, 우르릉하고 천둥이 쳤다. 어깨가 무거웠다. 그는 신정택이 그랬던 것처럼 소총을 벽에 세웠다. 이번엔 눈이 무거웠다.

'안 돼! 빠진 모습 보이면 개죽음당한다!'

그는 눈에 힘을 주었지만 그 어떤 심보다도 눈꺼풀은 무거웠다. 잠이 쏟아졌다. 촤아아아, 빗소리는 자장가나 다름없었다. 시간은 정지되었고 세상도 휴식에 들어갔다.

"군석아."

누가 이름을 불렀다. 군석이 눈을 떴다. 고참이로구나! 일어서던 그는 비틀거려 엉덩방아를 찧었다. 먼지가 겹겹이 쌓인 바닥으로 소총이 넘어졌다. 그는 총을 들고 일어나 주위를 살폈다. 아무도 보이지 않았다. 걸음을 옮겨 원형 돔 형태인 감시탑을 한 바퀴 빙 돌기까지 했다. 올라온 사람은 아무도 없었다. 당연했다. 열쇠로 문을 여는 소리가 들리지 않았으니까.

"군석아. 여기다."

그는 철망에 얼굴을 바짝 붙여 아래를 내려다보았다. 거세진 비에 수풀은 그 어느 때보다 격하게 움직였다. 수풀이 살아서 움직이는 건지, 모습을 감춘 존재들이 수풀을 흔드는 건지 구별이 가지 않았다.

"군석아."

흔들리는 수풀 가장자리에 사람의 얼굴 하나가 나타났다. 어둠에 싸인 얼굴이 이쪽을 올려다보고 있었다. 군석이 서치라이트로 비추자 술이 확 깼다. 그는 애벌레처럼 생긴 사람이었다. 입고 있는 옷이 그런 연상 효과를 가져왔다. 군데군데 찢어진 누런 천이 그 사람의 몸을 둘둘 감싸고 있었다. 누런 끈이 가슴과 허리와 다리에 묶여 팔다리를 움직일 수 없는 그는 사람 크기의 애벌레와 똑같았다. 머리 쪽의 천은 찢어져 간신히 얼굴을 알아볼 수 있었다. 군석은 깜짝 놀랐다.

"아빠! 아빠가 왜 거기 있어!"

양평에서 카센터를 운영하고 있어야 할 군석의 아빠였다. 아빠는 핏기가 없는 허연 얼굴을 한 채 군석을 올려다보았다. 쏟아지는 비에도 그는 커다란 눈을 깜빡거리지 않았다.

"니가 보고 싶어 왔다. 군석아, 문 열어라."

"어, 어떻게 아빠가 여길 왔지?"

"면회 온 거란다. 어서 문 열어라."

아빠 옆의 수풀이 크게 움직거렸다. 또 다른 누런 천 덩어리가 좀비처럼 천천히 일어났다. 그 역시도 신체를 구속한 누런 끈 때문에 팔다리를 움직일 수 없었다. 비가 애벌레 형상의 몸을 때려 타닥타닥 소리를 냈다. 머리 부분의 천이 갈라지며 얼굴이 드러났다.

"군석아, 내가 왔다. 어서 문 열어라."

"엄마! 엄마도 같이 왔어?"

군석의 엄마였다.

부부는 빗물에도 깜빡이지 않는 눈으로 군석을 올려다보았다. 고개를 돌리지도 않았다. 단지 눈동자만 굴릴 뿐이었다.

'내가 술이 덜 깬 모양이다. 헛것이 보이다니.'

군석은 머리를 흔들며 원형 감시탑을 빙빙 돌았다. 엄마와 아빠가 애벌레처럼 기어서 그를 따라 돌았다. 표정 없는 얼굴을 군석에게 못 박은 채로. 군석이 빨리 걸으면 그들도 빨리 기었다. 군석이 멈추면 그들도 멈췄다.

"군석아, 뭐 하니? 우리가 들어가게 어서 문 열어라."

"진짜 엄마야?"

"그럼, 엄마고 말고. 비 맞게 할 거야? 어서 문 열어야지."

공허한 얼굴에 깜빡거리지 않는 눈. 군석은 엄마와 아빠가 동시에 고개를 약간 끄덕이는 걸 보았다. 그건 아무리 봐도 군침을 삼키는 모습 같았다. 곤충을 노려보는 두꺼비처럼 부모는 축축하고 둥그런 시선을 거두지 않았다. 군석의 팔에 소름이 돋기 시작했다.

"그 옷은 뭐야, 왜 그런 걸 입고들 있대?" 군석이 외쳤다.

"너한테 면회 가려면 이걸 입어야 한대서 입었어."

"내가 꿈을 꾸는 거야? 술 취해 헛것을 보는 거야?"

"꿈이 아니야. 군석아. 우린 널 만나러 왔다."

"왜 낮에 안 오고 이런 시간에 와? 그것도 이렇게 몰래?"

부모의 양옆으로 두 개의 천 덩어리가 솟았다. 덩어리는 갑갑하다는 듯 몸부림을 쳤다. 고치를 뚫고 나오는 나비처럼 사람의 얼굴이 천을 찢고 나타났다. 그들 모두가 머리카락을 드러내지 않았다. 우주 비행사의 헬멧 속 머리처럼 얼굴만 간신히 드러냈을 뿐이다.

"어! 누나하고 형도 왔네?"

"네가 신병이라 면회가 안 된대서 이렇게 왔어. 어서 문 열어라! 군석아."

"너한테 줄려고 치킨하고 피자도 갖고 왔어. 어서 문 열어라."

군석은 치킨하고 피자 얘길 하면서 오히려 그들이 군침을 삼키는 모습을 똑똑히 보았다. 그는 최면술에 걸린 듯한 어조로 말했다.

"난 열쇠가 없어. 교대가 와야 해."

네 개의 머리는 아무 대답도 하지 않았다. 그들의 얼굴은 정확히 군석만을 향했다.

"열쇠가 없다고?" 네 명이 동시에 물었다.

"없어."

"거짓말! 열쇠 있잖아!"

네 명의 음성이 커졌다. 군석이 놀라 총을 떨어트릴 뻔했다. 번개가 치며 공허한 네 얼굴이 선명히 드러났다. 군석은 그들의 얼굴이 시체처럼 하얗고, 그들의 몸을 감싸고 있는 옷이 이 세상의 것이 아님을 알았다. 그건 죄수가 입는 수의(囚衣)가 아니라 죽은 사람이 입는 수의(壽衣)였다!

거세지는 비가 삼베 수의의 흙을 씻겼다. 하지만 네 사람은 눈을 깜빡거리지 않았다. 악취가 피어오르면서 넓은 수풀 여기저기서 꿈틀거림이 생겨났다. 비 때문이 아닌 것 같았다. 수풀은 한 사람을 중간에 두고 원을 그리는 도깨비들처럼 춤을 추었다. 애벌레 가족들이 합창했다.

"거짓말! 열쇠 있잖아!"

"없어."

"있잖아!" 애벌레 사람의 합창이 커졌다.

"없어! 있으면 탈영할지도 모르는데 고참들이 미쳤다고 열쇠를 맡기겠어?"

군석도 소리쳤다. 그는 공포에 쫓기고 있었다. 네 명의 애벌레 인간이 입을 다물었다. 군석은 침묵의 시선이 무서웠다. 갑자기 네 명이 빠르게 감시탑 주변을 빙빙 돌기 시작했다. 군석은 극도의 공포로 몸을 떨었다. 그건 마치 자벌레의 움직임을 보는 것 같았기 때문이다. 팔다리가 구속된 가족들이 다리에 힘을 줘 몸을 A자로 오므렸다가 一자로 확 펴면서 빙빙 돌았다. 그들은 열을 지어 움직였다. 속도가 붙자 자벌레가 아닌 미꾸라지처럼 보였다. 군석이 내려오지 못하는 상황에 화가 난 게 분명했다. 춤추는 수풀 이곳저곳에서 똑같은 수의들이 솟았다. 머리 부분의 천 조각이 차례대로 찢어졌다. 친척이 있었고 친구가 있었다. 여자 친구가 있었고 대학 동창들이 있었다. 녹색 수풀이 누런색 천 조각 천지로 변했다. 군석이 록 가수고 교도소 바깥은 수천 관객이 운집한 공연장이 되었다. 죽음의 공연이었다. 그들은 가수의 노래를 원하지 않았다. 다른 것을 원하며 입맛을 다셨다. 그들이 입고 있는 옷의 통일성은 전혀 유쾌하지 않았고 피가 빠진 허연 얼굴에 감지 않는 눈은 남은 일생 동안 군석을 괴롭힐 것이었다.

"내려와! 군석아!" 애벌레들이 소리쳤다.

군석은 소리가 듣기 싫어 원형 돔을 돌았다. 그러나 애벌레 인간이 지상에 가득 차 어디로 가든 그들의 시선을 피할 수 없었다.

"내려와! 군석아!"

군석은 나선계단을 내려가 어둠 속에서 벌벌 떨었다. 내려오라는 소리가 귀청을 간질였다. 소리는 최면술처럼 귀를 파고들어 그를 조종했다. 군석은 홀린 얼굴로 일어나 다시 계단을 올랐다. 감시탑 아래에는 그를 올려다보는 애벌레 인간들로 가득 찼다.

"내려와 군석아."

여자 친구 다희가 구슬처럼 눈을 빛냈다. 군석이 알던 다희의 눈이 아니었다.

"내려와! 군석아. 나랑 키스해야지."

"어, 어떻게? 열쇠가 없는데?"

눈이 풀린 군석의 목소리가 꺼져들었다.

"탑을 돌면서 자세히 봐. 철망이 찢어진 곳이 하나 있다."

군석의 형이 말했다.

"임시로 발라놨을걸?"

다희가 말했다. 그녀가 웃자 얼굴 반쪽이 너덜거렸다.

그들이 시키는 대로 군석은 원형 돔을 돌았다. 녹색 철망 하나가 이상했다. 찢어진 부위를 청테이프로 발라 눈을 속인 부분이었다. 이미 습기 때문에 테이프는 원래의 접착력을 잃은 상태였다. 잡아당겨 보니 간신이 이어놨던 철망 조각이 쉽게 떨어져나갔다. 몸을 내밀면 사람 하나가 나갈 수 있을 만한 공간이었다. 5미터 아래, 수풀을 가득 채운 벌레들이 응원했다.

"내려와! 군석아! 내려와! 군석아! 내려와!"

군석은 마법에 걸린 사람처럼 소총을 내려놓고 철망 바깥으로 손을 내밀었다. 5미터 아래로 떨어지면 목숨을 보장할 수 없을 상황이었다. 벌레 인간들이 군침을 삼키는 소리가 메아리처럼 길게 이어졌다. 그들의 눈동자는 다급하게 돌았고 개중에는 서로를 밀치는 자들도 있었다. 군석의 상반신이 철망 바깥으로 나왔다. 그는 벌레 인간들만큼이나 공허한 눈으로 아래를 보았다. 그가 아는 사람들이 이렇게 많을 리 없었다. 그러나 그들 모두가 군석이 아는 사람이었다. 모르는 이는 하나도 없었다.

"아, 알았다."

군석이 당연하다는 듯 히죽 웃었다.

그 모든 사람들은 단수가 아닌 복수였다. 아빠의 얼굴은 하나가 아니었고 엄마도 하나가 아니었다. 같은 얼굴들이 여럿이었다. 바로 아래에 누나가 있는가 하면 저 멀리 나무 아래에도 누나가 있었다. 벽을 기어오르려고 하는 아빠가 있는가 하면 거꾸로 뒤집혀 일어나려고 몸부림치는 아빠도 있었다. 아, 복사하기 붙여넣기구나. 단수건 복수건 내가 아는 사람들이 불러주니 기쁘기 그지없구나.

왜냐하면 이곳은, 아는 사람들이 그리운 군대니까. 군석이 미소지었다.

"빨리 내려와. 군석아!"

애벌레들이 기대를 품고 껑충껑충 점프했다. 군석의 상반신이 철망 바깥으로 나가고 차가운 비가 등을 때렸다. 먹이를 두고 경쟁하듯 점프력이 높아지는 벌레들이 하나둘 늘었다. 펄떡펄떡, 숭어들의 점프 같았다. 군석은 몸을 더 내밀었다. 애벌레의 이빨 하나가 그의 머리카락 앞에서 딱 소리를 냈다. 또 다른 애벌레도 그를 물지 못하고 코앞에서 이빨을 딱 부딪치고는 추락했다. 군석은 철망 밖으로 몸을 더 내밀었다. 하반신 일부가 빠져나갔다. 벌레들은 더욱 다급해졌다. 가장 먼저 점프하는 이의 이빨에 군석은 물려 떨어질 것이었다. 그러나 먹이를 먼저 차지하려는 욕망에 애벌레들끼리 싸움이 붙어 점프는 잠시 지체되었다. 군석은 몸을 더 내밀었다. 난간 끝으로 굽힌 몸이 휘청거렸다. 바로 그때 철컥하고 자물쇠 열리는 소리가 들렸다.

번개가 내리쳤다.

군석은 애벌레 중에서 처음 보는 얼굴 하나를 발견했다. 그 역시 썩은 수의 위로 눈코입을 내밀고 있긴 했지만 아는 사람은 아니었다. 유일하게 그가 모르는 얼굴이었다. 그는 사팔뜨기 눈을 한 남자였다. 그 남자가 공허한 시선으로 군석을 올려다보았다.

"정신 차리고 안으로 들어가."

"누구지 당신은? 난 당신을 몰라."

"알게 될 거야."

그자가 공중으로 점프해 머리부터 땅으로 박았다. 미꾸라지가 수채 구멍으로 빠지듯 그자의 모습이 사라졌다. 군석은 그자의 행방이 궁금해 아래로 내려가려고 했다. 빗소리가 거세졌다. 애벌레들의 합창과 쏴아아아 소리가 구분이 되지 않았다. 패싸움을 끝낸 애벌레들이 일제히 공중으로 도약하려고 몸을 굽혔다. 그때 등 뒤에서 소리가 들려왔다. 탕탕탕탕하고 나선계단을 올라오는 소리였다. 그놈이 올라오고 있구나! 군석이 제정신을 차렸다. 아래는 5미터 아래의 지상이었다. 폭우에 흔들거리는 수풀만이 있을 뿐 애벌레들은 없었다.

그것들이 사라졌다! 수의를 걸친 기형의 인간들은 보이지 않았다. 비에 흔들리는 수풀뿐이었다. 그제야 자신이 위험한 행동을 하고 있음을 깨달은 군석은 겁에 질려 찢어진 철망을 꽉 붙들었다. 떨어지면 목이 부러져 죽을 상황이었다.

몸을 빼려 했지만 철망에 걸린 상반신이 쉽게 빠지지 않았다. 탕탕탕탕하고 나선 계단을 올라오는 소리가 가까워졌다. 사팔뜨기 애벌레 인간이 나선계단을 빙빙 돌아 매우 빠르게 올라오고 있었다! 군석의 동공이 공포로 확대되었다. 군석은 고개를 있는 힘껏 끌어당겼다. 긁힌 뺨에 피가 배어 나왔다. 몸이 철망에서 빠졌다. 그는 소총을 주워 앞으로 겨누며 나선계단으로 다가갔다. 아래에서 뱀이 원통을 기어 올라오는 듯한 움직임이 있었다. 내려다보니 조금 전에 본 사팔뜨기 남자였다. 사팔뜨기 눈을 한 벌레 인간이 계단을 빙글빙글 돌아 올라오고 있었다. 군석은 비명을 지르며 방아쇠를 당겼다. 하지만 탄창은 주머니에 들어 있어 탄환은 발사되지 않았다. 벌레들은 사라졌지만 그들의 웃음은 여전히 군석의 귀를 희롱했다. 군석은 비명을 지르며 탄창을 꺼냈다. 헛손질에 탄창이 제대로 끼워지지 않았다. 벌레 인간이 그를 잡아먹으려고 올라왔다. 군석은 총을 버리고 도망쳤다. 하지만 그 도망이라는 게 똑같은 원형 돔을 맴도는 쳇바퀴 행위일 뿐이었다. 아무리 뛰어도 같은 감시탑이었다. 몇 바퀴를 뛰었는지도 몰랐다. 어느새 세상은 벌레 인간들의 웃음소리로 가득했다. 미친 듯 원을 그리며 돌던 군석이 주저앉았다. 그 앞에 사팔뜨기 눈을 한 남자가 강시처럼 콩콩 뛰며 다가왔다. 군석은 비명을 질렀다.

"잘못했어요! 살려줘요!"

"정신 차려!"

뺨에서 불꽃이 일었다. 철썩하는 소리와 함께 군석은 눈을 떴다. 벌레 인간들의 웃음이 사라지고 비가 쏟아지는 소리만이 남았다. 바닥에는 소총이 널브러져 있었고 수의도 벌레 인간도 보이지 않았다. 그러나 군석의 앞에는 그를 쫓아왔던 사팔뜨기 남자가 서 있었다. 양복 차림의 그는 한 손으로 소총을 주워 들고 한 손으로 또다시 군석의 뺨을 때렸다.

"이 자식! 너 술 마셨지?"

"이교 양군석! 아닙니다!"

"아니긴 뭐가 아냐! 냄새가 진동을 하는데! 이런 당나라 군대를 봤나! 죄수가 언제 탈옥할지도 모르는데 신병이란 놈이 술 처먹고 잠이나 자고 있어!"

그 남자가 뒤돌아보았다. 군석은 그 남자의 뒤에 눈치를 살피며 서 있는 당직 소대장과 행정병들을 보았다.

"이봐요, 박 소대장! 대원들 복무기강이 왜 이 따위에요! 이놈 당장 영창 보내요!"

"죄송합니다! 정말 죄송합니다! 어디서 술을 반입했는지 저도 몰랐습니다."

군석은 사팔뜨기 남자가 목에 건 공무원증을 보았다. '대구교정청 기동감찰반 교위 강익열.'

신정택의 '강압에 의한 음주 사실'이 밝혀져 양군석은 영창행을 면할 수 있었다. 기동감찰관은 소대장, 중대장이 거듭 사정하는 바람에 이 사실을 비밀에 묻고 넘어가기로 했다. 국방의 의무를 진 군인이 초소에서 술 먹고 곯아떨어진 일은 자기 얼굴에 침 뱉기로, 널리 알려져 봐야 좋을 일이 없었다. 그는 한 번만 더 이런 일이 생겼다가는 가만두지 않겠다며 으름장을 놓은 뒤 돌아갔다.

대신 양군석과 신정택은 벌을 받았다. 신정택이 제대하는 날까지 매일매일 둘은 완전군장으로 연병장을 뛰어야만 했다.

"너 그날 봤지?"

연병장을 돌며 신정택이 물었다. 양군석은 대답하지 않았다.

"삐졌냐?"

그가 갑자기 귓속말로 얘기했다.

"수의를 입은 귀신이 니 눈에도 보였지?"

군석은 정신이 번쩍 들어 대꾸했다.

"신 수교님도 그걸 봤어요?"

"봤지. 너 만한 신병 때."

"다른 사람들도 봤습니까?"

"아니, 나만 봤어."

"어째서 그렇죠?"

"술 마신 사람 눈에만 보이거든. 난 곧 제대할 몸이라 옛날에 내가 본 게 진짠지 아닌지 확인하고 싶었어."

"그럼 나한테 술을 마시게 한 것도……"

"그래. 넌 나의 마루타지."

"마루타?"

"실험대상이라고."

무슨 소린지 알 것 같았다. 양군석이 한 마디 던지고 먼저 뛰었다.

"당신 정말 나쁜 사람이에요."

신정택은 숨도 차지 않는지 곧 그를 추월했다.

"귀신은 정말 있어. 마음이 만드는 환상이 아니야. 내가 벌레 인간들 중에 아는 사람만 봤다면 얘긴 다르지만 그중엔 모르는 사람도 있었거든. 난 미래의 매형을 봤어. 다섯 달 전에 누나가 결혼했는데 그 매형이란 사람은 내가 신병 때 수풀 속에서 본 얼굴 중 하나였어. 너도 벌레들 중에서 감사관을 봤다고 그랬잖아. 마음의 공포는 절대 그런 기현상을 만들 수 없어. 그러니까 우릴 갖고 장난치는 귀신은 이 세상에 분명 존재하는 셈이지. 음침한 교도소 바깥의 산속이야말로 그런 것들이 돌아다닐 수 있는 최적의 환경일지도 모르고."

"당신이 싫긴 하지만…… 맞는 말 같아요."

군석 역시 처음 보는 기동감찰반원을 이미 숲에서 보았다. 아마도 그 숲의 땅속에는 죽어서 묻힌 재소자들의 시신이 있으리라. 이름을 인정받지 못하고 번호로만 불렸던 그들은 정체성을 잃었으리라. 가족도 없는 무연고 재소자들은 묘비 하나 없는 타향에서, 누구나 가기 싫어하는 교도소라는 공간에 외롭게 묻혀 땅에다 한을 심었을 것이다. 그들의 생명을 자양분으로 삼은 식물들은 그들의 비밀을 알리라. 우는 벌레, 짖는 짐승들도 그들의 사정을 알리라. 그들의 가족에 대한 그리움이 군 복무를 하며 가족 생각에 사무친 젊은이에게 일말의 동질감을 불어넣었으리라. 그래서 귀신의 얼굴 대신 가족의 얼굴이, 친구의 얼굴이 보인 것이리라. 귀신은 틀림없이 존재한다.

한 줄기 서늘한 바람이 불었다.

군석은 등 뒤의 군장이 더 무거워진 느낌을 받았다. 보이지 않는 누군가가 올라타 있기라도 하듯. 벌레 인간 한 마리가 군장 속에 웅크리고 있기라도 하듯.

탈옥
그리고 야산

　지금이야 최첨단 전자 경비 시스템이 정밀한 감지 기능을 수행해 죄수들은 땅을 파고 도주할 생각을 못 하지만, 과거에는 땅굴을 파고 탈옥하는 일이 꽤 있었다. 교도소 감방은 쇠창살이 둘러쳐진 벽에 비해 바닥이 약했다. 공개보다 비공개가, 인권보다 질서가 강조된 어둠의 시대에 교도소 바닥은 죄수에게 편한 잠자리를 제공할 목적보다는 불편을 주려는 의도 쪽이 더 강해서 흙바닥 위에 대충 마루가 깔린 곳이 많았다. 이 사실을 아는 죄수들 사이에선 연장 하나만 손에 넣으면 바닥을 파보겠다는 의지가 종종 있었다. 성공하든 실패하든 말이다. 그러나 교도소 바깥이라고 해서 꼭 자유만이 있는 건 아니었다.

　CCTV와 카메라, 인터넷과 SNS가 범람하는 과학의 시대에조차 우리는 깊은 산에 숨어있는 '실체적 진실'을 알지 못한다. 정상적인 생활에 충격을 주는 초자연적 진실들은 나무와 바위 뒤에 훨씬 교묘한 방법으로 숨어 있다. 산이 간직한 비밀을 알고 나면 우리는 두 번 다시 그 산의 단풍 구경을 할 수 없다. 섭주 교도소는 산속에 지어진 교정시설이어서 그곳을 탈옥할 때 처음 마주치는 공간 역시 산이었다. 1980년대 중반 어떤 2인조가 탈옥해 섭주 교도소를 벗어난 그날, 산의 '실체적 진실'은 그들 앞에 모습을 드러냈다.

　2인조의 이름은 정상달과 유철순으로 1동 하층 19실에 함께 갇혀 있었다. 최근 이들은 가까운 의성에서 발생한 지진의 여파로 감방 바닥에 균열이 생겼음을 알아냈다. 정상달에겐 몰래 숨겨놓은 쇠젓가락이 있었는데, 하늘이 내린 기회로 이 취사도구는 훌륭한 탈주용 연장으로 승격되었다. 두 사람은 취침 시간을 이용해 한 명이 망을 보고 한 명이 이불 아래서 땅을 파는 작업을 매일매일 이어갔다. 끈질긴 젓가락질에 의해 바닥 균열은 어느덧 개구멍 크기의 틈을 만들어냈다. 둘은 작업이 끝나면 널빤지로 틈을 덮어 교도관의 눈을 속였다.
　탈옥이 먼 나라 이야기가 아니게 되자, 둘은 자유를 꿈꾸었다. 때는 초등학교가 국민학교라고 불리는 시대였고 법보다 주먹이 앞서는 시대였다. 정상달은 살인으로, 유철순은 인신매매로 법의 심판을 받는 중이었는데 출소 날짜가 까마득해 탈옥을 꿈꿔볼 만했다. 이들은 사회의 격리 속에서 갱생의 의욕보다 복수의 증오를 불태운 강력 범죄자들이었다.
　이들이 파서 나아간 땅굴은 교도소 오수가 빠져나가는 배수로와 이어졌다. 8개월에 걸쳐 땅굴을 파 내려가서야 그들은 강물 소리를 들을 수 있었다. 오수를 몸에 묻히며 포복으로 배수로 끝까지 나아가니 눈 아래 강이 펼쳐졌다. 섭주의 명산 통악산이 강 너머를 병풍처럼 둘러치고 있었다. 뛰어내리기 알맞을 높이였고 두 사람 다 헤엄칠 줄 알았다.

5월의 어느 자정 무렵, 교도관이 의자에 앉아 졸던 시각에 두 사람은 탈옥에 성공했다. 배수로 끄트머리에 선 그들은 영화 〈빠삐용〉의 한 장면처럼 하천으로 뛰어내렸다. 시원한 강물이 오물을 씻어주었다. 헤엄친 두 사람이 육지에 상륙할 때까지도 교도소에서는 비상 사이렌이 울리지 않았다. 경비교도대의 감시탑 조명도 그들이 만끽하는 자유에까지 와닿지 못했다.

둘은 다시 붙잡힐까 봐 바짝 긴장했다. 섭주 교도소장은 모든 죄수가 겁내는 무서운 인간이었다. 간암 말기에 걸린 몸인데도 죽지 않고 매일 출근했고 피로한 기색도 없이 교도관들을 호령해 흐트러진 질서를 바로잡았다. 어떤 문제수들도 섭주 교도소장한테는 움츠러들었고, 어떤 소요 사태도 소장은 눈 깜짝할 새에 진압해버렸다. 한번 사고를 치다 잡히면 보복은 그보다 더 무서우니, 탈옥한 정상달과 유철순은 무슨 일이 있어도 붙잡히면 안 되었다.

⌁⌁⌁⌁⌁

강을 건넌 후 돌아보니 그들을 가두었던 교도소 건물이 보였다. 두 사람은 그쪽으로 오줌을 누며 비웃음을 보냈다. 이제 그들 앞에는 어둠에 싸인 통악산이 펼쳐졌다. 복잡한 나무가 얽혀 어디가 어딘지 가늠할 수 없었다. 그럼에도 두 사람은 잡히지 않기 위해 산으로 뛰어들었다. 통악산은 최근 어린이 연쇄 실종 사건으로 괴소문의 근원지가 되었으나 두 사람은 개의치 않았다. 6개월 전부터 섭주 어린이 다섯 명이 실종되었는데 그중 세 명이 짐승들에게 뜯어 먹힌 시신으로 통악산에서 발견되었다. 호랑이, 반달곰, 늑대, 간첩, 색정광 등이 증거도 없이 용의선상에 올랐다. 경찰과 포수들이 숱하게 이 산을 순찰했고 지금도 어디선가 수색이 이뤄질지도 몰랐다. 두 탈옥수는 그 사실을 잊고 있었다.

만약 칠흑 같은 야산이 입이 있다면 이렇게 말했을지도 모른다.

"너희가 내게 뛰어든 것이 아니다. 내가 너희를 삼킨 것이다."

어떠한 명산도 밤이 되면 관광객의 호응을 얻지 못한다. 산은 밤이 되면 얼굴을 바꾼다. 낮에 손님으로 받았던 사람을 더 이상 손님으로 대하지 않는다. 특히 혼자 있는 사람쯤은 충분히 죽여 버릴 수도 있다. 추위로, 산의 세입자인 동식물들로, 산이 부리는 환각으로, 그리고 어둠의 시대와 손잡은 비밀스러운 일들로.

두 탈옥수를 막아설 방해꾼은 경찰과 포수가 결코 아니었다.

정상달과 유철순은 산속을 걸었다. 길은 첩첩산중으로 변해 가고 어디가 어딘지 방향을 알 수 없었다. 통금 시간을 어긴 산의 불청객들에게 가지들이 얼굴을 찔러댔다.

둘은 잠시 나무 아래에 앉았다.

"아직도 사이렌 안 울리지?"

정상달이 물었다.

"안 울려."

"지금쯤 탈옥 사실을 알 때가 됐는데……"

"김 담당 어젯밤 뭘 했는지 아직도 자나 보네."

유철순이 웃었다. 어디선가 늑대 우는 소리가 들렸다. 유철순의 웃음이 사라졌다.

"어이, 그거 알아? 이 산에서 애들 두 명이 짐승에게 먹힌 시체로 발견된 거."

"세 명." 정상달이 정정했다.

"사라진 건 다섯 명이야. 발견만 안 됐을 뿐이지 모두 다 죽었을 거야. 연쇄살인범이겠지."

"내 알 바 아니야."

정상달이 사나운 눈길로 유철순을 돌아보았다.

"넌 어떻게 할 거야?"

"어떻게 하다니?"

"어디로 갈 거냐고?"

"넌 밀항할 거라며?"

"내가 뭘 하려는지 넌 궁금해하지 마. 니가 어디로 갈 건지나 말해."

정상달이 유철순을 노려보았다. 탈옥 과정은 협력이었지만 이젠 유철순을 귀찮아하는 기색이 역력했다. 유철순은 살인범의 눈을 대하자 전율이 일었다. 당장 발밑의 돌로 자신의 머리통을 깨부술 것 같았기에 서둘러 말했다.

"일단 민가를 찾아서 옷부터 바꿔 입어야지. 하나보단 둘이 움직이는 게 낫잖아."

"난 언제나 혼자였어."

정상달이 유철순 쪽으로 몸을 움직였다. 유철순이 움찔해 몸을 뒤로 물렸다. 나뭇가지가 어깨를 찔렀다.

"저기…… 이것 봐, 상달이. 우린 한배를 탔잖아. 언제 헤어질지 몰라도 있는 동안엔 같이 힘을 합치자고."

정상달이 유철순 쪽으로 더 가까이 몸을 움직였다. 유철순은 그의 눈빛에서 살기를 읽었다.

"이러지 마. 나한테 이럴 필요는 없잖아."

"가만히 있어, 이 병신아!"

그제야 유철순은 어깨를 찌르는 게 나뭇가지가 아님을 알았다. 나뭇가지에 꼬리를 매단 뱀의 머리였다. 뱀이 움직거리자 축축한 감촉이 뺨으로 전해져 왔다. 뱀의 머리가 귀 옆으로 바짝 밀착했기에 유철순은 쉿쉿, 거리는 소리를 직접 들을 수 있었다. 기절할 듯 몸의 균형이 무너지려 할 때 정상달의 손이 번개처럼 뱀의 머리를 낚아챘다. 유철순이 나무에 등을 부딪쳤다. 머리를 붙잡힌 뱀이 몸을 꼬았다. 정상달은 뱀이 감기지 않도록 팔목을

흔들었다. 그는 한밤중의 산을 이리저리 둘러보다가 통나무 같
은 팔에 힘을 주었다. 축 늘어진 뱀에게서 체액이 손을 타고 흘
러내렸다.

"날 막는 놈은 이 꼴이 될 거야."

유철순이 몸을 떨었다. 정상달이 죽은 뱀을 나무 사이로 던지
려 팔을 뒤로 뻗을 때였다. 어둠 속에서 비현실적인 얼굴이 나
타났다. 그것의 입은 길었고 눈은 바둑알처럼 빛났다. 머리는 모
히칸족처럼 정수리에만 붉게 솟았다. 천하의 정상달조차 아닌
밤중에 홍두깨나 다름없는 얼굴의 출현에 깜짝 놀랐다. 그것은
괴물의 머리이자 거대한 새의 얼굴이었다. 공작보다 더 큰 새였
는데 가위 같은 부리는 탈옥수를 노리지 않고 그가 손에 쥔 뱀
을 낚아챘다. 유철순이 비명을 지르자 새가 놀라 날개를 폈다.
일 미터는 충분히 넘는 거대한 날개였다. 공포에 질린 정상달
이 돌을 주워 들고 새를 내리쳤다. 새는 뱀을 삼키는데 쏠려 왼
쪽의 기습을 눈치채지 못했다. 정상달은 괴물 같은 새에게 놀
라 약초를 빻듯 새의 목을 돌로 마구 내리쳤다. 깃털이 흩날리
고 몸집에 걸맞은 진득한 피가 사방으로 솟구쳤다. 새는 기괴한
비명과 함께 처절히 마지막 날갯짓을 했다. 죽음에 이른 괴조가
굳어가는 모습은 건전지가 다 된 태엽 인형과 비슷했다. 유철순
은 얼굴에 피를 묻히며 여자처럼 소리쳤다. 정상달이 고함쳤다.

"소리 지르지 마, 이 새끼야!"

정상달의 얼굴도 피투성이였다. 그 역시도 난생처음 보는 새
에 겁먹기는 마찬가지였다. 세상에 이런 새가 다 있다니. 괴조는
피를 쏟으며 부르르 몸을 떨다 이윽고 축 늘어져 죽었다. 몸통

위의 목이 너덜거렸고 벌어진 부리에서 삼키다 만 뱀이 힘없이
밀려나왔다.

"저런 새는 처음이야." 유철순이 말했다.

"아냐. 좀 틀리긴 해도 황새나 두루미 같아."

"황새나 두루미는 저것보다 훨씬 작지."

"근데 생김새는 거의 황새거든. 잘 봐, 다리 굽은 것도 똑같
잖아."

"돌연변이 아닐까?"

"돌연변이가 뭐야?"

"별종이란 말이지!"

유철순이 고개를 들다가 눈을 커다랗게 떴다.

"저기 누가 와! 간수들인 모양이다! 하나둘이 아니야!"

"조용히 해! 따라 와!"

정상달이 낮은 음성으로 말하고 먼저 일어나 자리를 떴다. 저
멀리에서 몇 명의 사람들이 무리를 이루어 다가오고 있었다.

─────

가면 갈수록 기괴한 숲이었다. 잎이 무성한 나뭇가지들이 울
창했다. 가지들이 그들을 막았고 제치고 통과하면 다시 뒷길을
막았다. 유철순은 정상달이 왜 이 길을 택했는지 알았다. 사람이
나니지 않는 길이었던 것이다.

유철순은 겁에 질려 있었다.

조금 전에 본 사람들의 모습 때문이었다. 정상달은 그들을 제

200

대로 봤는지 궁금했다. 물어봐도 입 닥치라는 말만 되풀이했다. 그들은 탈주를 알아채고 출동한 교도관이 아닌 것 같았다. 손전등 대신 횃불을 들고 있었고, 제복 대신 태권도복을 연상시키는 하얀 옷을 입고 있었다. 머리와 허리에 붉은 끈을 매고 있었는데 무엇보다 무서웠던 건 그들의 얼굴이었다.

"씨팔, 어디가 어딘지 알 수가 있어야지."

정상달이 침을 뱉었다. 그들이 디디는 곳 어디나 경사가 가파른 험로였다.

"어이, 상달이. 아까 그 사람들 얼굴 봤어?"

"주둥이 닥치라니까!"

"못 봤지? 그럼 한마디만 할게! 그자들 얼굴이 꼭 홍콩영화에 나오는 강시 같았어. 한 놈도 빠짐없이 얼굴을 허옇게 색칠했어!"

"얼굴에 색칠을 했다고?" 정상달이 관심을 보였다.

"그래! 분을 발랐는지 허옇게 색칠했단 말이야! 간 떨어지는 줄 알았어!"

"굿하는 놈들인가?"

"그럴지도 모르지. 야밤에 산에서 그 지랄하고 돌아다니는 것들이라면 박수무당 패거리들일지도 몰라."

"창하고 칼도 들고 있더군." 정상달이 흥 하고 콧방귀를 뀌었다.

"뭐? 그게 정말이야?" 유철순의 숨이 가빠졌다.

"무섭냐? 그러면 다시 큰집으로 들어갈래?"

"그럴 수는 없지!"

"그럼 빨리 걸어."

두 사람은 눈과 뺨을 찌르는 가지를 헤치며 앞으로 나아갔다. 정상달이 척척 나아가는 데 비해 유철순은 넘어지기도 하고 숨이 차 헉헉거렸다. 정상달은 그를 도와주지 않고 앞만 보고 걸었다.

"잠깐만! 저게 뭐야?"

정상달이 멈춰 섰다. 십여 미터 앞의 나무들 사이로 민가 하나가 불빛을 내고 있었다. 울창한 나무로 정체를 감춘, 나무창고 같은 집이었다.

"산속에 집이 있네."

"그것도 딸랑 한 채가."

"빛이 있어. 사람이 있나 봐."

"가볼 거야?"

"어떤 놈이 사는지 알아야지."

"아까 본 그 사람들은 아닐까?"

"모르지. 심마니의 집일 수도 있고."

그들의 뒤편 어둠 속에서 별안간 합창 같은 고함이 터져 나왔다. 두 탈주범이 화들짝 놀라 몸을 낮추었다. 분노와 슬픔이 뒤섞인 처절한 고함이었다. 거리는 꽤 멀었지만 그들이 지나온 방향이었다. 얼굴을 허옇게 화장한 그들이 틀림없었다.

"왜들 저러는 거지?" 유철순이 물었다.

"왜 저러겠어?"

"몰라! 넌 알아?"

"내 생각이 맞다면……"

"맞다면?"

"죽은 새를 발견하고 저러는 거 같은데."

정상달은 이미 집으로 걸음을 옮기고 있었다. 유철순이 파랗게 질렸다.

"저 집에 들어갈 거야?"

"가만히 있을 순 없지. 저놈들이 우릴 잡으러 올지 모르는데."

유철순은 죄수복에 흠뻑 묻은 괴조의 피를 바라보았다.

"들어가서 어쩔 건데?"

"들어가지 않아. 옷만 훔쳐 갈아입고 갈 거야."

유철순은 불안한 시선으로 뒤를 돌아보았다. 무리를 지은 횃불의 방향이 이쪽을 향하고 있는 것 같다. 민가는 나무꾼이나 심마니가 아닌 얼굴 허연 자들이 사는 집인지도 모른다. 그들은 왜 고함을 질렀을까? 창칼은 왜 갖고 있을까? 문득 그는 교도소로 돌아가고 싶었다.

"같이 가…… 같이……"

그는 숨을 헐떡이며 정상달을 따랐다.

———————

두 사람은 생각도 못 한 광경에 몸이 굳었다. 나무로 만든 집은 평범한 민가가 아니었다.

"이건 당집 같은데?"

"아까 저놈들, 굿하는 놈들 같다고 그랬잖아."

"그래. 굿하는 놈들이 맞는 모양이다."

"그럼 이리로 올 수도 있겠네?"

"옷이나 찾아봐. 챙기면 바로 떠야 해."

두 사람이 민가라고 착각한 그 장소는 나무와 나무 사이에 오색 줄을 쳐놓은 일종의 당집이었다. 가운데가 오목하게 파인 바위 두 개가 출입문 역할을 하고 있었고 그 안에 향이 나는 물을 부어놓았다. 마당으로 들어가니 신발 벗는 섬돌 위로 거대한 그림을 안치한 제단이 있었다. 두 사람이 본 불빛은 바로 이 제단 앞에 무수히 놓인 촛불이 내는 빛이었다. 밤중에 산속에 있는 것만도 무서운데 제단의 그림은 더욱 무서웠다. 무당의 집에서 보는 탱화와 비슷하면서도 어딘가 달랐다. 산신령이 보이지 않았기 때문이다. 빛이 바랜 채색은 오싹했으며 그림의 내용은 기괴함의 절정을 드러냈다.

그림은 어떤 제례 의식 같은 것을 표현하고 있었다. 화폭의 아랫부분에서 하얀 옷을 입은 한 떼의 사람이 절을 했다. 그들의 얼굴은 살색이 아닌 우윳빛을 띠었고 머리와 허리엔 붉은 끈을 동여매고 있었다. 무리의 앞에는 제사장으로 보이는 사람이 역시 허연 얼굴로 머리에 커다란 고깔을 쓴 채 꿇어앉아 있었는데, 그는 양손으로 받친 거대한 그릇을 신적인 존재에게 내밀고 있었다. 그릇에는 구슬처럼 빛나는 물체가 담겨 있었다. 신적인 존재란 세 개의 높은 대좌에 앉은 세 마리 거대한 새였다. 의인화된 새들이 장군의 갑옷을 입고 창칼을 쥔 채 사람들을 굽어보고 있었다. 학이니 두루미와 흡사했지만, 그보다는 가히 괴조라는 명칭이 그럴싸했다. 소금 선에 그늘이 보았던, 그늘이 죽였던 괴조.

"그냥 돌아가자!"

유철순이 정상달의 팔을 잡아당겼다.

"무서워 죽겠어!"

"뭐가 무서워?"

"우리가 본 놈들이랑 똑같잖아! 그들이 새를 신으로 모시고 있다고! 그 새를 죽이는 게 아니었어!"

"새 같은 소리 집어치워. 저기 옷이 있잖아."

정상달이 제단 뒤편을 가리켰다. 유철순이 보니 제단 뒤에 거대한 바위 구멍이 나 있었다.

"저건 토굴이야. 어떤 놈들이 일부러 파놓은 거야."

"그러네."

자세히 보니 기괴한 그림은 동굴로 들어가는 입구를 막는 역할도 겸하고 있었다. 외부인의 침입에 대한 눈속임, 그리고 내부인의 왕래를 위한 통로.

정상달의 말처럼 입구에는 벗어놓은 옷들이 보였다. 바지에 티셔츠, 혹은 치마나 블라우스 따위 현대적인 의류품들이 지하 계단 앞에 가지런히 개켜져 있었다. 얼마나 깊은 동굴이며 어떤 자들이 있는 걸까. 유철순은 겁에 질렸다.

"아까 그놈들이 갈아입은 거야." 정상달이 말했다.

"뭐 하는 곳일지? 이곳은?" 유철순의 음성이 떨렸다.

"사이비 종교 장소다."

"종교?"

"우리나라 산속마다 사이비 종교 단체들이 널렸다고 들었어. 저런 데 빠져 전 재산을 갖다 바친 이도 수두룩해."

"그런데 칼하고 창은 왜 들고 있을까?"

"잔말 말고 남자 옷 두 벌이나 갖고 나와!"

정상달이 눈에 힘을 주었다. 유철순도 물러서지 않았다.

"니가 갖고 오면 안 돼?"

"횃불이 가까워지고 있다. 놈들이 덤비면 니가 막을 수 있어? 빨리 갖고 와."

"무서워! 못 들어가겠어!"

"더 이상 날 테스트하지 마."

정상달이 유철순의 멱살을 움켜쥐었다. 힘을 주니 유철순의 발이 허공으로 들리었다. 멱살을 놔주자 유철순은 겁에 질린 채 앞으로 나아갔다. 그는 천천히 그림을 제쳤다. 가까이서 보니 그림은 접을 수 있는 병풍이었다. 아는 사람들 앞에 펼치기도 쉽고, 모르는 사람이 오기 전에 치우기도 간편한 휴대용이었다. 갑옷을 입은 새 장군들이 자신을 노려보는 듯했다. 유철순은 마른침을 삼키며 은은한 빛이 새어 나오는 동굴 입구로 기어들었다. 동굴은 생각보다 깊은 것 같았다. 돌계단 아래 까마득한 곳에서 주문을 외는 것 같은 목소리가 새어 나왔다.

유철순은 숨소리를 내지 않으려 노력하며 동굴 입구에 놓인 옷을 집어 들었다. 어두워서 남자 옷인지 여자 옷인지 구별이 힘들었다. 한 벌 펼쳐보니 여성용 블라우스였다. 그가 펼친 옷을 내려놓자 허옇게 화장하고 머리에 끈을 동여맨 얼굴이 불쑥 나타났다. 비명을 지를 새도 없이 몽둥이가 머리를 강타했다. 유철순은 경사진 동굴 안쪽으로 데굴데굴 굴렀고 온 세상이 흔들리는 광경 속에서 괴상한 지하공간을 보았다. 횃불이 조명을 대신했고 제사상이 차려진 음침한 장소였다. 알아볼 수 없는 한자가 가득한 지방(紙榜, 종이로 만든 신주)이 여기저기 나붙었다. 소머리와 돼지머리가 제사상에 놓여 있었다. 사람들이 절하는 자세로 엎드려 있었고, 고깔을 쓴 남자 하나가 그들에게 설법하고 있었다. 백 명은 족히 될 그들 모두는 곱게 개켜놓은 옷 대신에 하얀 도복 차림이었다. 그들의 머리와 허리에는 붉은 끈이 매여 있었다. 고깔 쓴 남자가 설법을 멈추고 굴러 들어온 불청객을 바라보았다. 허옇게 칠한 얼굴 앞에서 유철순은 극도의 공포를 느꼈다. 백 명의 신도가 일어났다. 백 개의 허연 얼굴이 유철순을 돌아보았다.

유철순은 급히 몸을 일으켜 달아나려 했다. 그러나 그가 움직이려는 방향에는 새가 앉아 있었다. 갑옷은 입고 있지 않았다. 두 사람이 죽였던 것과 같은 새였다. 새가 앉은 옥좌는 세 개였지만 하나는 비어 있었다. 두 마리의 새는 유철순의 등장에 아랑곳없이 고개를 까딱거리며 식사를 했다. 새 앞에 놓인, 여물통처럼 생긴 긴 탁상에는 벌거벗은 어린아이 하나가 죽은 채로 누워 있었다. 이미 아이의 몸은 새들에게 상당 부분 뜯어 먹힌 후였다. 유철순은 우웨엑하고 구역질했다.

고깔 쓴 남자가 유철순을 향해 깃털 달린 등채를 들어 보였다.

"네 이놈! 옷을 보니 네놈은 근방의 탈옥수로구나!"

머리에 끈을 맨 신도들이 달려들어 유철순을 붙잡았다. 그들은 유철순의 옷을 찢고 몸에 이상한 기름 같은 것을 부어 발랐다.

"놈을 묶어라!"

"살려주세요! 난 아무 짓도 안 했어요!"

한편, 유철순이 잡혔음을 어렴풋이 예감한 정상달은 아무 옷이나 하나 주워들고는 홀로 도망치려 했다. 그의 움직임에 제단이 무너지고 병풍이 쓰러졌다. 그가 당집을 나오자, 칠흑 같은 어둠을 허연 얼굴로 밝힌 기괴한 무리가 나타나 포위했다. 그들은 목검처럼 생긴 몽둥이를 들고 있었다. 횃불을 든 무리까지 합류해 정상달의 도주로는 차단되었다. 그중 하나는 목이 부러져 죽은 새를 안은 채 흐느끼고 있었다. 허연 바탕에 눈물로 살색 두 줄을 뺨에 새긴 그가 정상달을 노려보았다.

"저놈이 금시조를 시해했다! 잡아라!"

정상달은 달려드는 사교의 신도에게 주먹을 날리고 발로 걸어찼다. 서너 명이 그의 맹공에 나가떨어졌지만 동굴에서 나온 그들의 숫자는 금세 배로 늘어났다. 그중 하나가 피리 같은 도구를 입으로 불자 새어 나온 가루가 정상달의 눈을 뜨지 못하게 만들었다. 온몸으로 몽둥이가 쏟아질 때 그의 정신은 희미해졌다. 허공에 뜬 허연 얼굴들이 그를 둘러싸고 빙빙 돌았다.

신도들은 정신을 잃은 정상달을 지하로 끌고 가 유철순 옆에 무릎 꿇렸다. 횃불 사이로 허연 얼굴들이 빙 둘러섰고 고깔 쓴 이가 높은 곳에서 그들을 내려다보았다. 두 마리의 새는 이들에게 관심 없다는 듯 아직도 끔찍한 식사에 열중이었다. 알몸이 된 두 탈옥수는 꿈에도 예상 못한 돌발 상황에 죽음을 예감했다.

고깔 쓴 남자의 슬픔은 대단했다. 그는 죽은 새를 붙잡고 통곡하기 시작했다.

"아아, 금시조여! 우리가 삼위신조(三位神鳥)를 모셔온 지 오래되어 강산이 날로 변했고 교세는 확장을 거듭했습니다. 오묘한 기적을 눈으로 직접 보고 오장육부로 느낀 지 오래인데, 억조창생의 대업을 이뤄줄 옥체가 간흉한 무리들의 무식한 사냥질에 이토록 허무하게 무너지시옵니까! 일어나소서, 신조여! 일어나소서! 부디 이 동해진군(銅海眞君)의 치성을 알아보시고 일어나 우리에게 내리셨던 길(吉)과 복(福)을 끊어지지 않게 하옵소서! 첫째 신조여, 둘째 신조여, 그대들의 법력으로 형제인 셋째 신조에게 다시금 부활과 영생의 숨결을 주시옵소서!"

동해진군이라 자신을 일컫던 남자가 죽은 새를 붙잡고 빠르게 경문을 읊기 시작했다. 그건 성경의 암송도, 불경의 독경도 아니었다. 듣기만 해도 소름 끼치는 괴이한 주문이었다. 정상달과 유철순은 몸을 떨었다. 1980년대, 전국의 명산 곳곳에 사이비 종교의 본산지가 있었다는 소문은 익히 들은 바 있다. 하지만 모든 잡신을 부정하는 맹목적 믿음으로 산 사람을 제물로 바치는 사악한 현장이 다른 곳도 아닌 교도소 앞에 있을 줄은 꿈에도 몰랐다. 그것도 가까스로 탈옥에 성공한 마당에!

그들은 돌연변이 새를 신으로 칭송하고 있었다.

납치한 아이를 제물로 바치면서 죽은 돌연변이 새를 애도하고 있었다.

슬픔에 싸인 신도들의 표정은 꾸밈이 없었고 거짓이 없었다. 그것은 나름대로 진실한 믿음의 표정이었다. 그래서 더 무서웠다.

유철순은 제발 새가 부활하기를 바랐다. 그래야만 죽지 않을 테니까.

그러나 그런 일은 절대 현실에서 벌어지지 않는다.

동해진군의 눈에서 눈물이 흘러 허연 화장을 지웠다. 그 결과 얼굴은 한층 그로테스크해졌다. 원래 나이가 많던 그는 삽시간에 몇 년은 더 늙어 보였다. 두 마리 거대한 돌연변이 새는 동료의 죽음 따윈 관심도 없다는 듯 끈덕지게 아이의 시신을 긴 부리로 뜯어 먹었다. 맛있는 부위를 차지하려고 저희끼리 피 묻은 부리로 쪼아대기도 했다. 유철순이 또 구역질을 했다.

"오오, 기적의 금시조여…… 정녕 우리를 버리시나이까."

동해진군이 땅을 치며 울었다. 사방이 통곡 소리로 변했다. 뒤로 손이 묶인 정상달은 도망치려고 기회를 엿보았으나 얼굴 허연 어깨들이 누르고 있어 꼼짝달싹할 수 없었다. 그들 역시 불손한 이교도들을 제압하는 와중에도 울고 있었다. 동해진군이 벌떡 일어나 손가락으로 두 탈옥수를 가리켰다.

"금시조의 옥체에 시해를 한 이단의 죄는 죽어 마땅하다!"

"살려주세요! 전 안 죽였어요! 여기 이 사람이 죽인 거예요!"

유철순이 울부짖었다. 정상달은 귀기 서린 눈만 번득일 뿐 아무런 말도 하지 않았다. 동해진군이 집행령을 내렸다.

"세속의 법을 어기고 탈옥한 놈들! 신을 돌로 쳐 죽였으니 감옥보다 독하게 죗값을 보상해야 한다! 놈들을 지상으로 끌고 가라!"

신도들이 둘을 일으켜 세웠다.

"옥에 갇혀 죄 닦음을 해야 할 놈들이 함부로 옥을 나와 천하의 대죄를 저질렀다! 용서할 수 없다. 용서할 수 없어!"

흥분한 사교의 신도들이 두 죄수를 질질 끌고 올라갔다. 동해 진군도 아직 어둠이 걷히지 않은 당집으로 올라갔다.

"금시조에게 행한 것처럼 이놈들도 목을 돌로 찍어 죽여라! 다른 데는 치지 말고 목을 쳐서 죽여야 한다!"

신도들이 서로 먼저 하겠다고 돌을 들었다. 두 죄수는 극도의 두려움에 사로잡혀 정신줄을 놓아버렸다. 눈물로 화장이 다 지워진 신도 하나가 덩치에 맞는 큰 돌을 집어 들었다. 그가 '신이시여!' 소리치며 정상달의 목을 향해 돌을 휘두르려 할 때, 커다란 사이렌 소리와 함께 대형 서치라이트가 산 이곳저곳을 비추었다. 개들이 짖는 소리도 들려왔다. 눈부신 빛에 사교의 신도들이 멈칫거렸다. 이 틈에 정상달은 몸으로 돌 든 이를 밀치고 무작정 아래로 내달렸다. 유철순도 따라 뛰었다. 오직 정상달의 등만 보고 뛰었다. 뒤에서 함성과 돌이, 창과 칼이 날아왔다. 정상달은 넘어지고 다치면서도 달렸다. 유철순의 눈에는 산이 살아 있는 것처럼 보였다. 산이 가위 같은 거대한 부리로 그들을 쪼려 했고 그럴 때마다 창과 칼이 땅바닥에 푹푹 박혔다.

마이크로 내는 거대한 소리가 산을 흔들었다.

[정상달, 유철순! 숨어있지 말고 자수해라! 자수하면 탈옥에 대해 정상을 참작해준다! 다시 한번 알린다! 정상달, 유철순! 이 방송 듣고 있는 걸 안다! 너희들이 도망칠 곳은 없다! 도주를 그만두고 당장 자수하라!]

젖 먹던 힘을 다해 달리는 정상달의 눈에 산악을 줄지어 올라오는 무장 교도관들이 보이기 시작했다. 몇몇은 개를 끌고 왔다. 그러자 등을 집요하게 괴롭히던 사교의 추적이 거짓말처럼 사라졌다. 정상달은 소리쳤다.

"여기다! 자수하겠다!"

"나도요! 자수할게요!"

유철순도 소리쳤다. 탈주범의 목소리를 들은 교도관 하나가 동료들에게 발견의 소식을 알렸다. 소식은 거센 고함과 무전기 음향으로 파도타기처럼 옆에서 옆으로 번졌다. 두 탈옥수는 다시 잡혔고 도주는 좌절되었다.

교도관들은 그들이 알몸이고 손이 묶여있음을 의아한 눈으로 바라보았다. 유철순이 산속에서 당한 일을 설명했으나 믿어주는 이는 아무도 없었다.

어쨌거나 둘은 기적적으로 살아났다. 환상 같은 악몽은 끝났지만 현실의 고통은 이제부터 시작이었다. 독방 감금과 무서운 징벌 처분이 그들을 기다리고 있었다. 얻어맞고 시달리는 고통 속에서 그들은 통악산에서 겪었던 사건이 꿈인지 현실인지 확신할 수 없었다.

며칠 후 정상달과 유철순은 꽁꽁 묶인 채로 교도소장에게 불려갔다. 교도소장은 피곤하고 자존심에 상처를 입은 얼굴로 그들을 내려다보았다.

"왜 탈옥할 생각을 했지?"

"바깥이 그리워서 그랬습니다."

유철순이 답했다. 교도소장은 한숨을 내쉬었다. 정상달과 유철순은 소장을 바라보고 흠칫거렸다.

"고개 안 깔아! 어딜 감히!"

옆에 있던 수행 교도관 중 하나가 발길질했다. 둘은 즉시 머리를 숙였다. 머리를 숙이는 동시에 서로를 바라보며 고개를 끄덕였다.

"죽을죄를 지었습니다. 소장님."

"다시는 탈옥하지 않고 착실히 생활하겠습니다, 소장님."

정상달과 유철순이 머리를 조아렸다.

"두 놈 다 최고 중구금(重拘禁) 교도소로 이감 보내."

교도소장이 힘없이 말했다. 그는 지쳐 보였고 슬퍼 보였다.

상부의 문책 때문에 그런 걸까?

끌려가는 정상달과 유철순은 입을 봉한 채 아무런 말도 하지 않았다. 그러나 두 사람은 그들이 보았고 믿었던 사실을 입증할 기회를 얻었다. 1주일 후, 교도소장이 그동안 문제없었던 간암의 악화로 급히 세상을 뜬 것이다. 그의 시신이 운구된 차량에는 소장과 친분이 있는 사람들이 몰려와 장사진을 이루었다. 그들 대부분이 유명 인사에 부유층 사람들이었다. 그들은 소장이 탈옥 사건으로 져야 할 책임에의 부담이 지병을 악화시켜 수명을 앞당겼다고 믿고 있지만, 정상달과 유철순은 그렇게 믿지 않았다. 모시던 금시조가 죽었기에 불치병은 더 이상 기적의 치료를 받지 못했고 그래서 그의 수명도 그걸로 끝이었던 것이다.

정상달과 유철순은 어린아이를 제물로 바쳐 불로장생 혹은 암의 극복을 이어온 사교 교주 동해진군의 정체가 섭주 교도소 소장이라는 걸 얼굴을 보고 알았다. 허옇게 칠하지 않았음에도 보자마자 전기에 감전되듯 알 수 있었다.

아마 그는 처음부터 교주는 아니었을 것이다. 다른 종교를 갖고 있었을지도 모른다. 그러나 병마를 얻고 백약이 무효인 현실에서, 수명을 이어주는 사교의 신비를 직접 겪었기에 사람이 바뀌었을 것이다. 다른 이에겐 사교로 비쳤을지라도 자신에겐 진리의 참 종교였을 것이기에 열과 성을 다해 헌신했을 것이다. 기적을 실제로 접했기에 공무원이란 신분으로도, 게다가 교도소 바로 옆에 자리를 만들어서까지 포교 활동에 힘썼을 것이다.

그는 불치병에 걸린 한 인간으로서 죽지 않고 살고 싶어 했으며 이를 위해 눈에 보이지 않는 믿음 대신 눈에 보이는 기적 쪽을 택했다.

이 모든 비밀은 아무도 모른다. 오직 섭주 교도소를 둘러싼 통악산만이 안다. 전국의 어느 산이나 나름의 비밀을 안고 산다. 산의 비밀은 비밀로 남아야 한다. 비밀을 무리하게 캐다 보면 이유 없는 낭떠러지 실족이나 산불로, 혹은 식용 버섯의 부작용이나 산짐승의 공격으로도 죽을 수 있다.

정상달과 유철순 역시 산이 입막음을 위해 신비스런 힘을 행사할 걸 알기에 다른 교도소로 이송될 때까지 그들이 겪은 일을 비밀로 지켰다. 아니, 그들은 탈옥 사건의 공범으로서 서로 아는 척조차 하지 않았다. 그들이 서로 은밀한 눈짓을 교환한 건 가끔 통악산의 밤하늘을 나는 두 마리 거대한 새의 실루엣을 쇠창살 틈으로 확인할 때뿐이었다.

끔찍한 복수

1129번 김인석은 사채업을 하는 건달이었다. 돈이 필요한 사람에게 선이자를 뗀 금액을 빌려주고 높은 이자를 붙인 원금을 받아냈다. 빌려줄 땐 살살 웃는 낯이었으나 받을 때는 살벌한 낯으로 변했다. 돈을 회수하는 과정에서 욕설과 협박은 기본이었고 때때로 납치, 감금, 폭행이 이어졌다.

일 년 전쯤 그는 돈을 빌려준 어떤 청년이 제때 이자를 갚지 않는다고 한 창고에 가둔 뒤 공범 3명을 불렀다. 4인방은 야구 배트와 회칼을 들고 청년을 위협했다. 새파랗게 질린 청년은 신체 포기각서를 쓰고서야 풀려났다. 청년은 작은 샌드위치 가게를 운영한 소상공인이었는데 장사가 잘 안돼 많은 빚을 떠안고 있었다. 신체 포기각서를 받고 나서도 4인방의 협박 전화와 문자는 끊이질 않았다. 소심한 성격에다가 이렇다 할 가족도 없던 청년은 가해자들의 행적을 장문의 편지로 적어 경찰에 보낸 후 어느 고층 아파트에서 투신해 스스로 목숨을 끊었다. 수사가 이루어졌고 4인방 중 김인석과 2명은 구속되었지만 1명은 증거불충분으로 풀려났다.

"김인석, 면회 왔다."

섭주 교도소에 구금되어 6개월째 징역을 살고 있던 김인석에게 접견 담당 교도관 정호준이 찾아왔다.

"날 찾아올 사람이 없는데? 누가 왔습니까?"

"어디 보자. 접견인 이름은…… 강영자 씨네."

"모르는 사람입니다. 면회 안 할래요."

"그분은 널 안다던데?"

"난 모른다니까요."

"그러지 말고 한 번 만나봐. 모르는 사람이 일부러 찾아왔을까."

"모른다는데 내가 왜 만납니까?"

"아는 사람인데 니가 기억을 못 하는 걸 수도 있지."

"나한테 원한 가진 사람들, 바깥에 하나둘이 아니에요."

"최고 안전한 데가 교도손데 무슨 걱정이야?"

"안 만난다니까요!"

"알았다. 접견 거부! 여기 지장이나 찍어."

정호준이 이름, 거부 사유 등의 항목이 인쇄된 종이를 내밀었다. 김인석은 접견을 거부한다는 문장 아래 자필 사인을 하고 엄지손가락으로 도장을 찍었다. 그는 사흘 전에 받은 편지를 생각하고 있었다. 공범 3명 중 증거불충분으로 풀려난 친구 이만 덕으로부터 온 편지였다.

인석아. 잘 지내고 있냐?

가석방 받으면 빨리 나올 수 있으니 잘 참고 좀만 더 고생해라.

한 가지 알려줄 게 있어서 편지 쓴다.

강영자란 사람이 면회를 오면 무조건 피해라. 절대 만나지 마라.

그 여자는 널 거기 가두고 투신자살한 커피숍 사장의 엄마다. 피해자의 친엄마란 말이다. 널 죽이고 싶도록 미워할 게 뻔하다.

지금부터 내가 하는 말에 놀라지 마라.

청송 교도소의 민재도, 대전 교도소의 승호도 죽었다. 일주일 전에. 강영자란 여자하고 접견을 한 후에 알 수 없는 이유로 목을 매 스스로 목숨을 끊었다. 청송에도 대전에도 문의해봤지만 가족이 아니면 가르쳐 줄 수 없다는 말만 하더라.

조심하고 또 조심해라.

그 여자 위험한 사람 같다.

내가 여기저기 더 알아보마.

수감된 몸이라 라이터도 없을 테니 이 편지는 태우지도 못하겠구나. 검방 때 교도관이 볼지도 모른다. 같은 방에 있는 사람도 믿지 마라. 다 읽는 즉시 찢어서 화장실에 버려라. 난 너랑 관련이 없는 사람이니까 오해받긴 싫다.

명심해라. 민재와 승호의 죽음이 강영자라는 여자 때문이라면 다음 차례는 너다.

'민재와 승호가 죽다니!'

인석은 충격 받았다. 민재와 승호는 함께 붙잡힌 공범이었다. 삶에 집착이 강했던 그놈들이 목을 매 죽다니! 어쩐지 얼마 전부터 편지도 안 부치더라니……

강영자가 대체 누굴까?

그 여자가 어떤 짓을 했길래 두 녀석이 죽었단 말인가? 그것도 외부 침입에 가장 안전한 교도소에서!

만덕이 알려준 사실은 놀라웠다. 죽은 커피숍 사장은 가족이 없었기 때문이다.

'친엄마라고?'

자기는 관련이 없다는 듯 요리조리 빠져나가는 편지 문장이 맘에 들지 않았지만 믿을 사람은 만덕밖에 없었다. 그는 경찰의 감시에도 먹튀 하지 않은 채 그들 4인방이 범죄로 벌어들인 돈을 바깥에서 꿋꿋이 관리하고 있다.

민재와 승호의 죽음을 확인하고 싶었다. 둘은 똑같은 방식으로 죽었다. 대체 어떤 이유로 그들이 목을 맸을까? 인석은 담당 교도관에게 청송 교도소와 대전 교도소에 연락해 친구의 소식을 알려달라고 했다. 담당 교도관은 같은 교도소에서도 공범들은 떼어놓는 법인데 니가 날 징계 먹이려고 이산가족한테 비둘기 날리려 하냐며, 으르렁댔다. 수고비를 드리겠다고 은밀히 말하자 뇌물수수죄로 처벌받고 싶으면 그렇게 하라는 답이 돌아왔다. 인석은 입을 다물 수밖에 없었다.

그는 강영자라는 여자를 생각했다. 극단적 방법을 선택하면서까지 자신을 괴롭히던 가해자들을 신고한 사람의 엄마……

만약 그게 사실이라면 얼마나 큰 한을 품었겠는가.

'여기는 교도소야. 어떤 흉기도 여기까지 들어올 순 없어. 운동 시간에 찌르는 거? 미국 영화에서나 가능하지 여긴 코리아라고!'

그러나 안전한 교도소는 자유가 제한된 공간이기도 했다. 강영자를 피해 멀리멀리 도망칠 자유가 그에겐 없었다. 신청하는 면회를 거절하는 것만이 그의 필사적인 조치였다.

사흘이 지났다.

"1129번! 접견!"

접견 담당 정호준이 자동차 정비 훈련장에 출역한 김인석을 찾았다. 직업훈련 강사와 함께 타이어를 갈아 끼우던 김인석은 섬뜩한 기운을 느꼈다.

"1129번! 어디 있어?"

"여기 있습니다! 누가 날 찾아왔습니까?"

"어디 보자. 민원인 이름이…… 강영자!"

등줄기로 식은땀이 흘러내렸다. 피가 바짝바짝 말랐다. 사흘 전부터 그녀는 이뤄지지도 않을 면회를 매일 신청하고 있었다. 인석은 싸이코에게 스토킹 당하는 기분을 어렴풋이 이해할 수 있을 것 같았다.

"모르는 사람입니다. 접견 안 하겠습니다."

"모르는 사람인데 왜 매일 오는 거야?"

"그걸 제가 어떻게 압니까?"

정호준이 뭐라 말하려는 걸 인석이 가로막았다.

"안 해요! 접견 안 할래요."

정호준은 딱하다는 표정인지, 귀찮다는 표정인지 눈썹을 찡그렸다.

"네가 자꾸 이러면 우리 일거리도 늘어나거든? 차라리 이참에 '접견 기피 신청서'를 작성하지 그래? 그러면 그 여자 다시는 너한테 면회 신청 못해."

"그런 게 있었습니까? 진작 알려주시지 그랬어요?"

인석의 얼굴이 밝아졌다. 일거리를 덜었다는 듯 정호준의 표정도 풀렸다. 인석은 정호준이 내미는 접견 기피 신청서에 사인하고 지장을 찍었다.

'이렇게 하면 다시는 찾지 않을 테지.'

교도소의 좋은 점 중 하나는 외부인이 독촉하기 위해서든, 정보를 알려주기 위해서든, 협박을 위해서든 엿장수 마음대로 드나들 수 없다는 사실이다. 어떻게 보면 교도소는 재소자에게만 자유가 제한되는 게 아니다. 바깥에 있는 관련인 역시 자유가 제한되는 것이다.

'강영자인지 뭔지 아무리 복수의 칼날을 갈아댄들 쇠창살을 뚫고 들어올 수는 없겠지.'

김인석은 타이어를 번쩍 들고 돌아섰다.

정호준은 접견실에 전화를 걸어 김인석이 접견을 거부한다는 뜻을 전했다. 차후의 접견을 기피하겠다는 의지까지 전했다. 잠시 후 강영자가 돌아갔다는 소식이 전해져 왔다. 김인석은 떨리는 마음을 가라앉히고 타이어를 갈아 끼웠다. 사채업 할 땐 약한 사람 앞에서 기고만장했던 그였지만 몇 번이나 피해자의 엄마가 찾아오니 기분이 좋지 않았다. 아니, 무서웠다. 민재와 승호가 그 여자를 만난 후 자살했다지 않은가.

두 시간 후였다. 점심 식사를 마친 그가 쉬고 있을 때, 정호준이 또 찾아왔다.

"1129 김인석! 접견 왔다."

이 물귀신이 또 왔나! 팔에 소름이 확 끼쳤다. 그는 신경질적으로 소리쳤다.

"왜 자꾸 불러요? 접견 기피 신청했다니까요!"

"이만덕은 기피 대상자가 아닌데…… 안 한다고 전해달란 말이지?"

"아! 만덕이가 찾아왔다고요? 아닙니다. 당장 가겠습니다."

인석은 기름 때가 묻은 정비공 옷을 벗고 깨끗한 수복(囚服)으로 갈아입은 후 정호준을 따라갔다. 접견실에 들어가니 투명 강화유리 바깥쪽에 만덕이 서있었다. 인석은 친구의 모습을 보고 놀랐다. 100킬로그램에 육박했던 만덕의 몸이 말라깽이로 변해 있었다. 모자를 눌러쓰고 수염까지 기른 그의 눈은 퀭했다.

예전에 입던 옷을 그대로 입고 있었는데 티셔츠든 청바지든 온통 헐렁해져서 마치 흑인 래퍼를 보는 것 같았다. 어떤 압박이 옷도 제대로 못 사 입게끔 그를 몰아세웠을까.

만덕은 교도관이 들을지도 모르기에 목소리를 죽여 이야기했다.

"강영자 찾아왔냐?"

"왔어! 매일매일 찾아와!"

"안 만났지?"

"안 만났어."

"잘했다."

"민재랑 승호는 어떻게 된 거야?"

"병신같이 그 여자를 만난 거지."

"그놈들이 왜 모르는 여자를 넙죽 만나?"

"치킨 때문이야."

"치킨?"

"그래. 그 여자가 불우수용자 자매결연 맺으러 왔다면서 절에서 온 보살 행세를 했어."

"치킨 때문이라고!"

"교도소에 갇혀 있으면 먹는 거하고 여자 생각밖에 안 나잖아. 부처님이 중생을 위해 치킨을 갖고 왔다는데 그 헤비급 꼴통들이 거절할 이유가 없지."

"씨팔, 치킨에 독이라도 넣었나?"

"얘기했잖아. 목매달아 자살했다고."

"대체 뭘 어떻게 했기에 그놈들이 목을 매?"

"나도 모르지. 내가 아는 건 강영자가 무당이란 사실이야."

"무당?"

인석의 눈썹이 위로 올라갔다.

"그래. 절에서 온 보살 행세도 그 때문에 가능했던 거야."

"무당이라고! 그 커피점 사장 새끼, 부모 없다 그랬잖아?"

"친엄마가 무속인이란 사실이 쪽팔리니까 연을 끊고 살았대.
근데 자기 아들이 투신자살한 걸 알게 되니까 산에 있던 그 여
자가 세상으로 나온 거야. 소문으로는 보통 여자가 아니라던데."

"어떤 여잔데?"

"뭐든지 척척 맞추는 여자라고 하지."

"뭔 소리? 죽는 거도 맞춘단 말인가?"

"등신아, 그렇게도 버퍼링이 늦어?"

"몰라, 무슨 말인지."

만덕의 불안한 눈알이 좌우로 움직였다.

"척척 맞춘다는 건 뭐든지 척척 이뤄낼 수도 있단 말이다."

인석은 약 1분 정도가 지난 후에야 친구의 말뜻을 알아듣고
는 겁에 질렸다. 그는 교도관이 듣지 못하게 나직이 말했다.

"그 여자가 민재하고 승호한테 저주라도 걸었단 말은 아니
겠지?"

"모르지. 나도 그 여자를 만나본 적은 없으니까."

"민재, 승호는 절대 자살할 놈들이 아냐."

"당연하지."

"넌 살이 왜 그리 빠졌어? 얼굴은 왜 그 모양이고?"

만덕은 또다시 불안하게 좌우로 눈알을 굴렸다.

"사실 요즘 불안해. 항상 누가 내 뒤를 미행하는 거 같아."

"경찰이겠지. 넌 증거불충분이니까."

"조용히 해! 닭발이 듣잖아!

만덕이 인석 뒤편의 교도관을 가리켰다. 교도관 계급장은 잎이 세 개인 나뭇잎 모양으로 되어 있는데 가끔 닭발이란 은어로 표현하기도 했다.

"경찰이 아니야. 어떤 그림자 같은 게 날 미행하는 거 같단 말야. 꿈자리가 어지러워. 잠만 자면 자살한 커피점 사장이 창문을 열고 들어와 내 목을 막 졸라. 홀딱 벗은 몸으로 나오는데 머리털이고 눈썹이고 자지 털이고 겨드랑이고 털이 하나도 없어. 완전 민둥산이라니까. 그런 귀신이 찾아오니까 무서워 잠도 제대로 못 자. 지옥이 따로 없다. 넌 그런 꿈 안 꿔?"

"난 그런 꿈은 꾼 적 없어."

인석은 네 명이 둘러싸 커피점 사장을 때리고 협박했던 때를 생각했다. 놈은 겁쟁이였고 비굴했으며 쉬운 상대였다. 만덕이 말했다.

"민재나 승호는 꿨을지도 모르지. 그 여자, 마지막으로 온 게 언제야?"

"두 시간 전에."

"뭐!"

고교 동창 만덕은 싸움꾼에 겁이 없는 인간이었다. 그 만덕의 질린 모습에 인석도 겁을 먹었다. 만덕이 모자를 바로 쓰고 일어나려 했다.

"그 여자가 가까이에 있을지도 모른단 말이잖아. 돌아가야겠어. 너, 내가 준 편지는 버렸지?"

"니 말대로 변기에 버렸어."

"괜히 나까지 엮으면 곤란해. 그래야만 밖에서 널 계속 도와줄 수 있으니."

"염려 마라. 설마 내가 널 걸고 넘어갈까 봐? 목숨 걸고 있는 마당에."

"나도 마찬가지야."

"그래도 넌 자유롭잖아."

"자유로우니까 더 위험할 수도 있지. 만약 내 소식이 끊기면 나한테도 무슨 일이 일어난 줄 알라구."

"재수 없는 소리 하지 마."

"너 이 안에서 전화는 몇 번 할 수 있어?"

"한 달에 네 번."

"이달에 몇 번 했어?"

"두 번."

"그럼 두 번 남았겠네? 정해진 날에만 할 수 있잖아? 언제 할 수 있어?"

"목요일."

"알았어. 교도소 전화는 네가 나한테만 걸 수 있는 거니까 최대한 아껴 써야 해. 그래야 강영자란 여자에 관해 너한테 경고를 보낼 수 있으니까. 전화 횟수가 두 번 남았다면 이 문제가 해결될 때까지 너희 집에도 연락하지 마. 집에는 편지로 보내고 전화는 나한테만 해."

"알았어."

인석의 가슴으로 불안이 차올랐다.

교도소에 들어온 사람은 전화의 자유도 제한받는다. 전화할 사람의 번호를 적은 신청서를 교도관에게 제출한 뒤 교도소 내 전화를 이용해 규정에 따라 통화할 수 있다. 통화 시간도 제한되어 있고 교도관이 감청을 한다. 감청을 하지 않으면 마약을 들여오라느니, 바깥의 누구를 죽이라느니, 담배를 반입시키라느니, 마누라를 감시하라느니 안팎을 혼돈시키는 사고가 넘쳐날 게 뻔하다.

이틀이 지났다. 이날은 인석이 있는 '자동차 정비' 훈련생들이 전화를 할 수 있는 날이었다. 기피 신청서를 쓴 이후 강영자는 더 이상 면회를 오지 않았다. 임시 전략인지 영구 포기인지 알 수 없었다. 기피를 했음에도 인석의 불길한 마음은 '죽도록 피 말리기'에 쏠렸다. 그가 사채업을 할 때 약한 사람에게 가했던 짓을 고스란히 돌려받고 있는 셈이었다. 바깥세상이 어떻게 돌아가는지 몰라 전전긍긍하던 인석은 전화카드만 들고 불안하게 서성거렸다.

자동차 정비 담당 교도관이 그를 불렀다.

"1129번. 영치품 담당한테서 전화 왔다. 소포가 왔다는데?"

"무슨 소포요?"

"무협지하고 판타지 소설이란다. 발신자는 경기도 남양주 사는 이만덕. 이리로 갖다 주겠대."

간만의 소식은 인석을 기쁘게 했다. 무협지, 판타지 소설을 보냈다는 건 그만큼 친구에게 생활의 여유가 생겼다는 말일 테니까. 며칠 전에 봤던 만덕의 불안증 환자 같은 모습에서는 위문용 책 따위를 기대할 수 없었다. 이제 그 불안이 해소되었나 보다. 무당의 저주니 협박이니 그저 상상에 불과했던 건지도 모른다.

전화 담당 교도관이 들어왔다.

"자동차 정비! 전화!"

전화를 신청한 사람들이 줄을 섰다. 인석도 그중에 끼어들었다. 그들은 줄을 지어 운동장을 가로질러 전화실로 들어갔다. 세 대의 공중전화기에 전화 신청자들이 붙어 있었고 그 옆에 교도관들이 이어폰을 낀 채 감청을 하고 있었다.

앞선 사람들의 전화가 끝나자 마침내 인석의 차례가 왔다. 담당 교도관이 확인했다.

"누구한테 걸 거지?"

"이만덕이요. 관계는 지인. 번호는 010……"

확인 절차가 끝나자 인석은 전화를 걸었다. 신호음이 지루하게 흘러도 만덕은 전화를 받지 않았다.

"안 받아?"

"예."

나이가 지긋한 교도관은 사람 좋아 보이는 얼굴로 말했다.

"좀 기다렸다가 마지막에 다시 걸어봐. 자, 다음 사람 먼저 들어오고."

대기석에 앉은 인석은 손가락을 만지작거렸다. 손톱을 물어뜯기까지 했다. 만덕에게 무슨 일이 생긴 건 아닐까?

그는 다른 재소자들이 전화하는 광경을 지켜보았다. 3분을 넘길 수 없기에 그들은 말이 빨랐고 조급했다. 갇혀 있는 그들이 알지 못하는 바깥세상은 변화에 변화를 거듭할 텐데 그들은 3분이란 시간에 얽매여 고통을 느끼고 있었다. 그 짧은 사이, 그들의 숨겨놓은 재산은 이미 누군가 들고 튀었을 수도, 기다려줄 것 같던 짝은 배신을 했을 수도, 혹은 또 누군가는 복수의 칼날을 완벽하게 갈았을 수도 있다. 3분이란 제한된 시간 속에 모든 정보를 알긴 어려웠고 정확하게 대처하기란 더 어려웠다.

기다리는 인석은 조급했다. 만덕에게 무슨 일이 생긴 건 아닐까?

전화실 문이 열리고 소포 박스를 든 교도관 하나가 들어왔다. 영치품 담당이었다. 그가 전화실 담당에게 물었다.

"최 주임님. 1129 여기 있어요?"

"저기 있잖아."

나이 지긋한 교도관이 인석을 손가락으로 가리켰다. 영치품 담당이 인석을 보고 오라고 손짓했다.

"1129. 이만덕이 아는 친구 맞지?"

소포 박스 표면에는 이만덕 이름이 씌어 있었다. 주소도 그가 알던 만덕의 오피스텔이 맞았다.

"예. 친구 맞습니다."

"자, 무협지 스무 권. 뜯을테니 본인이 직접 확인해봐."

영치담당이 도루코 칼을 꺼내들었다. 전화 담당 근무자가 고개를 내밀었다.

"전화부터 하고 뜯어라."

최 주임의 음성에는 내가 일을 하는데 왜 니가 방해하느냐는 준엄한 꾸짖음이 들어 있었다. 젊은 영치품 담당은 얼른 미소를 지었다.

"아, 실례했습니다. 기다리겠습니다. 자, 1129. 전화부터 해라."

최 주임이 이번에는 인석에게 말했다.

"1129. 다시 걸어봐. 이번에도 안 받으면 넌 패스야."

"알겠습니다."

인석은 전화를 걸었다. 전화기 신호음에 맞춰 비트박스처럼 심장이 뛰었다. 그는 전화 부스 너머로 만덕이 보낸 소포를 바라보았다. 원래 만덕의 글씨는 악필이었는데 그새 글쓰기 연습이라도 했는지 서체가 깔끔했다. 최 주임은 귀가 아픈지 이어폰을 잠시 빼놓고 스트레칭을 하고 있었다.

'제발 좀 받아라!'

"나다. 인석이냐?"

만덕이 꺼져가는 목소리로 전화를 받았다.

"얌마, 너 왜 전화 안 받아?"

"아, 깜빡 잠들었나봐. 미안해, 나 지금 병원에 입원해 있다."

"병원? 왜? 어디 안 좋아?"

"잠을 계속 못 자고 있어. 구리에 갈 일이 있었는데 운전하다 졸아서 앞 차를 박아버렸어. 목이 많이 아파."

"잘 한다. 피해자도 아니면서 드러눕냐?"

"앞차 뒷좌석에 그놈이 타고 있더라."

"누가?"

"커피숍 사장."

검은 먹구름 같은 덩어리가 인석의 심장을 에워쌌다.

"야, 너 대체 왜 그래? 천하무적 이만덕이가 귀신 따위를 봐? 그러지 마, 무섭잖아."

"나도 그러고 싶지만 뜻대로 안 된다."

"혹시 강영자 만났어?"

"아니. 그 여자 너한테 또 면회 신청했어?"

"이젠 안 와."

수화기 너머로 깊은 한숨이 느껴졌다. 만덕의 통증 호소는 쇼가 아니었다. 육체적 통증인지, 심리적 통증인지는 몰라도.

"많이 안 좋나 보네. 니가 책도 보내줬길래 난 만사 괜찮아진 줄 알았는데."

"내가 책을 보냈다고?"

만덕의 음성이 바뀌었다.

"그래. 영치품에서 연락 왔어. 니가 소포로 무협지를 보냈다고."

"보낸 적 없는데."

잠시 후 그가 말했다.

"그 여자가 보냈구나!"

"누가?"

"강영자."

인석은 목구멍에 생선 가시가 걸리는 느낌이었다. 만덕의 말이 빨라졌다.

"소포 뜯어봤어?"

"아니, 아직."

"내 이름으로 왔을 거라면 주소도 적혀 있을 거 아냐?"

"맞아. 니가 사는 오피스텔 주소가 적혀 있었어."

"뭐야? 그 여자가 내 집까지 안다는 얘기잖아!"

만덕의 음성이 높낮이가 달라졌다. 인석은 교도관이 감청하는 기계의 전광판을 바라보았다. 180으로 시작한 숫자는 79로 변해 있었다. 1초, 1초의 흐름이 너무나도 빨랐다. 0이 되면 전화는 자동으로 끊어진다. 인석은 다급해졌다.

"만덕아! 나 어떡해야 해?"

"열어보지 마! 뭐가 들었을지 모르니까!"

"그럼 반송해?"

"미쳤어? 내 주소까지 털렸다면서 나한테 그걸 반송하게? 그 안에 뭐가 들었는지도 모르는데! 그냥 폐기처분해! 없애버리라고! 알았어?"

"알았어!"

79가 48이 되었다. 만덕이 다급히 물었다.

"너 전화 횟수 한 번 남았지?"

"그래!"

"다음 주 전화할 수 있는 날이 무슨 요일이야?"

"월요일!"

"그때 나한테 다시 전화해."

"어떡할 건데?"

"뭘 어떡해? 거기 있는 너보다 밖에 있는 내가 더 위험하게 생겼는데! 세상에 교도소보다 안전한 데가 어딨어? 넌 거기서 그 여자나 조심해. 강영자! 절대로 그 여잘 만나면 안 돼! 그 여자는……"

더 이상 만덕의 음성이 들리지 않았다. 어느새 숫자는 0이 되어 있었다.

이어폰을 벗은 최 주임이 물었다. 그는 처음부터 감청을 하지 못했다.

"강영자가 누구야? 같은 사채업자냐?"

인석은 대답하지 않았다. 그의 귀에는 아무 것도 들리지 않았다.

기다렸다는 듯 영치품 담당이 소포를 들고 왔다. 그가 도루코 칼을 스카치테이프에 갖다대려는데 인석이 막았다. 상자 겉면에 쓰인 만덕의 이름과 주소는 여자 글씨체였다.

"폐기해주십시오."

"폐기? 왜?"

"그냥요."

"열어보지도 않을 거야?"

영치품 담당이 도루코 칼을 신경질적으로 드르륵거렸다.

"열어보고 부정물품이 있으면 내가 압수하고, 없으면 네가……"

"열지 말라니까요! 폐기해주세요."

"반송도 안 하고 그냥 폐기를 하겠다고?"

"예."

"이유는?"

"발송인하고 사이가 좋지 않습니다."

"내용물이라도 확인하지 그래?"

"싫어요!"

"방금 전화한 친구가 그 사람이야?"

"예. 절 엿먹이겠다고 해서요. 그냥 폐기해주세요."

"알았다! 원, 별난 꼴도 다 보겠군."

그는 괜히 왔다는 듯 자존심 상한 모습으로 커다란 상자를 손수레에 쾅 소리가 나도록 올리고 다른 훈련장으로 이동했다. 인석은 상자 안에 들어있는 구렁이가 그를 노려본다는 상상을 했다.

오후가 되고 일과 종료시간이 가까워 올 무렵, 영치품 담당이 자동차 정비 담당에게 다시 전화를 걸어와 1129 김인석에게 알려주라고 했다.

"무협지 스무 권 들어있는 게 맞네요. 스스로 폐기한다고 도장까지 찍었으니 폐기하겠습니다. 그런데 좀 이상해요. 무협지 1권을 넘기다 보니 노란 종이가 하나 나왔거든요. 도깨비 얼굴이 그려져 있어서 깜짝 놀랐어요. 아무래도 이거 부적 같은데요. 무당들 쓰는 부적. 왜 이런 걸 넣었는지 모르겠어요. 장난친 거 같은데…… 이것까지 다 폐기하겠다고 알려주세요."

정비 담당은 인석에게 전화내용을 그대로 전달했다. 인석은 새파랗게 질려 식사를 할 수도 없었다.

피를 쥐어짜는 공포는 사람의 마음을 먼저 병들게 한다. 곡물이 썩어나가면 창고 밖으로 악취가 새어 나가듯 육신도 점점 건강미를 잃는다. 마음과 육신의 악화는 헛것을 보게 하고 이상한 소리를 듣게 하고 혼이 빠진 기분이 들게 한다. 스스로가 만들어낸 지옥인지, 아니면 '있다고는 느껴왔지만 믿지는 않았던 어떤 힘'이 공기 중을 떠돌다가 약해진 그를 표적으로 삼은 건지 알 수 없다.

인석의 경우도 그랬다.

일과가 끝나고 감방으로 돌아온 그는 헛것을 보았다.

헛것은 만덕이 보았다던, 털이 없는 그 남자 같았다.

9시에 스피커를 통해 취침 방송이 울렸다. TV가 꺼지고 모든 재소자가 잠자리에 누웠다. 오늘 하루의 스트레스로 노곤했던 인석은 눈을 감은 지 얼마 지나지 않아 잠에 빠져들었지만 뭐라 설명할 수 없는 불편한 느낌에 눈을 떴다. 자욱한 안개가 감방을 메우고 있었다. 화장실 문이 열려 있었다. 낡고 얼룩 때가 묻은 변기가 시야에 들어왔다. 안개(인지 수증기인지)는 변기에서 솟고 있었다. 변기 위로 사람의 손이 올라왔다. 손이 변기 뚜껑을 탁 짚었다. 손등과 팔등에 털이 하나도 없었다. 이어서 완전한 살색의 머리가 천천히 솟아올랐다. 이마가 드러났지만 눈썹은 드러나지 않았다. 가득한 호기심인 듯 커다랗게 뜬 눈이 보이기 시작했다. 감지도 않고 매섭게 노려보는 눈, 그는 털이 하나도 없는 남자였다. 남자의 몸이 좁은 변기 위를 유연성 있게 뚫고 나왔다. 그의 눈이 서서히 이쪽으로 못 박히는 사이 인석은 꼼짝도 할 수 없었다. 가위눌림이 신체를 구속했다. 털 없는 남자는 상대를 깨우지 않으려는 듯 발끝으로 걸었다. 인석은 그가 손을 비비는 모습에서 파리를 연상했다. 인석은 그 남자가 죽은 커피숍 사장과 닮았고, 손을 비비는 동작이 돈 갚을 날짜를 연장해달라는 애원 혹은 그걸 풍자하는 비아냥거림임을 알았다. 살아있을 당시 남자는 공포와 절망에 차 있었지만 지금은 악의와 장난기가 가득했다. 털이 없는 하얀 얼굴에 저세상의 미소가 스쳐 지나갔다. 인석은 조금도 몸을 움직일 수 없었다. 살려달라고 말하고 싶었으나 혀가 마비되었다. 남자가 이불 속으로 손을 쑥 집어넣었다. 몸이 마비된 인석은 러닝셔츠를 빼앗기는 희한한 기분에 사로잡혔다. 다시 빼낸 남자의 손엔 인석의 러닝셔츠를 꽈배기처럼 꼬아 만든 긴 끈이 늘어져 있었다. 목에 끈이 올가미처럼 걸렸지만 인석은 저항할 힘을 되찾지 못했다. 남자가 앉더니 다리를 폈다. 줄을 잡고 낭떠러지를 오르려는 사람의 자세였다. 그는 발로 인석의 옆구리를 밀면서 상체를 뒤로 젖힌 채 끈을 당기기 시작했다. 인석의 숨이 막혀왔다. 남자가 서서히 인상을 구겼다. 그건 어떤 인간적인 감정에서 보여주는 인상이 아니라 줄을 당기는 데 최대의 힘을 사용하고 있다는 걸 알려주는 표시에 불과했다. 허연 몸 무수한 땀구멍에서 땀방울 대신 핏방울이 돋아났다. 살색이었던 몸이 점점 빨간색으로 변하고 있었다. 자주색이 된 인석의 얼굴은 호박처럼 커지고 눈알은 튀어나왔다.

"아아악!"

인석이 비명을 질렀다. 남자가 사라지고 안개가 사라졌다. 옆의 동료 재소자는 세상모르게 자고 있었다. 죽음의 위협은 악몽일 뿐이었다. 그는 일어나 화장실을 살펴보았지만 그곳엔 아무도 없었다.

며칠이 지나고 전화를 할 수 있는 날이 왔다. 그 사이 인석의 얼굴은 해골처럼 변해 있었다. 만덕 역시 무서운 저음으로 전화를 받았지만 인석처럼 기가 다 빠진 음성은 아니었다.

"인석이냐? 별일 없냐?"

"별일 있다. 나도 이제 잠을 잘 수 없어."

"이제 너한테도 그 남자가 꿈에 나타나니?"

"그래! 분명 커피숍 사장이었어."

교도관이 감청을 하든 말든 상관없었다. 두 사람은 죽음의 냄새를 풍기며 대화를 이어 나갔다. 인석의 말투에 울음기가 섞였다.

"이제 이달 전화도 끝이야. 다음 달이 될 때까지 너랑 연락도 못해. 불안해 죽겠다. 나 어떻게 해야 하지?"

"강영자나 잘 피하고 있어."

"오늘 밤에도 그 털 없는 새끼가 찾아올 텐데. 잠만 들면 그 놈이 우악스럽게 내 목을 졸라. 민재하고 성호도 그렇게 당했나 봐."

"그럴지도 몰라. 몽유병 환자처럼 너 스스로 목에 줄을 걸지도 모르니 곁에 끈 같은 건 아예 치워놔."

"난 여기서 나가지도 못해! 도망도 못 가! 갇힌 채로 죽어가고 있다고!"

"조용히 해! 이 바보야! 사람들 관심 끌고 싶어?"

만덕의 현실적인 호통에 인석은 약간 정신을 수습했다.

"넌 접견 거부만 하면 되지만 난 실제로 계속 스토킹 당하고 있단 말이다."

"그 여자가 널 따라와? 그게 정말이야?"

"직접 나타난 적은 없지만 확실해."

"미안해, 만덕아. 너까지 그렇게 될 줄은 몰랐다."

"니가 왜 미안해? 우리 다 책임이 있는 거지. 너 혼자 잘못은 아니잖아."

"그렇게 생각해주니 고맙다." 인석은 만덕의 말에 약간 기운을 얻었다.

"나 부탁 하나만 하자."

"뭔데?"

"엄마랑 여동생이 연락 안 된 지 이 주일이 다 되가. 면회 좀 오라고 편지를 보냈는데 답장도 안 오거든."

"강영자가 감시하고 있다면 식구들하고 연락 안 되는 게 차라리 나아."

"난 그 여자가 벌써 가족들한테 무슨 짓을 저질렀을까 봐 무서워. 이렇게 연락이 끊어진 적이 없었어."

만덕은 잠깐 침묵을 지켰다. 인석은 줄어드는 통화 시간을 불안한 눈으로 바라보았다. 만덕이 말했다.

"알았어. 나도 위험하긴 하지만…… 일단 네 가족은 내가 한 번 알아볼게."

인석이 씁쓸하게 웃었다.

"우리 같은 놈들도 가족 걱정을 하는데 죽은 커피숍 사장 엄마는 얼마나 아들 생각을 하고 있을까. 복수를 이루기 전엔 결코 물러서지 않겠지."

"제발 나약한 소리 좀 그만 해! 지금 같은 상황에선 가족하고 일부로라도 거리를 두는 게 맞아! 그 여자가 노리고 있을 테니까."

"그렇긴 하지만 걱정도 된단 말야."

"너무 걱정 하지 마. 나도 방법이 있으니."

"무슨 좋은 수라도 있어?"

뜻밖의 말에 인석이 귀를 쫑긋 세웠다.

"이에는 이, 눈에는 눈 작전이지. 그사이 나도 용한 무당을 찾아가 큰돈까지 들여가며 대처할 방법을 세웠단 말이다. 급한 대로 흉살을 풀 처방을 받았어. 물론 니 이야기도 했고, 앞으로 해야 할 일도 지시받았어. 전화로는 못 할 얘기니 내가 그 내용을 편지에 써서 보낼게. 아무 소리 말고 거기 적힌 대로만 해. 그러면 그 귀신같은 민둥산은 더 이상 꿈으로 널 찾아오지 못할 테니까. 명심해. 만약 거기 적힌 대로 하지 않으면……"

3분이 되었고 전화는 강제 종료되었다.

인석은 수화기를 내리치고 싶은 맘을 억누르며 전화 부스를 나왔다. 바깥으로 나오니 접견 담당 교도관 정호준이 그를 찾았다.

"1129! 접견!"

"예? 누가 찾아왔는데요?" 인석의 음성이 떨렸다.

"강영자 씨라는데."

"전 이미 기피 신청했는데요!"

"기일이 다 됐어. 또 기피하려면 기간 연장 신청서를 새로 작성해."

머리가 핑그르르 돌았다. 악마 같은 여자, 끝내 포기하지 않는구나! 주저앉으려던 그는 엄청난 무게로 내리누르는 중력을 버티지 못하고 그대로 기절해버렸다. 아무리 피한들 그 여자는 이 주변을 빙빙 돌고 있어! 닭장 주변을 배회하는 살쾡이처럼!

그는 털 없는 남자에게 목을 졸리는 악몽을 꾸다가 깨어났다. 그곳은 자동차 정비 훈련장 휴게실이었다. 동료들이 걱정스런 기색으로 바라보았다. 그는 목을 잡고 몸부림치며 두 시간을 그렇게 누워 있었다고 한다.

또 정호준이 나타났다.

"1129! 접견!"

피를 말려 죽이는구나! 교도소의 맨홀이란 맨홀에서 벌거벗은 남자가 솟아오르는 환각이 펼쳐졌다.

"제발! 안 가요! 안 간다구요!"

"어머니랑 여동생인데?"

"뭐요? 엄마가…… 아……"

"갈 거지?"

"아뇨. 안 만날래요."

인석은 고민 끝에 말했다. 만약 지금 엄마와 동생을 만나면 강영자에게 식구들이 노출될 우려가 있다. 그 무서운 무당이 내 식구들에게 나쁜 짓을 한다면 갇힌 나는 아무런 도움도 줄 수 없다. 그거야말로 그 여자의 무서운 복수인지도 모른다. 가족들의 불행을 지켜보게 하는 똑같은 복수. 너도 한번 당해보라는 동해보복(同害報復). 그는 머리를 감싸 쥐었다.

어머니와 여동생이 무사하다는 사실은 기쁜 소식일 수도 있었다. 하지만 불안과 악몽은 끝이 아니었다. 어쩌면 두 사람은 강영자에게 협박을 당해 면회를 온 건지도 모르니까. 그 동안 편지 연락이 없었던 데는 분명 그가 모를 어떤 이유가 있을 것이었다.

"멀리 남양주에서 오셨는데 만나 보지 그래?"

정호준이 제의했다.

"왜 예고도 없이 왔답니까?"

"그걸 내가 어떻게 알아? 가족인 니가 더 잘 알 거 아냐?"

"아무것도 몰라요!"

"알았어. 짜증 내지 마라."

"죄송합니다. 몸이 너무 안 좋아 그러니 만날 수 없다고 전해주십시오."

"그럼 더 걱정 끼치는 거 아냐?"

"그렇네요! 그럼 저…… 자격증 시험 보는 중이라고 전해주세요. 저기, 정 주임님! 혹시 어머니와 동생 옆에 다른 여자는 없었나요?"

"있었어. 니가 하도 거절해서 포기한 줄 알았는데 이젠 가족들 가까이에 서 있더라고. 그 강영자 씨가!"

"그, 그, 그게 정말이에요?"

"그래."

큰일 났구나!

현기증이 왔다. 커피숍 주인이 살아있다면 무릎 꿇고 사죄하고 싶었다. 그러나 그는 물리적으로 살아날 수 없는 몸이었다.

인석은 한참을 고민했지만 결국 엄마와 여동생을 만나지 않기로 했다. 온 가족이 몰살당하는 함정에 빠지기는 싫었다. 마음이 진정되지 않았고 아무 생각도 할 수 없었다. 오로지 만덕이 약속한 용한 무당의 처방만 빨리 오기를 바랐다.

이틀 후 만덕이 보낸 편지가 도착했다.

인석아.

이에는 이, 눈에는 눈이다!

우리를 노리는 상대가 일반인이 생각하는 그런 사람이 아니니 우리 역시도 같은 방법으로 맞서야 한다. 난 수소문 끝에 그 여자만큼이나 용하고 신통한 무속인을 찾아내서 우리가 당한 상황을 알렸다. 그 보살님은 내 설명을 상세히 듣더니 실제로 일어날 수 있는 일이라고 하더라.

그분은 악한 기운을 풀어내는 작업만 하면 우리가 벗어날 길이 없는 것도 아니라고 하셨다. 문제는 너와 내가 따로 떨어져 있다는 점인데 니가 거기 갇혀 있으니 일단 나 혼자서 제사를 지낼수밖에 없었다. 그 덕분에 이제 나는 악몽을 꾸지 않는다. 더 이상 꿈속에서 그자가 찾아오지 않아. 하지만 너는 아직 살에서 벗어나지 못한 몸이다. 내가 니 사정을 자세히 설명했고 보살님이 니를 위해 특별히 처방을 내려주셨다.

잘 들어라, 인석아. 반드시 이 처방대로 해야 한다.

커피숍 주인은 네게 한을 품었다. 강제로 쫓을 수 없는 입장이라면 어르고 달래서라도 보내버려야만 해. 지금부터 멈추지 말고 그의 이름을 불러라. 잠시도 쉬면 안 돼. 밥 먹을 때도 부르고 씻을 때도 부르고 잠자리에 누워서도 그의 이름을 불러. 그러면 혼백이 너를 괴롭히는 대신 너의 본심을 알아보고 행동을 바꾼다고 하니까.

그리고 이 편지 받는 날 밤 12시에 그자가 나타나는 자리에 네 피를 다섯 방울 떨어트려. 혼백은 네 피를 마셔야만 보복을 멈추고 안식을 얻어 미련 없이 떠날 수 있다고 해. 그렇게만 하면 강영자 같은 이름난 무속인도 더 이상은 간섭을 할 수 없을 거야. 명심하고 처방대로 해라. 나는 점점 나아지고 있지만 아직 너는 아니니까.

교도관이 이 편지를 보면 너는 즉시 '정신 질환 대상자'로 조사를 받게 될 것이고 감시 대상이 되면 목적을 이루지 못할 거야. 민재, 승호 꼴이 될 거라는 얘기지. 다 읽자마자 즉시 찢어서 지난 번처럼 물에 흘려보내라. 일이 뜻대로 되면 모든 게 원래대로 돌아간다고 하니 부디 잘 해내기 바란다.

이름을 부르라고!
피를 다섯 방울 넣으라고!
괴기영화 같은 스토리에 인석은 오싹했다. 만덕이 장난을 친다는 생각마저 들었다. 하지만 지금 그가 겪는 일은 장난이 아니었고 목숨이 걸린 일이었다. 털 없는 귀신이 매일 밤 찾아오는 악몽은 아무도 모르는 엄연한 현실이 아닌가! 용한 무당이 시키는 일인데 어떻게 안 할 수 있나? 상대방도 무속의 힘으로 나를 죽이려 하는데! 처방대로 해야만 해, 처방대로!

그는 만덕의 지시에 반신반의하면서도 따를 수밖에 없는 신세를 절실히 깨달았다. 갇힌 이상 모든 건 의지대로 되는 게 아니다.

인석은 편지를 화장실 변기에 넣으려다가 팔을 멈추었다.

'정말 만덕이 녀석 말을 믿을 수 있는 걸까?'

처방은 이름을 부르고 피를 다섯 방울 흘리는 것이었다.

'편지 없애는 건 귀신 쫓는 처방에 포함 안 되잖아? 만덕이는 성공했는데, 만약 나는 효험을 못 봐서 혼자 죽게 된다면?'

그건 억울한 일이었다. 혼자 죽을 순 없었다. 만덕은 그를 돕고는 있었지만 일당 중 유일하게 잡히지 않은 인간이었다. 그들이 범죄로 벌어들인 돈도 그가 갖고 있었다. 말이야 잘 관리한다고 했지만 갇힌 세 동료를 비웃으며 흥청망청 쓰고 있을 거란 생각을 한두 번 해본 게 아니다.

만약 자기 혼자 죽는다면 같은 배를 탄 만덕이도 함께 파멸해야 했다. 그러기 위해선 놈을 파멸시킬 물증이 필요했다. 이 편지도 그 물증 중의 하나가 될 수 있지 않을까?

자신은 아직도 갇혀있는데 녀석은 자유를 만끽한다는 생각에 배가 아팠다. 이른바 너 죽고 나 죽자는 물귀신 작전이다. 인석은 도움을 주려는 만덕에게 왜 이리 비뚤어진 마음이 생기는 건지 혼란스러웠지만 아무리 생각해도 혼자 죽기엔 억울했다. 사실 그는 만덕이 알려준 처방에 겁을 내고 있었다. 초등학생 장난 같은 그 비법에 목숨을 걸어야 한다는 사실이 미덥지가 않았다.

뒤틀린 마음이 증오심을 가져왔다.

'털 없는 귀신이 내게도 안 나타나면 그땐 이 편지를 없애주지.'

그는 편지를 버리지 않은 채 커피점 사장의 이름을 부르기 시작했다. 정승준…… 정승준…… 정승준…… 이름을 부르자마자 등덜미가 근질거리고 누군가 지켜보고 있다는 느낌이 들기 시작했다. 불안의 연속에서 자정이 되자 그는 은닉해 놓은 압핀으로 손가락을 찔러 변기 안에 피를 다섯 방울 흘렸다. 계속 이름을 부르면서.

그는 긴장 속에서 뜬눈으로 밤을 새다가 새벽녘에야 잠깐 잠이 들었다. 털 없는 남자가 누군가에게 쫓기듯 화장실에서 솟아올랐다. 마치 정상 재생이던 동영상이 몇 배속으로 빨라진 것처럼 빠르게 움직였다. 뭔가 잘못되었다는 예감이 들었다. 인석이 놀랄 새도 없이 털 없는 남자가 목에 밧줄을 걸고 이빨까지 악문 채 발로 배를 밀면서 잡아당겼다. 인석은 숨이 막혀 더 이상 그의 이름을 부를 수가 없었다. 왜 이러지! 처방대로 했는데 뭐가 잘못된 거지! 털 없는 남자가 인석의 혓바닥을 잡아당겼다. 숨을 쉴 수 없었다. 옆에 누운 동료 재소자가 몸을 뒤척이며 발길질했다. 그 서슬에 악몽에서 풀려난 인석은 일어나 앉아 가쁜 숨을 토해냈다.

다음 날 아침, 접견 담당 교도관이 면회를 알려왔다. 정승준의 이름을 외우던 인석은 문득 접견 담당 정호준이 정승준과 비슷한 이름을 가졌다고 생각했다.

"누가 면회 왔죠?"

"엄마와 여동생. 또 안 만날 거지?"

"아뇨, 만나겠습니다!"

인석이 돌아서려는 정호준을 붙잡았다. 정호준은 의미를 알 수 없는 시선으로 인석을 바라보았다. 정승준과 전혀 닮지 않은 얼굴이었다. 인석은 처방대로 했음에도 털 없는 귀신이 더 발악하고 괴롭혀 오자 마음을 바꾸었다. 언제 죽을지도 모르는데 단 한 번이라도 가족을 봐야 한다는 생각이 들었다. 강영자란 여자가 옆에 있으면 가족에게 경고하고, 당사자에겐 우리 가족 건드리지 말라고 협박이라도 할 생각이었다.

"이녀석아! 네 얼굴이 왜 이리되었니?"

인석의 엄마는 변해버린 아들의 얼굴을 보자 울음부터 터뜨렸다. 피골이 상접한 모습을 본 여동생 역시 손수건으로 눈시울을 적셨다.

"하도 연락이 없어서 걱정했다. 대체 무슨 일이 생긴 거니? 얼굴이 왜 그래?"

"전화가 네 번이라서 집에 할 여유가 없었어."

"편지를 그렇게나 보냈는데 왜 답장을 안 했어?"

"편지를 보냈다고?"

"그래. 받지 않았니?"

"난 받은 적 없는데."

인석이 놀랐다.

"다섯 통은 넘게 보냈을 거야."

"난 받은 적 없어. 오히려 내가 써 보냈지."

"우리도 네 편지는 받은 적 없는데."

엄마와 여동생이 동시에 말했다.

인석은 멀찍이 앉아있는 정호준을 보지 않으려 애썼다. 그가 이쪽을 흘끗흘끗 쳐다본다는 생각이 들었다. 정호준, 정승준…… 형제일까? 인석의 엄마가 야단을 쳤다.

"이놈아! 그러길래 좋은 일이나 하고 살지 왜 사람들 괴롭히다 이런 데까지 와?"

"갑자기 그말이 왜 나와?"

인석이 상처받은 표정을 지었다.

"죽은 커피숍 사장한테 엄마가 있단다! 무서운 무당인데 널 해코지하려고 한대!"

"누가 그런 소릴 해?"

"만덕 오빠가 알려줬어."

여동생이 대답했다.

모녀의 뒤편으로 한 여자가 나타났다. 그 여자는 비녀를 꽂고 눈화장을 무섭게 했으며 개량 한복을 입고 있었다. 인석의 입이 커다랗게 벌어졌다. 어머니와 여동생을 인질로 드디어 그 여자가 모습을 드러낸 것이다. 이제 그는 죽은 목숨이었다.

"인사해라. 이분은 강 보살님이시다."

"엄마. 저 여자가 강영자야?"

인석이 결기를 드러낸 음성으로 말했다.

"알고 있었니?"

모녀가 놀란 표정을 지었고 무당은 차가움이 번지는 얼굴로 그를 쏘아보기만 했다.

"인사를 하라고?"

"그래."

"저 여자가 나를 계속 면회 왔었어."

"우리도 알고 있어! 왜 피했니?"

"당연히 피해야지. 모르겠어 엄마? 저 여자가 커피숍 사장의 엄마라고! 가만, 지금 두 사람도 저 여자한테 협박당해서 같이 있는 거 맞지? 가만 두지 않겠어. 이 극악무도한 할망구야."

"무슨 소리야? 그 여자는 딴 사람이야. 여기 강 보살님은 내가 돈을 주고 섭외한 분이야. 너를 보호하려고."

"뭐?"

머리에 돌로 찍히는 충격이 찾아왔다. 여동생이 말했다.

"만덕 오빠가 죽은 커피숍 사장 엄마 때문에 민재 오빠, 승호 오빠가 죽었다고 했어. 그 여자가 무서운 살을 날려 사람을 죽게 만든다는 거야. 우린 그걸 막으려고 여기 강 보살님을 모셔 왔어. 근데 오빠가 접견을 계속 피하니까 편지를 보냈지. 우리 편이니까 꼭 만나보라고."

무당은 여전히 쏘아보기만 할 뿐 말을 하지 않았다. 그러다가 불쑥 물었다.

"왜 나를 피했지?"

쇠를 씹는 듯한 음성이었다. 인석은 혼란에 휩싸였다.

"내 목숨을 노리는 줄 알았어요."

"접견을 몇 번이나 신청했는지 알아?"

"몰라요! 내가 당신이 누군지 어떻게 알아요! 지금도 쇼하는 건지 모르고!"

강 보살이 눈을 크게 뜨고는 인석의 얼굴을 뚫어져라 쳐다보았다.

"아하, 너무 늦었구나. 너무 늦었어."

"뭐가요?"

"니 얼굴에 귀신이 잔뜩 붙었어."

강 보살이 휘파람 소리를 냈다. 모녀가 동시에 우는 소리를 냈다. 강 보살은 언성을 높여 인석을 다그쳤다.

"너 내가 보내준 부적은 어쨌어?"

"부적이라뇨?"

"너한테 험한 일이 일어나지 않게 액막이 부적을 보냈잖아. 무협지 사이에 끼워서."

"혹시 만덕이 이름으로 보낸 소포 말하는 건가요?"

"맞아." 대답은 인석 엄마가 했다.

"왜 걔 이름으로 보냈는데?"

"너도 알다시피 아버지가 널 죽도록 미워하잖니? 교도소에 소포 발송 내역이라도 문의하면 우릴 가만 두지 않을 것 같아서 만덕이 이름을 빌렸지. 그나저나 내가 편지에 적어 보냈잖니? 걔 이름으로 소포 보낼 거라고……"

"편지가 안 왔다니까!"

"분명히 보냈는데……"

"받은 적 없다니까!" 인석이 이빨을 갈았다.

"그럼 누가 가로챘구나."

강 보살이 차갑게 내뱉다가 음성을 낮추었다.

"잠깐만, 교도소의 편지를 가로챌 수 있는 이는……"

"교도관만이 가능하겠죠."

인석은 옆을 돌아보았다. 정호준은 접견 대기자의 순번을 지정하느라 분주했다. 그가 이쪽을 수시로 돌아보는 건 무슨 목적이 있어서일까.

인석이 알기로 정승준은 형제가 없었다. 생김새도 닮지 않았다. 그러나 이름이 너무 비슷하다.

저 무당도 믿을 수 없긴 마찬가지였다. 복수를 위해 엄마와 여동생을 속이고 접근한, 정승준의 친엄마일지도 모르지 않은가.

"아주머니, 잠깐만 나가주세요. 가족끼리 할 얘기가 있어요."

"인석아, 이 보살님은 우리 편이야!"

"잠깐만 나가줘요! 시간이 없어요!"

인석이 거듭 외치자 강영자는 비난의 눈초리를 남기며 접견실 문을 열고 나갔다.

"엄만 저 여잘 어떻게 섭외한 거야?"

"아는 사람 통해서 만났지. 그런 일에 전문이라고……"

"만덕이 연락을 받은 뒤에 섭외한 게 확실하지? 커피숍 사장 엄마가 부당이라고?"

"그래."

"만덕이는 내게 다르게 얘기했어."

"뭐라고?"

"커피숍 사장 엄마 이름이 강영자랬어."

"말도 안 되는 소리!"

"말도 안 된다면, 엄마는 만덕이가 말한 커피숍 사장 엄마를 직접 본 적 있어?"

"없어. 하지만 강 보살은 만덕이가 아닌 내가 섭외했지."

"확실해?"

"확실해. 만덕이는 저분을 몰라."

인석의 머릿속에서 '절대 강영자라는 사람과 면회하지 말라'는 만덕의 편지가 떠올랐다. 인석의 엄마가 말했다.

"이번엔 내가 물어보자. 만덕이는 아직도 너랑 친해?"

"응."

"왜 너한테 거짓말을 했을까?"

"거짓말 아냐."

"의리 타령할 때가 아냐. 만덕이는 유일하게 안 잡힌 사람이야." 여동생이 말했다.

"오빠 돈을 갖고 있는 이도 만덕이잖아."

"솔직히 죄지은 놈들끼리 친구가 어딨어?"

인석 엄마도 말했다.

"그놈이 어딘가 수상해."

"만덕이는 다른 얘기를 했어. 편지까지 보내서……"

인석은 여태껏 다른 사람 편지는 오지 않았는데 만덕이 편지는 두 번이나 왔다는 사실을 깨달았다. 만덕은 집에 전화하지 말고 가족과 접견도 하지 말라고 했다.

"무슨 편지?"

"이 편지."

인석이 교도관의 눈치를 살피며 유리막 너머로 만덕의 편지를 펼쳐 보였다. 역시 화장실에 흘려보내지 않길 잘했다. 만덕이 흉계를 꾸몄다면 반드시 함께 죽어야만 한다. 감히 날 갖고 장난을 쳐? 안되지 만덕아, 나 혼자선 절대 못 죽는다, 같이 가자 만덕아. 인석의 분노 게이지가 상승했다.

강 보살이 무서운 기세로 들이닥쳤다.

"너 그대로 가만히 있어!"

편지를 치우려던 인석은 유리막 너머 눈을 보고 팔을 거두지 못했다. 강 보살의 눈은 불길에 타오르는 듯했다. 인석이 옆을 보니 다행히 교도관은 다른 곳으로 가 있었다.

"지독한 놈이로구나! 어떤 놈인지 부적에다가 편지를 썼어!"

"뭐라고요!" 인석이 소스라치게 놀랐다.

"그건 편지지가 아니라 살을 날리는 부적이란 말이다. 거기 쓰인 대로 찢어서 화장실에 넣었다면 넌 이미 죽은 목숨이었다. 버리지 않은 건 잘한 일이야."

"이게 사람 죽이는 부적이라고요?"

"너처럼 어리석은 놈은 처음 보겠구나. 이름 불러서 옆에 오게 하고 피 다섯 방울로 숨결까지 줬는데 부적마저 귀신 나오는 곳에 넣으면 어서 옵쇼 하고 문을 열어주는 게 아니고 뭐냐 말이다. 너를 없애려는 자는 바로 이 만덕이란 놈이 틀림없다!"

인석의 등골이 오싹했다.

"그게 정말이에요?"

"정말이고말고. 이 편지가 다야?"

"한 장이 더 있었어요."

"그건 어쨌어?"

"화장실에 넣고 흘려보냈는데요."

"편지지가 이거랑 같아?"

"네!"

"그 편지에도 변기에 찢어 넣으라고 씌어 있었지?"

"예."

"그때부터 변기에서 나온 귀신이 보였고?"

"맞아요!"

인석은 와락 겁에 질렸다.

"내가 준 부적은 갖고 있지 않고?"

"네. 만덕이가 보지도 말고 폐기하라고 했거든요."

인석이 벌벌 떨며 무릎을 꿇었다.

"같은 편인데 몰라봤어요! 죄송해요! 도와주세요! 그 귀신이 계속 나와요! 미치겠어요! 털이 하나도 없는 귀신이 내 목을 막 졸라요!"

인석의 엄마와 여동생도 새파랗게 질렸다. 강영자가 인석에게 손짓으로 일어나라고 했다.

"절대로 귀신의 이름을 부르면 안 돼! 귀신의 이름을 계속 부르는 건 그걸 불러들이는 행위야! 얼마나 돌대가리길래 그런 것도 몰라?"

"나 어떡해야 해요?"

"만덕이란 놈이 내 이름까지 알고 있다면 우리 뒤를 상당히 캔 것 같은데. 내가 준 부적도 버렸고 내가 그 안으로 들어갈 수도 없으니 어쩐다…… 일단 다급한 처방을 내릴 수 밖에 없겠구나. 잘 들어라. 오늘 밤이 고비니 잘 넘겨야 한다. 이미 악귀가 네게 여러 번 모습을 드러냈으니 오늘 밤에도 찾아올 거다. 그 편지를 버리지 말고 네가 갖고 있지도 말고 (그녀는 여기서 속삭이듯 말했다) 몰래 다른 사람 주머니에 넣어. 반드시 그렇게 해야 해. 누구라도 상관없어. 그리고 죽은 자 이름을 부르는 대신 관세음보살을 계속 부르면서 오늘 밤을 잠들지 말고 넘겨! 그럼 너는 살고 흉살은 너 대신 다른 사람에게로 간다."

"이만덕이 이 개새끼! 보기만 하면 죽여 버리겠어! 아니 형사한테 다 불어버리겠어!"

"뭘 하든 오늘 밤을 무사히 넘긴 후에나 해."

흥분하는 인석에게 강 보살이 차갑게 말했다.

접견이 끝난 후 모녀는 교도소장을 찾아가 누가 김인석을 죽이려 한다고 호소했다. 교도소장은 그 죽이려는 자가 누구냐고 물었고 인석 엄마는 범죄 피해자의 어머니인데 무서운 무당이라고 말했다. 그 무당이 교도소에 들어와 있느냐고 묻자, 그건 아닌데 바깥에서 흉살을 날려 애가 잠을 못 이루고 귀신한테 시달린다고 했다. 소장은 지난달에는 예수 그리스도가 죽이려 한다며 보호를 요청하는 재소자를 봤다고 했다. 그 사람이 어떻게 됐냐고 인석 엄마가 묻자 소장은 치료감호소에서 정신병 치료받고 잘 지낸다고 답했다. 아울러 물리적인 위협이 있으면 당연히 아드님을 보호해줄 것이지만, 꿈나라 얘기 같은 막연한 암살 협박에는 현실적인 도움을 줄 수 없다고 했다. 소장은 모녀를 정신 나간 사람처럼 취급했다.

인석도 마찬가지였다. 관할 담당 교도관에게 사정을 얘기했지만 그들은 관자놀이 옆에서 손가락을 돌리기만 했다. 참담한 심정이었다.

밤이 왔다. 인석은 쉬지 않고 관세음보살을 읊었다. 같은 방을 쓰던 1299번 안혁은 점점 미쳐가는 인석에게 신경이 쓰였다. 어제도 누군가의 이름을 밤새도록 불러 한숨도 못 자지 않았나. 간신히 잠이 들었다 싶었을 때 놈이 비명을 지르며 일어나 미친 행동을 보였다. 인석은 누가 목을 조른다고 날뛰었는데 안혁은 놈이 자기 목을 조를까 봐 바짝 긴장했다.

인석이 자기 바지에 몰래 부적 편지를 넣은 줄 모르는 안혁은 어제는 정 아무개를, 오늘은 관세음보살을 소리 내어 읊는 또라이의 중얼거림에 미칠 지경이었다. 그래서 그는 인석의 포카리스웨트 병에다 잠이 쏟아지는 부작용이 있는 비염 약 다섯 알을 몰래 넣었다. 저걸 처마시면 잠이 들겠지, 안혁은 소음방시 귀마개를 꽂고 자리에 누웠다. 인석은 식은땀을 줄줄 흘리며 관세음보살을 거듭 외웠다. 그러다가 목이 말라 포카리스웨트를 들이켜고 다시 관세음보살을 외웠다.

먼저 잠이 든 안혁은 난생 처음 겪는 해괴한 꿈을 꾸게 되었다. 온몸에 털이 하나도 없는 귀신이 변기 위로 솟아올라 자신을 향해 다가왔다. 그리고 맹렬한 기세로 목을 조르기 시작했다. 털 없는 놈은 고개를 요리조리 돌리며 안혁의 얼굴을 관찰하듯 바라보았다. 무의식 상태에서 안혁은 잠꼬대를 했다.

"아이고…… 사람 살려요…… 내가 아니에요…… 돈 때문에 잡혀 온 건 맞는데 누굴 해친 적은 없어요…… 사채업자가 절대 아닙니다…… 난 보이스피싱으로 잡혀 왔다고요!"

꿈속의 털 없는 남자가 손을 놓았고 안혁의 가위가 풀렸다. 그가 발버둥 치자 옷걸이에 걸린 바지가 툭 떨어졌다. 비현실적인 어떤 힘이 작용했는지 바지에서 편지가 떨어져 나왔다. 그러자 안혁은 악몽에서 해방되었다. 그뿐만 아니라 귀를 간질였던 또라이에게서도 해방되었다. 그 또라이는 누구 이름을 부르거나 관세음보살을 읊조리는 대신 코를 골고 있었고, 그 옆에는 빈 포카리스웨트 병이 나뒹굴었다. 안혁은 악몽에 좀 놀라긴 했지만 다시 드러누워 아침까지 달게 잤다. 더 이상 악몽도 가위눌림도 없었다.

다음 날 아침, 푹 자고 일어난 안혁은 눈앞에 펼쳐진 광경에 경악해 기절, 또다시 깊은 잠에 빠져들고 말았다. 러닝셔츠를 꼬아 만든 끈에 목을 건 1129번 김인석이 시체가 되어 천장을 두리둥실 떠다니는 광경이었다.

긴견 밤낭 교노관 정호준은 빈 식용유통 앞에 앉아 있었다. 통 안에서 불이 활활 타올랐다. 그는 주머니에서 편지 뭉치를 꺼내 불 속에 집어넣었다. 김인석의 가족들이 보낸 편지 말고도 청송 교도소의 유민재, 대전 교도소의 황승호가 보낸 편지도 있었다. 수신인은 모두 김인석이었다. 정호준은 재로 변해 하늘로 올라가는 연기를 바라보며 위로의 말을 던졌다.

"이제 편히 눈 감고 쉬어라! 승준아. 속이 시원하진 않겠지만 큰어머니의 복수는 조금씩 이뤄지고 있단다. 우리는 사촌이지만 어른들 때문에 소원하게 지냈었지. 얼마나 힘이 들었으면 사채까지 썼니? 난 그것도 모르고 돈을 빌리러 온 네게 모질게 대했지. 정말 미안하다."

그는 아무에게도 말을 못 하고 홀로 고민한 사촌 동생의 생전 모습을 생각하니 마음이 아팠다. 어릴 때는 가까운 동네에 살았고 명절 때마다 만나기도 했지만, 머리가 굵어지고 각자의 세상살이 때문에 한 번씩 만나는 것도 쉽지 않게 된 지 오래였다. 신이 들려 종갓집 대소사를 거부한 큰어머니만 아니었다면 후손들은 사이좋게 지낼 수도 있었을 것이다.

이만덕이 어둠 속에 무릎 꿇고 앉아 있었다. 엄하게 혹은 인정 있게, 또 무섭게 생긴 중년 여자가 그 앞에 서 있었다.

"인석이가 죽었답니다."

만덕이 말했다. 음성이 떨리는 건 울먹임 때문이 아니라 무서움 때문이었다. 거짓말 같은 참사가 눈앞에서 실제로 벌어졌으니까.

"넌 맨 마지막에 죽일 거야."

여자가 말했다. 만덕이 흐느꼈다.

"말을 잘 들으면 살려줄 수도 있고."

"살려주세요."

"그러니까 남한테 악한 짓을 안 했어야지."

"잘못했어요."

여자가 등을 돌렸다. 만덕의 눈에서 빛이 반짝였다. 주머니에서 몰래 칼을 꺼냈다. 이래 죽으나 저래 죽으나 마찬가지! 그는 여자의 목덜미를 노려 한방에 보내기로 했다. 큰 이자를 받기 위해 허세를 부리고 폭행하고 협박을 해왔지만 실제로 사람을 흉기로 찔러본 적은 없었다. 그러나 이젠 주저할 수 없다. 어떻게든 살아남아야 하니까.

여자가 몸을 돌렸다.

만덕의 팔이 굳어버렸다.

그녀는 한 손에 제웅(짚단 인형)을, 또 다른 손에 호미를 들고 있었다. 그녀가 싱긋 웃자 만덕은 칼을 떨어트렸다. 여자가 호미로 제웅의 얼굴 부분을 쓸어내렸다.

"아아악!"

만덕의 입이 돌아가고 목이 뒤틀렸다. 잘못했다고 빌었으나 발음이 제대로 나오지 않았다. 여자가 제웅의 몸을 U자로 꺾자 만덕이 땅바닥을 구르며 신음을 토했다. 지렁이가 소금을 맞은 것처럼 그는 고통스럽게 꿈틀거렸다.

"니도 식섭 낳아봐. 누가 니 새끼 괴롭히면 가만히 있을 수 있나."

여자가 호미를 치웠다. 만덕은 바닥에 널브러진 채 무력한 한숨을 내쉬었다. 그녀는 피해자 정승준의 친어머니로 신비한 능력을 지닌 무속인이었다. 영화에서나 가능했던 무서운 일이 그녀로 인해 실제 벌어졌다. 짚단 인형은 만덕의 신체 포기각서였다. 이 각서를 응용한 그녀의 협박으로 만덕은 인석에게 강영자를 반드시 피하라는 가짜 편지를 썼던 것이다. 그것도 부적에다가. 돈을 갚지 않는다고 누군가를 죽을 때까지 괴롭혔던 그는 이제 입장이 뒤바뀌어 죽을 때까지 고통을 당하게 되었다.

청송 교도소의 유민재는 유일하게 잡히지 않은 공범인 만덕에게서 오랜만에 편지를 받았다. 그는 대전 교도소의 황승호와 섭주 교도소의 김인석이 죽었다는 사실을 모르고 있었다.

민재야. 잘 지내고 있냐?
출소 일이 얼마 남지 않았으니 조금만 더 고생해라.
한 가지 알려줄 게 있어서 편지 쓴다.
강영자란 사람이 면회를 오면 무조건 만나지 마라.
그 여자가 널 신고하고 투신자살한 인간의 엄마다. 피해자의 친엄마란 말이다. 분명 너를 죽이고 싶을 만큼 미워할 게다.
놀라지 마라. 인석이와 승호가 죽었다. 불과 며칠 전의 이야기다.
강영자란 여자하고 접견을 한 후에 알 수 없는 이유로 자살을 했다고 한다. 인석이네 가족들도 이 여자한테 약점이 잡혀 있는 것 같던데 같이 오더라도 절대 만나지 마라. 니가 위험해진다.

조심하고 또 조심해라.

수감된 몸이라 라이터조차 없을 테니 이 편지는 태우지도 못하겠구나. 검방 때 교도관이 볼지도 모른다. 이 편지는 읽는 즉시 찢어서 화장실에 버려라. 난 너랑 관련이 없는 사람이니까 오해받긴 싫다.

명심해라. 인석이와 승호의 죽음이 그 여자 때문이라면 다음 차례는 너다.

전화 횟수 아껴서 나한테만 걸어라. 집에도 걸지 말고. 앞으로의 계획은 내가 자세히 알려주마.

부디 우리, 같이 살자.